Filippo Salvaterra

IL RITO
DEI CORVI

Ai miei amici.
Chi ha svoltato, chi si è perso, chi è partito, chi è rimasto.
Ne abbiamo passate tante.

IN FONDO ALLE SCALE

Due esili mani avevano aperto la porta in cantina. Era di legno scuro, nascosta dietro l'armadio a tre ante. L'armadio che quelle due mani, per quanto industriose, mai avrebbero mosso di mezzo centimetro. Nemmeno se fossero state in quattro.

Quella notte, tuttavia, non avrebbero avuto bisogno di alcun aiuto, perché l'armadio era già stato spostato e nessuno l'aveva rimesso a posto. Per fretta, probabilmente.

Per eccitazione, probabilmente.

Così le esili mani avevano spinto adagio la porta, brancolato nel buio, trovato la ringhiera con la vernice scrostata e seguito le scale scendere in basso. Sempre più in basso. Dove il buio sembrava farsi denso.

Terminata la ringhiera si erano obbligate a staccarsi a fatica, come piccoli uccelli con ali ancora più piccole, e si erano spinte avanti, quasi annaspando in quell'oscurità liquida, che in qualche modo faceva gelare il sangue. Non si erano sprecate a cercare l'interruttore all'inizio del corridoio. Sapevano bene che quello era un buio pesante, annidato come una muffa, che non avrebbero potuto schiarire. Non in modi convenzionali, alme-

1

no.

Avevano tastato la parete umida, percorso la sua superficie fredda come la pelle di un serpente, nel tentativo di mappare la zona, capire dove si trovassero, dove sarebbero potute finire. Procedendo lungo il cunicolo, avevano accarezzato il dorso di altre sei porte, senza sospettare neanche per un secondo che una di quelle potesse essere quella giusta da aprire.

Dovevano andare più avanti, l'avevano capito. Da quella supplica. Quella supplica inconsapevole e spaesata che arrivava da più distante.

La sentivano. Non con le orecchie, non come si percepisce un suono, ma come si avverte la forza di gravità, o un ferro rovente che si avvicina alla fronte. Allora si erano fatte coraggio, avevano seguito la svolta del corridoio e l'ultima porta era apparsa, questa volta a livello visibile. Era aperta di poco, pochissimo. Formava un taglio rosso in quel ventre nero petrolio.

C'era voluto ben più di qualche secondo prima che le esili mani si decidessero a schiuderla, ma quando l'anta aveva preso a ruotare sui cardini, ciò che le attendeva nella stanza adiacente aveva cominciato a mostrarsi un poco alla volta.

Separate da uno stuolo di candele accese disposte sul pavimento, due file di sedie si guardavano da un lato all'altro della sala. Lo scranno parecchio alto, a dir poco esagerato, rivaleggiava con le colonne che reggevano la volta in mattoni. Legati a un filo, pendevano dal soffitto una decina di fantocci di spago. Piccole grottesche imitazioni di una figura umana. Quelle due mani ne avevano confezionati in quantità di oggetti simili, ma nessuno uguale in tutto e per tutto. Quelli erano di spago scuro, con una perla nera per testa. E si muovevano a mezz'aria, senza che ci fosse vento a spingerli. Ruotavano su se stessi, come se sorvegliassero ogni angolo della sala alla ricerca di un dettaglio sbagliato, di qualcosa fuori posto. Di un intruso, magari, che potesse avvicinarsi al tavolo al centro.

E alla ragazza nuda distesa sopra di esso.

Eccola allora la forza di gravità, il ferro rovente che si avvicina alla fronte. Era da lì che veniva la supplica. Da un corpo pallido, con i capelli biondi ridotti a steli secchi, il volto di chi è quasi annegato nella vasca da bagno. Un corpo a un passo dal diventare cadavere.

Le esili mani si erano precipitate su quel corpo. Subito ne avevano tastato i polsi, controllato il respiro, il battito del cuore. Salde e decise, si erano assicurate che fosse vivo.

Ma poi si erano concentrate sul viso, e avevano cominciato a tremare.

L'avevano riconosciuto. Deturpato, macilento che fosse, era esattamente quel viso. Lo stesso che qualche tempo prima, quelle mani, avevano disegnato a matita su un pezzo di carta con tanta cura e minuzia di particolari.

Mentre lo toccavano, mentre lo ispezionavano, sembrava che lo stessero ritraendo una seconda volta. E avrebbero continuato a ridisegnarlo, non fosse stato per il vociare che, dalla porta all'altro lato della stanza, stava cominciando a sentirsi.

Voci allegre, goliardiche, da sabato sera, da cena tra colleghi e affabili uomini illustri, che si perdevano in chiacchiere. Si stavano avvicinando. E avrebbero continuato a far chiacchiere ai bordi di quel tavolo, a fianco di quel quasi-cadavere.

Le esili mani industriose avevano scosso la ragazza, l'avevano schiaffeggiata, tirata inutilmente, finché non si erano accorte del sangue. Sangue sul tavolo, sangue sul pavimento, sangue a circolo intorno alle candele, sangue sulle pareti a formare pentacoli, pittogrammi. Sangue sulla porta all'altro lato della stanza, da dietro la quale arrivavano il vociare, le chiacchiere, le risate. Sempre più prossime.

Le esili mani si erano staccate dalla ragazza, si erano catapultate oltre la porta dalla quale erano venute e si sarebbero agganciate il prima possibile alla ringhiera che le avrebbe riportate di sopra.

Ma poi si erano fermate, nel corridoio buio, subito dopo la soglia.

Avevano accostato la porta riducendola a uno spiraglio minuscolo, si erano imposte di non tremare, e avevano aspettato che il vociare e le chiacchiere fossero entrati dall'altra parte.

Eccoli dunque entrare i colleghi, le donne e gli uomini illustri, le loro cravatte, le loro stole di pizzo, i tacchi, le loro Rossetti di coccodrillo. Chi più serioso, chi più gioviale e ciarliero, eccoli scambiare strette di mano, galanterie a buon mercato, trovate colte, battute sessiste, considerazioni sui capitelli delle colonne, apprezzamenti sulla ragazza nuda e quasi morta distesa in mezzo a loro.

Eccoli prendere posto agli scranni e pretendere un po' di silenzio.

E poi eccolo entrare anche lui, preceduto da applausi.

Il Diavolo.

1

STALKING

Quando vede quella ragazza, Franky ripensa sempre alla prima volta in cui ha incrociato il suo sguardo al bar. Ricorda la sensazione che aveva provato in quel preciso momento. Non sarebbe in grado di descriverla in maniera esaustiva, ma paragonarla a un ago di ghiaccio che si infila nel suo cervello aiuterebbe a capire il concetto.

"Si può sapere chi diavolo sei?", pensa Franky, affacciato all'oblò della porta della cucina. La ragazza è ancora seduta al suo posto, in un angolo del locale. È sola e gli altri pochi clienti le stanno a un tavolo di distanza. Anfibi di pelle, jeans rotti, giacca in tinta funeraria, e la faccia di chi vede il mondo come sterco e le persone come mosche. Solito vestiario e solito atteggiamento, le sue apparizioni dell'ora di pranzo sembrano essere diventate un appuntamento fisso da un mese a questa parte. Ha ordinato un'insalata, ma non l'ha nemmeno toccata, come sempre. Si è limitata a fissarla a lungo, quasi stesse decifrando un enigma. Dopodiché ha rovesciato mezza boccetta di sale sulla tovaglia di carta, e con il dito ha preso a tracciare i solchi di un piccolo pentacolo.

"Sei fuori di testa!", aveva concluso Franky le prime volte. Poi,

notata la cura dedicata a quei gesti, ha cominciato ad analizzarla meglio. Nessuno la fissa, nessuno le presta attenzione, e se per caso qualcuno si volta a guardarla, una forza misteriosa lo obbliga a guardare altrove. E questo vale per tutti, tranne che per Franky. Lui non riesce a staccare gli occhi da tutti quei piercing, da quella pelle bianca e da quella cascata di riccioli, neri solo come il suo smalto, i suoi occhi, o gli abissi del cosmo. Una bellezza, pensa. Una bellezza straordinaria da era post-atomica.

Gio, il cugino di Franky, le si avvicina per portarle via il pasto senza chiederle se ha intenzione di cominciarlo, ormai si è abituato a quella specie di rito. Lei cancella il pentacolo nel sale, ordina un caffè e si arrotola una sigaretta. Gio la guarda stizzito, ma non fa una piega quando la accende.

"Ma che problemi hai!?", si domanda Franky, tornando a riordinare il banco di lavoro, mentre suo cugino, nonché gestore del bar, spalanca la porta della cucina e posa la pietanza immacolata vicino a lui. «Questa tienila. Sono stufo di buttarle via». Franky prende la ciotola e guarda l'insalata, come se tra i pomodori e le foglie di lattuga inviolata dovessero nascondersi chissà quali segreti. «Certa gente, proprio non la capisco».

«Certa gente, neanch'io. Te lo assicuro», risponde Franky alzando le spalle.

Poi suo cugino esce e va a preparare il caffè. La ragazza lo berrà. Quello lo beve sempre.

Franky mette in frigo l'insalata, butta a mollo le stoviglie sporche, dà un'ultima passata di spugna al tagliere e all'affettatrice e si avvicina ancora all'oblò. Guarda Gio posare la tazzina di fronte alla sconosciuta. In qualche angolo della sua mente, lo vede come uno schiavo che offre tributo a una sfinge. Lei incrocia le braccia in una splendida posa bohémienne e soffia via il fumo al posto di rispondere grazie, mentre il gestore se ne va lasciandole un posacenere, quelli che normalmente stanno solo sui tavoli all'esterno.

"Ecco, ora farà quella cosa!". La ragazza mescola l'espresso con una lentezza disarmante mentre, alle sue spalle, gli ultimi clienti pagano il conto palesemente indignati. Sembra quasi che percepisca la loro presenza perché solo quando ormai hanno lasciato la sala si porta il caffè alle labbra. Beve in un sorso e rovescia la tazzina sul piatto, attende qualche secondo con le palpebre a filo, infine la solleva di nuovo. Osserva il fondo, ma è come se vedesse oltre e, in quel momento, Franky si sporge ancor di più dall'oblò. Lei alza di colpo la testa e i loro sguardi si incrociano.

L'attimo dopo Franky si è già sottratto alla vista, volto paonazzo e cuore che corre a mille. *"Bella mossa, sfigato! Questo sì che è un gran biglietto da visita!"*. Dio solo sa quante volte ha progettato di andare a parlarle, quantomeno di salutarla. Non ha mai avuto grossi problemi con le ragazze, diciamo quelle del suo calibro. La tattica base era bella che collaudata e funzionava nel settantasette percento dei casi: girava una canna, faceva un paio di tiri e chiedeva alle pupe se volevano gradire. Uno stratagemma come un altro per attaccare bottone, ma che può andare a segno con pivelline di terza liceo. La pantera che se ne sta là fuori è di rango superiore, forse di un altro genere di classifica. Se un malcapitato si azzardasse a passarle una canna, probabilmente lo sbranerebbe vivo. E poi è strana, maledettamente strana. Una bestia di un'altra dimensione presentatasi sotto forma di ammaliante fanciulla, che resta in disparte dalla gente, indifferente al resto del mondo e sembra dire: "provateci pure, ma sappiate che vi mangerò la testa come una mantide religiosa".

Senza rischiare di apparire ancora davanti all'oblò, Franky si porta fino allo specchio appeso al muro. Guarda il suo viso asciutto, quei quattro peli distribuiti tra baffi e mento, i lasciti dell'acne e i suoi occhi azzurri, che sono l'unica cosa di cui potrebbe andar fiero, non fosse per l'aria un po' inebetita che li permea costantemente. *"Coglione, coglione, coglione, ventitré anni buttati nel cesso!"*. Tirerebbe un pugno allo specchio, non sapesse che il cugino ne detrarrebbe il prezzo dal suo stipendio.

Si leva il grembiule, lo lancia nel sacco degli stracci sporchi e si appoggia all'angolo. *"Sfigato!"*, si dice ancora.

Poi sente il cassetto della cassa chiudersi, Gio dire: «Arrivederci e grazie!», e risuonare il campanello della porta d'ingresso.

"E va bene, al diavolo!".

«Franky dove credi di andare!?», dice Gio nel vederlo indossare il giaccone da snowboard e attraversare di corsa la sala. «Riporta subito le chiappe in cucina!».

«Tranquillo, Gio. Ho già messo tutto a posto, ci vediamo domani». Le ultime parole escono con lui dalla porta e il ragazzo si ritrova nel vicolo del bar, mentre il vento di novembre sferza il selciato sollevando cartacce cadute. *"Di là!"*, pensa, poi imbocca una via principale.

Affronta la calca del centro storico, supera alcuni passanti, aguzza la vista e finalmente la vede. La ragazza è di schiena e si allontana tra la gente, borsa a tracolla, mani in tasca a cappuccio tirato. Franky la segue chiedendosi più e più volte cosa lo abbia portato fino a quel punto. Si domanda: *"Ma che sto facendo?"*, eppure non riesce a fermarsi. La sconosciuta si ferma a una trentina di metri da lui a osservare una piccola vetrina tra un ferramenta e un giornalaio. Dopo aver curiosato per una manciata di istanti, riprende a camminare e Franky si avvicina a sua volta all'entrata della bottega. Oltre il vetro appannato spiccano una ventina di candele colorate. È lo smercio di incensi, ninnoli e tarocchi, una di quelle realtà commerciali destinate a estinguersi se nemmeno personaggi come lei entrano a fare acquisti. *"Magari è povera in canna e non se lo può permettere"*. E un'altra voce da dentro gli dice: *"Ma allora potrebbe permettersi di ordinare sempre la solita maledetta insalata senza toccarla di striscio?"*, e la testa di Franky è di nuovo un casino.

Procedono nella stessa direzione, legati da una fune invisibile. Fortunatamente c'è un bel via vai di persone, mamme e bambini che strillano, impiegati d'ufficio di ritorno dalla pausa pranzo, ragazzine con la faccia puntata sul cellulare e studenti universitari al pascolo, tutti elementi utili al mimetismo di Franky. Ecco la sconosciuta che si gira di nuovo, ed ecco lui dietro le spalle di un corriere e il suo carrello di consegne. Forse è abbastanza sveglia e ha cominciato a fiutare qualcosa, ciononostante fa come se nulla fosse e ritorna sul suo percorso. Prende un viottolo secondario e si dirige alla parte alta della città. Franky fa capolino dal muro e la guarda salire la scalinata in pietra. Tentenna un istante e prosegue.

Si tiene a distanza sfruttando le coperture di portoni, cassonetti e mercatini di verdura abusivi. In quell'area di periferia è il meglio di cui può disporre, aumenta il rischio, l'adrenalina e la possibilità di beccarsi una denuncia per stalking. E, per quanto possa sembrare assurdo, la cosa gli piace, gli piace parecchio. Che sia sull'orlo di imbattersi in qualcosa di straordinario? Ne è certo, nessun dubbio. Nottate di solitudine a guardare le stelle dalla finestra del suo bilocale pregando per un segno del Fato, una soluzione alla sua vuota esistenza. E ora è lì, sulle tracce di una misteriosa peregrina capace di leggere il futuro nei fondi di caffè. C'è dentro, a qualcosa di straordinario! Ormai è chiaro come il sole.

«Ho visto cocainomani in astinenza dare meno nell'occhio», la voce è gioviale, eppure riesce a gelargli il sangue.

«Sei impazzito!?», dice Franky, «mi hai fatto prendere un colpo!»

Ed ecco l'apparizione che l'ha quasi tramortito per lo spavento. Un metro e novanta di imbecille, barba liscia, chignon da samurai, pantaloni larghi appesi sotto le natiche, occhiali da sole formato antenna parabolica e giubbotto bombato rosso come il naso di un pagliaccio. È Bescio, il migliore amico di Franky, ed è appena sbucato dal portone del suo condominio. «Fratello, tutto bene?», domanda con un sorriso immenso, il suo tono sembra quello di uno sballato anche quando non è fatto. «Ascolta un po', stasera ti colleghi per il torneo a squadre? C'è in palio il titolo di Arena Dominator, due fucili KR plus e quattro medaglie prestigio!».

Franky non lo lascia nemmeno finire e lo spinge contro l'entrata. «Sei matto?», gli fa l'altro. Lui lo ignora e si sporge di soppiatto oltre la parete d'ingresso. Vede la piazza di San Cristoforo, il tabacchino, la lavanderia all'angolo e la scalinata deserta, ma nessuna ragazza. Si è volatilizzata.

«Tu stai come i pazzi!», ride Bescio, «hai per caso gli sbirri dietro?».

«No. Poi ti spiego».

«Ah, ho capito! Ci stai sotto per quella ragazza! Quella del caffè!».

«Non ci sto sotto per nessuna», risponde Franky, lasciandolo lì e risalendo la scalinata.

«Vai! Braccala così, da assassino seriale! Ché a quella le piace! È già tutta un ormone, te lo dico io!», continua Bescio, ma Franky è già distante.

La scalinata sfocia in un parcheggio affollato da vecchie utilitarie buone solo per la demolizione e una ventina di scooter, alcuni caduti a terra, altri rimasti privi di marmitta o qualsiasi altra cosa valesse la pena rubare. È uno spiazzo sul quale si affacciano un paio di strade a senso unico e quattro palazzi dai muri sbiaditi. L'attenzione di Franky si sofferma sull'unico preceduto da un cortiletto esterno e un cancello d'ingresso.

Ci ha messo un po' a riconoscerlo perché non usa mai quell'entrata, prediligendo il passaggio sul retro, ma l'edificio che ha di fronte non è altri che il suo. Gli basterebbe alzare lo sguardo all'appartamento del quarto piano per vedere le finestre di casa. Ma si incanta su un altro particolare. C'è una borsa adagiata a terra, vicino alle sbarre del suo cancello, e quella non stenta a identificarla. Appartiene alla sconosciuta.

Si avvicina alle grate di ferro, poi si china a studiare la borsa seduto sui talloni, come se capacitarsi di quanto sta vedendo e stare eretto allo stesso tempo gli richiedesse una fatica indicibile. *"Ma che ca...?"*.

Una pedata sul fondo schiena lo proietta contro il cancello. Picchia la fronte, cade a terra e si contorce per il dolore, fino a quando incrocia lo sguardo con la persona alle sue spalle. «Ascoltami bene, stronzetto. Non mi guardare, non mi seguire, e tutte le sere che tornerai a casa su questa strada dimentica di avermi incontrata». Così dice la ragazza dai riccioli neri, che senza aspettare risposta recupera la borsa, gira i tacchi e sparisce oltre le auto, dove Franky non può più vederla.

Il ragazzo si rimette in piedi, ma il dolore alla fronte è tanto forte da costringerlo ad appoggiarsi al cancello. Pensa che se il Fato avesse voluto inviargli un segnale dal cielo avrebbe potuto andarci un po' più leggero.

Poi, girandosi verso il condominio e puntando gli occhi al suo appartamento, una domanda gli sorge spontanea. *"Come diavo-*

lo fa... a sapere dove abito?".

È sera, e nell'appartamento del quarto piano c'è una tale densità di bestemmie che farebbe impallidire tutti i santi del paradiso. Bescio invece, che di aureole sulla testa non ne ha affatto, o almeno non ancora, si sta godendo lo spettacolo di un bernoccolo immenso e tutte le imprecazioni che esso comporta. Appena entrato dalla porta del bilocale è quasi svenuto dal ridere. Franky, al contrario, è dalle cinque del pomeriggio che ci vede nero. Fortuna che l'amico ha pensato bene di portare tre coppie di birre fresche. Antico rimedio! Non esiste miglior medicina, a detta di Samurai Bescio.

«Cristo santo, non ci credo! Ti ha preso a calci nel culo!».

«Non è che mi ha preso a calci... Mi ha dato una spinta. Di spalle. Senza preavviso. Come potevo immaginarlo!?».

«Boh, non lo so. Fatto sta che una tipa ti ha scaraventato contro un cancello e ora hai la fronte a brandelli!».

«Secondo te dovrei denunciarla?».

«E che vai a dire? Scusate, l'altro giorno ho pedinato una perfetta sconosciuta e quella mi ha gonfiato di botte lasciandomi con il culo per terra? *Testimoni?* Zero. Sì, ti prego, vai ché ti accompagno!».

Franky prende il sacchetto con il ghiaccio e se lo preme sul bernoccolo.

«Vuoi denunciarla davvero?», domanda Bescio.

«Sulla carta, sono io che l'ho seguita come un deviato. Potrebbe essersi spaventata. Quindi direi di no».

«Ah, ecco».

«Dio, che idiota! Chissà che cosa mi è saltato in testa? Non potevo farmi gli affari miei? Sarà un mese, capito, UN MESE che vedo quella pazza snobbare le mie insalate, svuotare tutte le dannate saliere e ficcare il naso nelle tazze di caffè! A un certo punto ti chiedi chi sia, se faccia sul serio o se sia semplicemente matta. Se abbia trovato un moscerino sul fondo dell'espresso o se ci veda davvero il futuro!».

«Diciamo che sotto sotto ti piace».

«Mi *piace* è una parola grossa. Diciamo che mi intriga. Sì, *intriga* è il termine giusto. Ha qualcosa di particolare, di magnetico. Insomma... personalmente non mi è mai capitato di incontrare una tipa del genere, è roba da film, da fumetto, ti prende un casino! Hai presente quando ti dicevo che non riuscivo a staccarle gli occhi di dosso? Beh, è proprio quello il fatto. Starle vicino, o anche solo nei paraggi, ti fa provare sensazioni strane. È come se una voce mi dicesse che è... uff... *importante*? Una di quelle voci che te lo ripetono continuamente! Hai capito cosa intendo?».

«No».

«Figuriamoci!».

«Però, e ti assicuro che non mi aspettavo di ammetterlo, ti concedo che è carina. In un modo del tutto inquietante, ma è carina».

«Hai detto bene, inquietante». Franky si accende una sigaretta e va a piazzarsi sul divano del salotto, sollevando fiotti di polvere. «Ma dopo quello che è successo oggi, sarà già tanto se non mi lancia una macumba o altre stronzate voodoo».

«Fratello, è svalvolata, disegna pentacoli nel sale alla luce del giorno... lasciala perdere». Il Samurai stappa un'altra birra, si siede a sua volta e la passa all'amico. «Cin, cin!». Afferra gli auricolari e due joystick della consolle porgendone uno a Franky, «Dai, ché ti voglio carico!».

L'altro prende il controller e si mette un auricolare, «Sì, come no». Poi, quando sul televisore vede comparire la schermata iniziale del suo sparatutto online, sembra dimenticare ragazza e bernoccolo. Bescio si collega alla sessione del torneo, contatta gli altri componenti della squadra ed esalta gli animi atteggiandosi a generale di brigata. Per cinque ore filate il torneo va avanti, nell'appartamento rimbombano le smitragliate del team alleato, le esultanze di vittoria, e il mezzo cuoco della bettola accantona per un po' i suoi pensieri, focalizzandosi sul mirino virtuale e la decimazione dei commando nemici.

Poi la gara finisce, la foga scende e le stelle che Franky guarda ogni notte compaiono ancora una volta nel cielo. Appoggiati alla finestra, sotto una luna crescente, i due amici si fumano la canna della buonanotte, osservando, oltre i tetti, i comignoli e le antenne della città addormentata, le luci distanti del porto e la nera distesa del mare. Solo il latrato di un cane perturba il silenzio. C'è un gatto randagio, con un topo in bocca, che cammina sotto un lampione della piazzetta senza prestargli attenzione. Salta su un bidone e sparisce al di là di una macchina. Ragioni sconosciute fanno sì che Franky lo rimandi alla ragazza dai riccioli neri, che è tornata a tormentare i suoi pensieri. Tra un tiro e l'altro si domanda se la rivedrà anche domani, o se quelle apparizioni abbiano avuto termine oggi stesso. Per motivi ignoti persino a lui, aveva visto in quegli occhi una via di fuga dalla melma grigia delle sue aspettative, una giustificazione più alta per la sua monotona esistenza. Ma ora l'aura di presagio e designazione, che l'ha infiammato da un mese a questa parte, è quasi sfumata del tutto, e lui è tornato a essere il cugino di Gio, l'amico di Bescio, e il ragazzo abbandonato dai genitori nella solita città puzzolente, che ad altro non potrà aspirare se non a confezionare panini in una bettola come un'altra. Chissà se alla sconosciuta è riservato un destino migliore.

«Secondo te siamo qui per fare qualcosa?», domanda Franky, passando la canna al compare.

«Sì. Finire la bomba e andarcene a nanna».

«Fai il serio, per una volta. Intendo... è possibile che sia davvero tutto qui? Che ci alzeremo tutti i giorni per fare un lavoro di merda, che arriveremo a quarant'anni con il cervello bruciato, che non leveremo mai le tende da questo quartiere perché di soldi non ce ne regala nessuno, e che guarderemo ancora quelle stelle del cazzo sperando in un cambiamento che non avverrà mai?». Si ferma, guarda Bescio. Prende un respiro e continua. «Insomma, mi chiedo se ci attende qualcosa di meglio. Se siamo stati mandati qui per una ragione. Con un compito».

Il Samurai si porta la canna alla bocca, i suoi occhi si riducono a una fessura, e aspira a lungo facendo brillare la punta nel buio. «Fratello, tu te la viaggi sempre male e non ti godi mai le cose, e a me non piace vederti così. Se quella deviata non ti ha sacrificato in una messa satanica, pace. Se il lavoro che fai ti fa schifo, ma ti da almeno il grano per vivere, si può fare. Se in questo quartiere ti lanciano l'acqua dalle finestre appena fai un po' di casino, chi se ne frega. Se il vicino del piano di sopra urla come un matto perché si è affittato la squillo di turno, mentre per te è un periodo di magra e sei costretto a soddisfarti da solo, fattene una ragione. Magari domani le cose andranno meglio. Ma anche se, quando ti alzerai, la tua vita ti farà ancora schifo e non le avrai trovato un senso, potrai sempre contare sul fatto che c'è uno sfigato come te per cui le cose vanno uguali. E che magari, proprio quello sfigato, ti porterà due birre quando una ragazza ti prende a calci. Di questo potresti ringraziare!». Bescio lancia il mozzicone e Franky sogghigna. «Poi ci scappa una serata come questa, dove distruggiamo anche i giocatori americani, o una nottata al nightclub più scadente della contea, e tante belle risate. Sono cose che fanno guarire».

«Mica male come cerotti».

«Poi sai, fratello, non servono gli spiriti a darti compiti dall'alto. Per quello ci sono già i capireparto».

Si avvicinano alla porta e si congedano col saluto della banda. «Come darti torto?», sospira Franky.

«Non puoi, infatti. Dai, me ne torno a casa. E ricordati che siamo dei fighi. Arena Dominator!».

«Arena Dominator!».

La porta si chiude e i passi di Bescio risuonano nella tromba delle scale come cannonate. Franky torna alla finestra, si accende l'ultima sigaretta, e vede il Samurai uscire dal cortiletto del condominio e salutarlo con il dito medio. Lui ricambia. E i due mondi si separano lasciando ognuno solo con il proprio. C'è chi andrà a letto appisolandosi come un neonato, e chi guarderà ancora un po' il soffitto facendosi prendere dalle domande. A quest'ora Franky ne ha una sola.

"La vedrò domani?".

2

NON È NORMALE

Franky si alza di soprassalto e disattiva la sveglia prima che suoni. Si strofina la faccia dimenticando il bernoccolo sulla fronte, che ha tutta l'intenzione di rimarcare la propria presenza. Il dolore gli offusca ogni pensiero, poi si attenua come a dire: "la prossima volta sta' più attento".

Franky risponderebbe: "grazie tante, stronzo", ma ora vuole solo sbrigarsi.

Tra i vestiti sparsi ovunque nella stanza afferra quelli del giorno prima. Esce dalla camera e tira dritto al bagno, superando il tavolo della sala dove cartoni di pizza e tazze della colazione attendono da tre giorni di essere buttati o puliti. Si sciacqua il viso evitando di sfiorare il bernoccolo, che spicca nel riflesso dello specchio come coccarda del suo ennesimo fallimento. Lui gli rivolge tutta la sua attenzione, senza badare, almeno per oggi, ad altre cose che fanno più male.

Si accende una mezza canna lasciata nel posacenere, poi recupera chiavi, giacca e casco ed esce di casa precipitandosi giù dalle scale. Arrivato al pianterreno evita l'uscita che dà sul parcheggio e prende quella che dà sul retro. Apre la porta senza bisogno di usare alcun pomello. Il bottone è rotto, così come la serratura, ragion per cui chiunque sapesse del danno potrebbe entrare indisturbato nel condominio, gli basterebbe attraversare un cortile dimenticato, che sterpi ed erbacce hanno trasformato in piccola giungla. Non c'è chi lo curi da anni, né l'amministrazione, né tanto meno i condomini, che lo evitano con repellenza.

Franky invece passa sempre di lì, che stia uscendo o tornando a casa. Gli piace il circuito di stradine a cui conduce, e il fatto di essere il solo a bazzicarle lo fa sentire a suo agio, padrone di un posto del quale non importa a nessuno. È lì che ora cammina spedito, scendendo scalini invasi dai detriti e passerelle minuscole protette da ringhiere arrugginite. Poi arriva a un punto dove rallenta sempre, un passaggio lungo e stretto, lastricato da muschio, calcinacci e delimitato da due muri di tre metri che lo gettano nella penombra assoluta. Il ragazzo lo attraversa lentamente, scordandosi per tutto il tragitto di appartenere a questa realtà. È proprio quello l'effetto che gli provoca quel posto, sembra fare parte di un altro mondo, diverso, estraneo a tutto ciò che lo circonda. E nonostante si tratti di un cunicolo sperduto tra gli anfratti dei palazzi del quartiere, quel sentiero ha la forza di trattenerlo a sé, richiamandolo come una culla, un luogo sicuro in cui annegare i pensieri. Si dice che ciascuno abbia il proprio angolo personale dove trovare ristoro. C'è chi lo scova in casa sotto le tegole della mansarda, e chi lo scopre nell'orto della villa in campagna, alla larga dalla società. Franky invece l'ha trovato lì, in una via dove chiunque potrebbe passare, ma che non accoglie altri visitatori che lui. È sua, e di nessun altro.

Superata la metà del vicolo, si arresta di colpo, investito da una sensazione vertiginosa. Quella di un ago di ghiaccio che si infila nel suo cervello.

Avverte un sussurro e si volta. «Chi c'è!?». La strada è sempre la stessa, eppure qualcosa è cambiato. La vede larga, larghissima, la carreggiata di un'autostrada. Si gira di nuovo. L'uscita è lontana, dall'altro capo del mondo. I muri diventano bianchi, quasi trasparenti, come dovesse esserci tutt'altro al loro posto. *"Che cazzo succede?"*. Sente salire un conato di vomito. C'è un'eco distante, impercettibile, l'ultrasuono di un pipistrello. Lui la avverte perfettamente, come avverte la punta dell'ago che prova di nuovo a infilzargli la nuca. Si volta ancora.

Il solito vicolo, nulla di più, tutto normale, come l'ha sempre conosciuto.

"Ma cosa mi prende?". Guarda il mozzicone di canna tra le sue dita, indeciso se riaccenderlo o liberarsene subito.

Ma poi un'altra preoccupazione lo salva dai dubbi sul suo equilibrio mentale. *"Oggi le parlo come una persona normale e le chiedo scusa"*. Esce dal vicolo, sale sullo scooter e si dirige al lavoro.

«Ma che ti è successo?», gli fa Gio, appena il ragazzo entra nel bar e si leva il casco con una smorfia. Franky non fa in tempo a rispondergli ché il cugino l'ha già preso per un braccio per trascinarlo in cucina. «Vuoi farmi scappare i clienti!? Fargli credere che ti picchio con le padelle!?».

«Sei deficiente?», ribatte l'altro gettando uno sguardo alla sala quasi deserta.

«Cos'è quell'affare?», riprende Gio indicando il bernoccolo, una volta in cucina. «Ti hanno pestato? Devi dei soldi a qualcuno? Franky? Allora, mi rispondi?».

«Ma niente di che!».

«Non prendermi per il culo, guarda che roba hai lì! Senti, mi sta bene sopportare i tuoi casini di tanto in tanto, ma una volta mi arrivi in ritardo, l'altra strafatto marcio, l'altra ancora ti pesco a fregare le birre per il compleanno di quel coglione di Bescio. Questa volta cosa mi devo aspettare? Che uno strozzino venga a sfasciarmi il locale?».

«Ma vuoi stare tranquillo!?». Potrebbe usare una scusa tipo "sono caduto da solo", ma è chiaro che non è così, glielo si legge in faccia, letteralmente. Quindi sta zitto e fa per indossare il grembiule da sala e aiutare il suo capo al banco.

«Quello posalo pure, oggi da qui non ci esci».

«Sei fuori, Gio?».

«No, TU sei fuori se pensi che ti lasci servire così. Stai di qua, fatti il tuo, e vedi di andare spedito, almeno. Sono stato chiaro?».

«... Come ti pare».

«Franky, sono stato chiaro?».

«Senti, ho capito, bel discorso, la tua fidanzata sarebbe orgogliosa. Adesso dacci un taglio».

«Dacci un taglio a me non lo dici, ne ho le palle piene di farti le prediche. Io non sono tua madre o tuo padre, e non è colpa mia se loro sono stati degli stronzi con te. Io ti sono sempre venuto incontro, quindi cerca di portare un po' di rispetto, e ricordati che se hai due soldi per pagarti le canne lo devi solo a questo bar e a quello scemo che ti ha assunto».

Franky tace e abbassa lo sguardo allo sporco tra le piastrelle. E i due si stagliano in una scena che si ripete periodicamente da molto tempo. Sono proprio diversi, non solo per lo stacco di dieci anni d'età, per i vestiti, trasandati da una parte e impeccabili dall'altra, per l'aspetto, uno coi capelli lasciati uguali a come s'è svegliato e l'altro pulito e pettinato senza un pelo fuori posto. Sono soprattutto i caratteri a non somigliarsi. Ma questo dipende sostanzialmente dai trascorsi reciproci. Qualcuno ha avuto dei genitori alle spalle, s'è messo l'anello di fidanzamento al dito, ha rigato dritto e ha portato avanti progetti. Qualcun altro vive alla giornata, se va bene si sveglia ogni tanto con una scappata di casa, si domanda se la sua vita abbia un senso, e Dio lo scampi dal riflettere sul suo passato.

Gio lo squadra ancora un minuto, poi riordina i capelli, si aggiusta il colletto della camicia ed esce dalla cucina. Franky rimane a guardare la porta che ondeggia.

Infine decide di mettersi all'opera. Affetta i pomodori. Si taglia. Bestemmia.

Le ore passano tra un'insalata e un hamburger. Poi, fattosi prossimo il momento fatidico, in Franky riaffiora la stessa aspirazione che l'ha destato prima della sveglia. Si affaccia all'oblò e osserva la sala. Purtroppo, oltre gli studenti, gli operai di cantiere e le solite vecchie pettegole, non c'è traccia di saliere svuotate, né di ragazze che indaghino il futuro nei fondi di caffè. E nessuno fuma, come dovrebbe essere.

Controlla l'orologio del cellulare, quello appeso al muro, e ritarda le pulizie il più possibile, sbirciando regolarmente al di là dell'oblò. *"Magari passa più tardi"*, si dice. Ma non passerà, non di lì a pochi minuti, e nemmeno a metà pomeriggio.

Quando il suo turno è finito da un pezzo, Franky è ancora appoggiato dietro la porta e fissa un tavolo sgombro all'angolo della sala.

«Ti serve una mano?», gli dice Gio, aprendo un poco le ante della cucina.

«Oh! Scusa, mi sono distratto, faccio in un attimo», risponde Franky, tornando al lavandino e alle poche stoviglie sporche.

Gio lo guarda poco convinto, poi osserva a sua volta la sala. «... È per lei?».

«Eh? Chi?».

«Sì, è per lei. Stavi guardando l'S3, è dove si siede di solito».

«Ma va'! Stavo pensando ai fatti miei, non preoccuparti».

«Perché mi racconti palle?», gli fa Gio, studiando per un attimo il suo bernoccolo. «Lasciami indovinare. Ci hai provato, lei c'è stata, e il fidanzato te le ha date?».

«Ci ho provato, non è proprio l'espressione più adatta».

«Senti, se è così, la prossima volta la mando via a calci, non c'è problema».

«Sarebbe comica», dice Franky, ma il cugino capisce solo a metà.

«Allora, mi spieghi che cosa è successo?».

«Ti ho già detto di non preoccuparti».

«Va bene, vuoi tenerlo per te? Fa' un po' come vuoi. Ma se la tua testa di legno è in grado di accettare un consiglio, ascoltami. Lasciala perdere, non credo faccia per te, è evidente, visti i risultati». E tante grazie della banalità, risponderebbe Franky, non fosse che il cugino va avanti. «In realtà, non credo faccia per nessuno».

Franky non si aspettava di vederlo farsi tanto serio. «Cioè? Cosa intendi?».

«Paga il conto, quindi sono costretto a servirla, ma se potessi le lascerei la tazzina sul banco, ché se la venisse a prendere. Sinceramente non la vorrei vedere nemmeno entrare qua dentro». Si strofina il mento, indeciso se continuare. «Circa una settimana fa le ho portato l'insalata al tavolo, l'ho posata sulla tovaglietta di carta in un angolo che non fosse coperto di sale. L'ho guardata per qualche secondo e lei si è voltata subito verso di me. Non ha detto una parola, mi ha solo guardato negli occhi.

Non so spiegarti perché, ma in quel momento mi sono sentito... vulnerabile. Me ne sono andato subito, tanto era il fastidio di starle vicino. Passata mezzora, sono tornato per ritirarle l'insalata, come al solito. Ho visto che si stava accendendo la sigaretta, ma quella volta non avevo intenzione di lasciar correre. Faccio per dirle qualcosa e lei mi guarda di nuovo, lo so che sembra assurdo, ma ho sentito che mi stava fissando dentro. Nella carne, capisci? Mi sono sentito la nausea, le vertigini. Poi lei mi ha detto: *e dire che sembri tanto buono e responsabile*. In quel momento mi è comparsa in testa Giulia...».

«La tua tipa?».

«Sì, Giulia, la mia fidanzata...».

«E quindi?».

Gio ha lo sguardo fisso, quasi stralunato. Gli ci vuole qualche secondo, ma alla fine risponde. «E quindi niente. Non le ho detto nulla. Ho fatto dietrofront e me ne sono tornato al banco. Avessi aspettato un secondo di più mi sarei vomitato sulle scarpe, ne sono certo». Abbassa lo sguardo e incrocia le braccia in una posa che appartiene più a Franky che a lui. «Non ho più voluto guardarla».

«Okay, levando il fatto che mi sembri impazzito, che cosa c'entra Giulia?».

«Niente, lascia stare, dimenticati di Giulia per un secondo. È lei, il problema. Non porta nulla di buono, fidati. Quante volte mi hai sentito fare un discorso del genere?».

«A pensarci bene, questa è la prima».

«Bene, allora cerca di darmi retta. E adesso sbrigati a finire, ché ti sei già rubato quaranta minuti». Gio si avvicina alla porta. Prima di uscire dalla cucina, si volta e dice ancora: «Non è normale, stalle lontano».

Franky fa cenno di sì e comincia a lavare il tagliere. Per un attimo immagina Gio con un ago di ghiaccio conficcato dietro la testa.

Terminato il lavoro lascia il locale, mette in moto il cinquantino, dribbla i pedoni nei vicoli del centro storico e raggiunge gli amici alla sala bigliardo del baretto di Nestore: un ex hippy sull'orlo dei settanta, con i baffoni arricciati in stile tedesco, che non è tipo da scandalizzarsi se i ragazzi si rollano un paio di canne nel retrobottega. Franky saluta la banda attraversando l'ambiente fumoso, prende una birra e fa qualche partita, il tutto ostentando un buonumore su cui Bescio non puntualizza affatto. Il Samurai sa quando è il caso di farlo. Se il suo compare ha solo bisogno di distrarsi, lo lascia fare, ride, scherza e gli dà corda, per lui l'importante è che si stacchi quel tanto che basta dai sui problemi. Normalmente funziona, ma oggi sembra che quei problemi non se ne vogliano andare e, quando a fine giornata Franky ritorna a casa, lo assalgono in massa costringendolo a fermarsi un attimo a metà del suo vicoletto speciale.

Si accende una sigaretta appoggiandosi al muro e spiando il cielo buio sopra di lui. *"Forse dovrei davvero lasciarla perdere"*. L'avesse detto a voce alta, si sarebbe morso la lingua. Che sia pazza, psicopatica, veggente o portatrice di mali sconosciuti, poco importa, se l'istinto gli impone di rivederla. Di treni, nella sua vita, ne ha persi anche troppi.

Osserva lo sbuffo di fumo salire dalle sue labbra. Poi la vista si appanna, e lo scorcio del vicolo assume l'aspetto di un'istantanea sbiadita, come se la sua mente volesse sovrascrivervi immagini di importanza maggiore.

Quelle di una casa che brucia.

Franky sussulta, il fumo gli va di traverso. Sgrana gli occhi.

Per nitida che fosse, l'immagine è già svanita. Ma ecco di nuovo quell'eco, accompagnato da una sensazione di pericolo, di emergenza assoluta. Ora il suono è più inteso, presente, ma dilatato all'inverosimile, come una parola cominciata all'inizio di un anno e terminata in quello seguente. Non ha un'origine, è tutto attorno a lui, o forse... dentro di lui. Potrebbe quasi comprenderla, ricondurla a un pianto o a un grido di orrore. Ma si scosta ansante dal muro e l'eco si attenua magicamente.

Si volta cercando una fonte nella parete. C'è una fessura tra i mattoni infranti e il cemento crepato. Possibile che il suono arrivi da lì? In un certo senso lo spera, perché l'alternativa è che provenga direttamente dalla sua testa.

Poco dopo svanisce lasciando Franky col dubbio di esserselo sognato. Per la seconda volta. *"Cosa mi sta succedendo? Cosa cazzo mi sta succedendo?"*. Non troverà una risposta nemmeno più tardi, quando andrà a dormire.

Nel cuore della notte, a qualche chilometro di distanza, in un appartamento della stessa fredda città, Gio si sta svegliando di soprassalto. Nessun incubo per lui, solo l'improvviso bisogno di alzarsi dal letto dove Giulia, la sua fidanzata, sta dormendo serenamente.

Si siede sul bordo, indeciso se tornare a cercare il sonno. Sa che non ci riuscirà neanche questa volta, non senza un sonnifero.

Entra in cucina, si tira sulle punte dei piedi e recupera il blister di pastiglie nascosto sopra la credenza. Quattro le ha già usate e, se queste veglie persistono, dovrà per forza comprarne altre. Non ne aveva mai avuto bisogno in vita sua, non prima dell'ultima settimana, e ora eccole lì tra le sue mani, i compromessi con il suo senso di colpa. Ne ingoia una, beve un bicchiere e ritorna in camera. Poi si ferma a osservare la sua ragazza che dorme ancora serenamente, ignara dei suoi recenti comportamenti notturni, dei sonniferi, e della donna sposata che lui si scopa da quasi tre mesi.

Sempre lì, immobile sulla soglia, Gio ripensa alla sconosciuta, forse più intensamente di Franky.

"Lei lo sapeva...".

Non lo aveva mai detto a nessuno.

3

IL PASSATO BUSSA DUE VOLTE

Franky apre gli occhi, ma impiega parecchio ad alzarsi dal letto. Passa il tempo a guardare il soffitto, lo guarda a lungo quando ha fatto dei sogni. Ancor più a lungo quando ha fatto degli incubi. E oggi, che non c'è il lavoro a sottrarlo a tutti i suoi demoni, di tempo ne ha molto. Spaventa pensare a quanto potrebbe passarne a rimuginare sulla sua vita.

Nell'ultimo mese le fantasie sulla misteriosa sconosciuta erano riuscite a distrarlo. Ma oggi non pensa alla ragazza dai riccioli neri, non si pone domande sul suo trascorso. Oggi si riflette nello specchio e non può evitare di pensare ai suoi reali problemi. Nell'appartamento non vola una mosca, mentre nella sua testa si affollano le grida di molti anni prima. Osserva la sua immagine nel vetro, come se partendo da quella figura ripercorresse gli eventi che l'hanno formata e cresciuta. Vede un'infanzia solitaria, di strilli, schiaffi, e piatti rotti. Vede un'adolescenza vissuta in città, ai rientri pomeridiani, a cena dagli amici, agli allenamenti sportivi, a qualunque scusa lo portasse lontano da casa. Vede sua madre e suo padre, ognuno abbracciato al proprio partner. Partner che non fanno parte della sua famiglia. E vede se stesso, nel mezzo, al centro degli sfoghi ma sempre estraneo agli interessi. Quei più sinceri interessi, di cui un figlio dovrebbe essere il fulcro.

Suona il cellulare, probabilmente per la terza volta. Prende il telefono e si obbliga a leggere i messaggi. In cima alla lista c'è Musca, uno della banda, un ciccione bontempone con la fissa della fotografia digitale. [Ciao fratello, stasera danno una festa a Villa Castello, evento del secolo. E guarda caso stai parlando nientemeno che col fotografo ufficiale. Che dici, riuniamo la banda e andiamo a fare un po' di casino? Il party lo organizza la Zaffirostyle, che sono i soliti rompipalle a cui piace fare gli esclusivisti. Però conosco uno dei PR, quindi tutto sotto controllo. Fammi sapere].

Il secondo messaggio è di Bescio: [Festa pazza a Villa Castello. Il panzone ci trova i pass e si entra liscio. Alle sette aperitivo. Poche storie!].

Franky preferirebbe seppellirsi sotto la pila di biancheria sporca piuttosto che imbarcarsi a una festa. Scorre i messaggi indeciso se rifiutare o lasciar calare il silenzio stampa. Infine opta per la seconda. Sa che gli altri non demorderebbero nemmeno al nono rifiuto, quindi fa per spegnere il cellulare. Mentre preme il tasto, una parte di lui si sta già pentendo. Ma di party, risate, aperitivi, oggi proprio non vuole saperne.

Arriva un altro messaggio e Franky arresta lo spegnimento. È Linda, la sua ex-fidanzata. [Ciao :) Sei a lavoro oggi?].

Con gli amici la chiama "la grande stronza", ma avverte sempre un piccolo batticuore quando decide di farsi viva. [Ciao oggi sono a casa, giorno libero].

[Ti va se faccio un salto? :)].

A Franky basta la faccina a fondo messaggio per ritrattare l'isolamento forzato. [Sicuro, nessun problema!].

[Okay, dammi un'oretta e arrivo, magari ci ordiniamo qualcosa dal cinese a domicilio].

La conversazione si chiude con un mezzo sorriso del mezzo cuoco. Anche le parti basse gli stanno dicendo che, se gioca bene le sue carte, la giornata potrebbe assumere una piega assai più gradevole.

Riordina alla meglio la tana, recuperando un sacco della spazzatura e ficcandoci dentro ogni cosa che il suo occhio etichetta come rifiuto. Arraffa magliette usate, lenzuola vecchie, calzini disseminati sul pavimento, e stipa tutto in lavatrice. Prende un deodorante per ambienti e lo esaurisce incensando ogni centimetro cubo d'aria. Da un lato dovrebbero essere normali operazioni di manutenzione, dall'altro non ci si potrebbe immaginare abitudini che minino maggiormente i capisaldi della sua routine. Argomento per il quale ha già litigato a sufficienza con la sua ex, in passato. Ma adesso esegue e basta, come se lei fosse già lì a guardarlo. E non gli importa, adesso vede tutto rose e fiori.

Linda non tarda ad arrivare, il citofono suona addirittura in anticipo, e qui c'è del sovrannaturale, visto che si è sempre ritagliata le sue mezzore di slargo. È chiaro che oggi vuole qualcosa, e lo otterrà, ci è già riuscita con un solo messaggio. Franky si sporge dalla finestra, le fischia e lei gli sorride. Si è tagliata i capelli, ma è bella, sempre bella, questa mattina anche di più.

La fa salire e le apre la porta, la ex lo saluta con un bacio sulla guancia che merita un oscar per l'erotismo, e Franky finge indifferenza mentre una parte di lui diventa di marmo.

Linda appende la borsa a una sedia, si libera di giacca e felpa e rimane in canottiera, offrendo a Franky la panoramica di una schiena da cinque stelle, quindi si gira come a dire: "questo è un assaggio di quello che ti sogni da un pezzo". Nel mentre si guarda attorno sparando un paio di battute che il mezzo cuoco ascolta a malapena, tipo: «La immaginavo un casino e invece guarda che ordine», «Mi mancava casa tua, soprattutto questa vista della città», «Tu come stai? È un po' che non ci si vede», «Cos'è quest'odore? Fa quasi soffocare».

Franky si riprende appena in tempo per rispondere all'ultima domanda: «Ah! Non ne ho idea, dev'essere entrato dalla finestra». *"Che diavolo ho detto?"*. Pazienza, tanto sembra che Linda non lo stesse nemmeno ascoltando. Se ne sta appoggiata a un mobile esaminando la sala come un uccello pronto a nidificare. Franky le si avvicina, «Tutto bene, comunque. Il lavoro non mi manca, gli amici nemmeno. Insomma, sì, gira tutto bene». Vorrebbe saltarle addosso, ma si limita a passarle a fianco, ad aprire una finestra e ad accendersi una sigaretta, lasciando poi il pacchetto sul tavolo. Lei prende una cicca dallo stesso pacchetto e la accende a sua volta, né un per favore né un grazie. Un gesto che a Franky ha sempre dato sui nervi. Un gesto per cui adesso non batte ciglio.

«Cos'hai fatto alla testa?», sorride Linda.

«Ho fatto a botte con un tizio che voleva rubarmi lo scooter. Gliene ho date parecchie, ma questo è riuscito a lasciarmelo».

Per un po' si scambiano convenevoli, poi, terminate le formalità, Franky le fa una domanda priva di mezzi toni. «Con Diego tutto a posto? Lo sa che sei qui? Non credo che gli farebbe piacere».

«Come mai ti interessa di Diego?».

«Forse perché l'ultima volta che l'ho incontrato non è finita poi così bene».

Linda sa a cosa si riferisce, alla feroce rissa che ha visto protagonisti un ragazzetto di vent'anni e un armadio di muscoli quasi sulla trentina, quindi è costretta a scoprirsi quel tanto che basta. «Io e Diego... Ci siamo lasciati. Circa un mese fa».

«Ah», recita lui, nel tono più neutro possibile.

«Tu invece? Qualcuna per le mani? Come piace dire a Bercio, o Breccio».

«... Beh, sì. Una tizia», e per un attimo i pensieri del ragazzo migrano altrove, mentre lo assale un vuoto allo stomaco, «l'ho conosciuta al bar. Una roba così». Si sente puzza di bluff da un miglio di distanza, eppure lei annuisce lasciando intendere di essersela bevuta. Forse perché convinta di riottenere il vantaggio in breve, o forse perché c'è aria di sesso da quasi un'ora e del resto non frega niente a nessuno.

«Se dicessi che mi fa piacere, direi una bugia».

«Davvero?».

«Mi sei mancato».

Pochi secondi di silenzio propiziatorio. Poi i due si strappano i vestiti neanche fossero carta da imballaggio e si gettano sul divano schiacciandosi l'uno sull'altra, la stanza da letto si è fatta improvvisamente distante. Nessuno si cura di tirare giù tapparelle, ché i vicini si godano lo spettacolo.

Due ore dopo, fresca di doccia e accomodatasi come non avesse mai perso il dominio su quella casa, Linda chiama il numero del cinese a domicilio, ordina mezzo menù, e chiede a Franky di anticiparle i soldi del conto. Le basta un sorriso per convincerlo, e se il ragazzo tornasse indietro alla loro prima storia, la cosa gli farebbe montare la rabbia. Ma adesso lui sta pensando unicamente al resto del pomeriggio che trascorreranno assieme, a un modo carino per invitarla alla festa di Villa Castello, e a quello per rivederla poi il giorno dopo, e il giorno dopo ancora. Ricominciare tutto daccapo, e meglio.

«Merda, devo scappare!», dice Linda, terminati spaghetti di

soia, ravioli al vapore e quant'altro.

«Ma come? Non rimani?». Franky cerca il suo sguardo, ma lei è tutta indaffarata a vestirsi e rifarsi il trucco.

«No, mi spiace. Mmh... è che... devo incontrare delle amiche», si mette il rossetto in un gesto veloce, «sai, per parlare, organizzarci per la festa di stasera».

«Ah. Ho capito. Quindi vieni anche tu? Pensavo che avremmo potuto andarci assieme».

«Ehm, sì... Magari ci vediamo là e beviamo qualcosa». Linda ancora non lo guarda. Ora è pronta e si avvicina all'uscita mandando un bacio volante. «Grazie per il pranzo!», esce e chiude la porta lasciando Franky da solo e in mutande. Se l'inquilino del piano di sopra vedesse attraverso i muri, starebbe ridendo di gusto.

«Ma come!? Non rimani!?», dice Franky tra sé e sé. Tira un calcio alla credenza. «Bravo, bravo scemo! Che razza di frasi dici!? Non te la potevi risparmiare!?». Prende il cellulare, scrive un messaggio per Linda. Lo cancella. Ne scrive un altro. Lo cancella di nuovo. «Oh, fanculo!». Va sul gruppo degli amici e scrive: [Va bene, vada per la festa].

[Parole sante, fratello!], risponde Bescio. [Alle sette da Nestore! Tanto per carburarci a dovere!].

[Io son già qui, se qualcuno vuole essere distrutto a biliardo], scrive Winston.

[Tempo di trovare i pantaloni e ti raggiungo], scrive Franky.

[Ma se non te li levi neanche per dormire!], scrive Leo.

[Questa volta me li ha levati qualcun altro].

[Maledetto! E chi sarebbe la fortunella!?].

[Poi vi racconto!].

Il cellulare squilla ancora, ma Franky smette di dargli attenzione e si prepara di tutta fretta. *Magari ci vediamo là e beviamo qualcosa"*, è l'unica cosa che conta, al momento.

Cappello aderente per mascherare il bernoccolo, esce di casa e vola spedito affrontando il solito percorso, porta sul retro, cortile dismesso, gomitolo di stradine e immancabile camminata nel vicoletto speciale, testimone di tutti i suoi stati d'animo, nella maggioranza dei casi pessimi. Ma non oggi, non ora perlomeno. Alle ultime luci del pomeriggio, in quella penombra si scorge quasi un barlume di speranza.

Arrivato a metà della via, Franky si blocca di colpo.

Il respiro si arresta, le pulsazioni aumentano, arrivano le vertigini, il conato di vomito, sente l'ago gelido dentro alla nuca, l'eco che rimbomba nella sua testa. La strada dapprima si stringe, poi si gonfia come un pallone, quasi la stesse osservando dall'altro capo di una sfera di vetro. Strizza le palpebre e vede passare immagini, non davanti al suo naso, non di fronte ai suoi occhi, ma più nel profondo, come un filmato pubblicitario balenato sulla sua retina. Vede i pentacoli disegnati per terra, il fuoco, la villa in fiamme, i diavoli che strillano, il soffitto che crolla, le lacrime che appannano la vista, la fuga e il cielo della notte, vede buio, poi la luce, scene indistinguibili in un fiume di colori. Si fanno più nitide. Vede l'alba, il fumo residuo, l'uomo che si alza dalle macerie. Altre immagini confuse. Vede lei, la ragazza dai riccioli neri.

Sta piangendo. Chiede aiuto.

4

IL GIORNO PEGGIORE

Il flash lo abbaglia lasciandolo intontito per qualche istante. Franky si guarda attorno spaesato, incrociando il selciato, i lumi gialli dei lampioni, le logge ai bordi della piazzetta, l'insegna del bar di Nestore e il viso paffuto di Musca, completo di minuscolo pizzetto.

«Buonasera, faccia da culo!», dice Musca, aggiustandosi la coppola sulla testa e abbassando la macchina fotografica. Bescio si avvicina per dare un'occhiata al display.

«Cristo santo, Franky! Ma cosa ti sei fumato!?».

«Guarda che occhiaie da psicofarmaci! Questa la metti come foto profilo e fai mille followers come niente!».

Franky sgrana gli occhi. Se fosse semplicemente confuso, sarebbe già un risultato ottimale. Non ha la minima idea di come sia arrivato dalla periferia al centro, né di quanto tempo abbia richiesto il tragitto, né di cosa stesse pensando nel mentre. Il lampo della Canon ha praticamente sovrascritto la sua memoria lasciando tabula rasa. C'è rimasta soltanto un'immagine. Quella di una ragazza che piange.

Winston, corredato perennemente da una Winston Blue accesa, schiocca le dita a destra e a sinistra. «Linea piatta, nessuna reazione, abbiamo perso il contatto. La diagnosi evidenzierà un principio di alzheimer», dice massaggiandosi prima la nuvola di riccioli biondi e poi il mento appuntito. I suoi occhi a mezz'asta lasciano credere che nella sua testa ronzino solo mosche, ma chi lo conosce sa che la sua materia grigia è sempre al lavoro.

Il Samurai assesta un paio di schiaffetti sulle guance del mezzo cuoco. «Tranquilli, ora uso il metodo Gio, con quello non si sbaglia... Franky! Affetta cipolla! Prepara insalata! Arrostisci salsiccia! Apparecchia i tavoli! Servi i clienti! Lava per terra! Baciami il culo!». Input sufficienti a richiamare il ragazzo e a riavviare i suoi processori mentali. Quel che è accaduto nel vicoletto speciale sembra quasi il ricordo di un'altra persona.

«Oh, finalmente! Credevamo di averti perduto!».

«Scusate, è che sono... un attimo partito per la tangente».

«Cosa gli parli di tangenti a Bescio!?», si inserisce Leo, «quello crede che seno e coseno siano entrambi sinonimi di tette!». Sfoggia la giacca più elegante tra tutte quelle del gruppo. Le sue folte sopracciglia nere e la sua espressione imbruttita sembrano emanare costante disgusto, ma la banda gli vuole bene lo stesso. Si frequentano dalle medie e hanno imparato ad accettare quella faccia da strafottente.

«Oh, ma non è che se ti hanno trovato sotto a un cavolo allora puoi frantumarci le palle a tutti», sghignazza Bescio.

«Ma tappati la bocca, ché non vali neanche il prezzo del gioco al quale ci fai fare pessime figure nei tornei!».

«Parla quello che si lamenta della connessione quando in realtà non è in grado di usare un mirino, bel sistema che hai *a-dot-ta-to*!».

I due vanno avanti a rimbeccarsi, mentre Winston domanda a Franky il motivo del suo ritardo. Lui fa per rispondere, ma Musca lo anticipa. «Porca vacca, me n'ero quasi scordato! Spiega un po' chi è la disgraziata che ti sei portato a letto!».

E gli altri in coro: «Dai! Vai! Dai! Vai! Racconta! Racconta! Racconta!».

«Ma mollatemi un attimo! Fatti vostri, mai?».

«E smettila!», dice Leo, «ché è da oggi pomeriggio che te ne vuoi vantare! Poi se va bene si tratterà di Linda. Quando vai a segno di punto in bianco, il cerchio si restringe».

«Leo, tu non ti stavi insultando con Bescio!? Comunque sì, proprio lei. Ma vedete di offrirmi da bere, altrimenti non vi racconto una mazza».

I ragazzi entrano nel locale del vecchio hippy come una calca di pistoleri e prendono possesso della saletta biliardo sul retro, un tugurio dai muri ingialliti in cui la scopa non viene passata da secoli, ma dove il gruppo si sente a casa, libero di stravaccarsi a piacere. Nestore accorre preceduto dai suoi baffi ricurvi. «Cosa vi porto, canaglie?».

«Facci un Intruglio, di quelli buoni, come sai tu!», gli dice Bescio, riferendosi alla brodaglia che bevono sempre.

Quando arrivano i drink, la banda brinda a Franky per fomentare la narrazione e lui parte in quarta con gli elementi piccanti, assicurandosi altri quattro brindisi e una bevuta offerta da Musca. Finito il racconto si lascia sfuggire un: «Forse ci vediamo stasera alla festa».

Leo è il primo a innescare le critiche, «Dai, non ci posso credere, speri ancora in quella lì!? Non ti bastano le umiliazioni che ti ha fatto subire?».

Poi Musca: «Infatti, Franky, Linda ha occhi solo per Diego, lo sai benissimo. Tra l'altro, li ho visti assieme settimana scorsa».

E ancora Winston: «Non stento a crederlo, e se non vuoi beccarti altri cazzotti nei denti, ti consiglio di fartene una ragione. Goditi quel che è successo e ritirati da vincitore».

«Ragazzi, state sereni, me ne frego di Linda, di Diego e di tutto il resto. È venuta a raschiare alla porta e le ho aperto. Se verrà un altro giorno, le aprirò di nuovo. Quando mi sarò stufato o avrò trovato un passatempo migliore, mi comporterò di conseguenza. È solo una stronza, e va trattata come tale».

Gli altri quasi gli applaudono. Bescio invece alza gli occhi al soffitto e sogghigna. Nella scorza dei suoi pensieri, ai margini del suo qualunquismo, per lui è chiaro che Franky avverte il disperato bisogno di una ragazza. Non di quella in particolare, né del sesso dozzinale, Franky ha solo bisogno di essere amato, sentirsi necessario, avere un senso. È *quello* che gli serve. Linda non calza granché con la causa e il Samurai aggiungerebbe: "se si chiamano ex, c'è un motivo", ma l'ufficio saggezza non apre fino a domani, quindi tace.

«Signorine!», enuncia poco dopo, «si è fatta una certa, e direi che gli animi sono pronti per dare il via alla serata». La banda annuisce levando in alto i bicchieri, e Musca immortala la scena con un flash della macchina.

È ormai sera inoltrata quando lasciano il baretto e imboccano la passeggiata lungo il parco diretti a Villa Castello. Sulla strada irraggiata dalle luci dei locali incontrano stormi di persone in maschera destinate allo stesso evento. Musca sapeva che travestirsi avrebbe offerto uno sconto sul biglietto d'ingresso, ma considerando che avranno comunque i pass e che Bescio avrebbe indossato il suo completo con katana e kimono, ha preferito omettere il fatto. Arrivati ai cancelli del cortile della villa, evitano la fila attraverso una corsia preferenziale indicata da Musca, mentre lui saluta PR, buttafuori e organizzatori con abbracci e strette di mano. Scambia due parole con un tizio mingherlino che regge la lista degli invitati, e quello fa cenno al bestione pelato di lasciarli passare.

«E scusate se ci so fare», dice Musca agli amici. «Grazie a Dio tra di noi c'è qualcuno che conta qualcosa». Scatta una foto al resto della banda che lo manda a quel paese, poi si rivolge al mare di gente in coda, «Ciao ciao, sfigati!».

Bescio si fa avanti scrutando tra le vetrate, i balconi e i colonnati della villa. Tempo di scovare il primo gruppo di sole ragazze e dice: «Bene, fratelli! Solito piano. Leo tu fai quello che rompe le palle e vai a importunarle, io faccio il maschio alfa e le salvo dalla tua compagnia. Poi alla prossima facciamo a cambio».

«Te lo scordi, questa volta lo fai tu il rompipalle», dice Leo.

«Ma tu hai la faccia più giusta, e io l'ho già fatto due volte fa».

«Me ne frego, non ne ho voglia. Fallo fare a Winston».

«Winston fa quello intelligente», ribatte Musca.

«Winston fa sempre quello intelligente!».

«Io *sono* quello intelligente», precisa Winston.

«Oh Cristo! Vabbé, allora lo fa Franky, ché l'altra volta è toccato a lui ma poi ha rimorchiato lo stesso».

«Sì, ehm... io vi raggiungo tra un attimo, okay?». Franky fa per defilarsi.

«Dai, ma dove scappi?», gli domandano gli altri.

«Faccio una capatina al bagno e sono da voi».

«Guarda che Linda l'ho vista andare sull'altra terrazza», dice Musca, «se passi per la pista da ballo e sali la scalinata, ci arrivi prima».

Franky tentenna, poi cambia subito strada.

Attraversa il giardino di Villa Castello dove luci calde e siepi tagliate di fresco accolgono una ressa di persone intente a scolare drink e confrontare i costumi migliori. Varca il portone aperto della parete Nord, si infila nella pista da ballo e cerca di farsi largo come può nel miscuglio di maschere. Affronta la rampa suggerita da Musca e arriva a un terrazzo sormontato dal bastione della villa su cui si alternano i fari della postazione luci. C'è un bancone cosparso di led blu e assediato dagli invitati armati di ticket-consumazione. Aguzza lo sguardo e la vede. Linda è in coda che aspetta il suo turno e indossa un paio di orecchie da gatto, come buona parte delle altre ragazze. Si gira verso di lui spalancando gli occhi e un sorriso da sciogliere il cuore. Alza una mano, saluta, e Franky risponde allo stesso modo. Poi le due bionde alle quali era rivolto il saluto lo superano strillando di gioia e corrono ad abbracciare Linda.

Il ragazzo si avvicina a piccoli passi al trio. Linda lo nota e cambia radicalmente espressione.

«Ciao!», dice lui, con tutto il coraggio che gli è rimasto.

«... Ciao», dice lei, mentre le amiche fissano Franky come fosse il pesce più brutto di tutto l'acquario.

«Ti va... di bere qualcosa?».

«Sono con le mie amiche. Magari un'altra volta, eh». Continuano a fissarlo. A una scappa un ghigno.

«Sì, certo... Alloraaaa, vengo a cercarti in un altro momento. Magari più tardi».

Franky si volta. Tempo di fare due metri e sente una delle amiche che ride: «Magari mai più».

Si dilegua il più velocemente possibile. *"Fanculo! Fanculo! Fanculo!"*. Mette mano al ticket-consumazione e controlla che il resto delle sue finanze sia sufficiente a farlo affogare nel rum. Attende che il trio si allontani, poi si appoggia al bancone e aspetta che il barista si liberi. Punta più volte lo sguardo su Linda, ma lei non lo ricambia in nessuno dei casi. D'un tratto arriva una montagna di muscoli in giacca da motociclista e tanto di tatuaggi, è Diego, che dà un bacio a quella che dovrebbe essere la sua ex-fidanzata da circa un mese. Lei lo abbraccia, poi si scosta per salutare altra gente. In quel momento l'energumeno si volta verso di Franky con occhi carichi di pessime intenzioni, e il ragazzo si nasconde tra le persone che lo circondano. *"Fanculo!"*. Il barista lo chiama e lui ordina un cocktail, urlando per sovrastare la musica.

Quando consegna il suo ticket, il rumore pare azzerarsi e una voce decisa si fa viva vicino a lui. «Jack Daniel's, grazie». Lei non ha bisogno di alcun biglietto, nessuno glielo chiede.

«Tu!?».

La sconosciuta dai riccioli neri nemmeno si volta. «Come va la testa... stronzetto?».

Franky balbetta, in dubbio se investirla di insulti per il livido sulla fronte, o rivelarle che è quasi un mese che non pensa ad altri che a lei. Poi pronuncia le uniche parole che potrebbero farlo passare per pazzo. «Io... Oggi pomeriggio... Nel vicolo... Ti ho vista».

Lei lo osserva impassibile e schiude le labbra come per dire qualcosa. Infine domanda: «Facciamo due passi?». La sua voce non ha un minimo di trasporto.

Gli dà le spalle e comincia a camminare. Non occorre che si faccia largo tra la gente, le persone si spostano prima ancora che chieda permesso, anche quando non la vedono arrivare. Franky la segue senza fiatare, non c'è angolo della sua mente dove alberghi un solo quesito sensato. Per lui si è fatto improvvisamente silenzio. Tutto tace, tranne il suo cuore, quello scandisce ritmicamente ogni istante.

Percorrono la terrazza, salgono una ventina di gradini e arrivano a un balconcino isolato che sormonta le mura di Villa Castello, l'angolo bar, la pista da ballo e il cortile dell'edificio. Lontani da tutto e da tutti.

La ragazza guarda il cielo, si appoggia alla balaustra, beve un sorso di whisky, poi si gira verso di Franky, fredda, marmorea, imperscrutabile. Lui le va incontro come un ladro di tombe al cospetto di una piramide maledetta. «Sei reale?», le chiede.

«Sei deficiente?».

«È che... si fa tutto così strano quando ti sono vicino».

«Non sei il primo a dirlo».

Si zittiscono entrambi.

«Ti chiedo scusa», riparte Franky.

«Per cosa?».

«Per averti seguito, quel giorno».

«Non c'è bisogno che ti scusi».

«Invece sì. Ti ho messo paura e lì per lì non ci ho neanche pensato. Avrei voluto parlarti come una persona normale».

«Credo che avrei avuto la stessa reazione».

«Mi avresti preso a calci?».

«È possibile».

«Cos'è? Una tua abitudine?».

«È un buon modo per tenere a distanza la gente».

«Perché? Ti capita spesso di essere pedinata?».

«Succede».

«Immagino di esserti sembrato un tipo un po' strano, magari pericoloso».

«Tu? No, per niente», si fa più seria, «i tizi pericolosi sono altri».

«E allora perché quella reazione?».

«Volevo convincerti a starmi alla larga».

«Okay... Ora però mi hai cercato, siamo venuti qui, e stiamo parlando. Qualcosa non quadra, concordi?».

«È complicata».

«Cos'è che è complicato?».

«Una faccenda che non capiresti. O a cui non crederesti».

«Potresti provare a spiegarmi».

La ragazza si guarda attorno con circospezione. «Ci sono delle cose che devo sapere». Beve un sorso di whisky.

«E riguardano me?».

«Alcune sì». Beve ancora. «Il lago nero. Il quarantanovesimo chilometro dell'autostrada. La stazione abbandonata. La casa nel campo di grano. Le rovine della chiesa. Sono elementi che ti dicono qualcosa?». Rimarca scrupolosamente ogni frase. Non è una domanda da prendere alla leggera.

Franky storce lo sguardo, «Non so di cosa tu stia parlando», la sconosciuta lo fissa a lungo. «Davvero, non ne ho idea».

Lo fissa ancora, e Franky cerca di spezzare la tensione.

«Che bisogno hai di chiedere? Ero convinto leggessi il futuro».

«Non tutto. Non sempre».

«Mi stai prendendo per il culo?».

«No».

Franky si appoggia alla balaustra, il suo cuore ha appena mancato un battito. Adesso deve decidere: i brividi che gli corrono lungo la schiena gli stanno dicendo di lasciare quella pazza a se stessa, o stanno rispondendo alle domande che ogni notte rivolge alle stelle?

Getta uno sguardo oltre il parapetto, lo fa per istinto. Diego lo sta osservando dalla terrazza del banco bar, i suoi occhi non promettono nulla di buono.

Prima che si rivolga di nuovo alla sconosciuta, quella lo innaffia col resto del drink. «Ma che ti prende!?», le dice Franky. Lei gli tira uno schiaffo. «Sei impazzita!?».

La ragazza non lo ascolta, i suoi occhi vanno veloci da un punto all'altro, quasi ricontrollassero una ricetta invisibile.

«Manca ancora qualcosa».

«Una rotella! Ecco cosa ti manca!».

«Ora devi baciarmi».

«Che cosa!?».

«Baciami!». Lo afferra, lo stringe a sé. E quando Franky schiaccia le labbra sulle sue, sente l'ago di ghiaccio sorpassargli la scatola cranica e arrivare a destinazione, mentre il tempo diventa leggero, trascurabile, e nella sua testa passano immagini che non richiama di sua volontà, che fluiscono come liquido da una sorgente, aspirate da quella siringa invisibile. Non è acqua, ma catrame, che prende forma in un ricordo. Ricorda il giorno del suo quindicesimo compleanno, Bescio l'ha invitato a pranzo dai suoi, la madre del suo migliore amico ha preparato un sacco di cose buone e gli ha fatto gli auguri appena i due hanno varcato la soglia, in ritorno da scuola. Subito dice grazie e si sforza di sorridere, poi fila in bagno con la scusa di lavarsi le mani. Si guarda allo specchio. Quella mattina, nella sua vecchia casa di provincia, aveva fatto colazione da solo, mamma e papà erano ancora a litigare nell'altra stanza, forse litigavano da tutta la notte. Aveva mangiato in fretta e aveva preso lo zaino coi libri, si era diretto alla porta, aveva guardato indietro aspettando un momento di silenzio tra le urla e aveva accennato un "ciao, io vado". Nessuno gli aveva risposto, le urla erano ricominciate un secondo più tardi. Per l'ennesima volta non gli avevano fatto gli auguri. Se n'erano dimenticati, come al solito. Ogni tanto si chiedeva se fossero quantomeno memori di averlo in casa. Preferiva non rispondersi. *"Che cosa ci faccio qui?"*. Si guarda ancora allo specchio realizzando di essere venuto al mondo per un capriccio, per la speranza di salvare un matrimonio terminale. Si guarda ancora allo specchio e pensa: *"Io me ne andrò!"*. Sta per scoppiare a piangere, quando Bescio gli urla: «Che succede? Hai perso il pisello?», allora trattiene le lacrime e ringrazia di avere un fratello all'infuori della famiglia.

Franky si scosta, la ragazza non fa forza per trattenerlo. Si scopre improvvisamente stanco, con le lacrime agli occhi. Si appoggia al parapetto soffocando un conato di vomito, la testa gli gira all'impazzata. La sconosciuta lo osserva senza battere ciglio. «Hai davvero fatto quello che penso tu abbia fatto?», le chiede.

«Te l'ho detto, ci sono cose che devo sapere».

«Ma tu hai guardato! Tu hai visto!».

«Sì».

«Come cazzo ci sei riuscita!?».

«Fidati, questo non ha la minima importanza, ora».

Franky boccheggia, respinge un altro conato di vomito. Lei si volta verso la festa e aguzza la vista in un'espressione felina. «Rilassati, tra poco starai meglio», dice distrattamente.

Franky la prende per un braccio e la tira a sé. La bacia di nuovo. La ragazza cerca di sottrarsi, ma lui la trattiene. Avverte un'altra sorgente da cui i ricordi premono per uscire con la forza di un geyser. Non deve perderli, vuole vederli. Deve assolutamente vederli. Forse perché non sono i suoi. Eccoli. Vede l'orfanotrofio, le crisi epilettiche del piccolo Giovanni, gli sguardi spaventati degli altri ragazzini, i tutori che discutono, la camera solitaria, la portiera del taxi e l'uomo che la tiene per mano. Le immagini sfumano veloci, si allontanano. Ne arrivano altre. Le bucce di mela verde adagiate in un piatto e ricavate da una spirale perfetta, i disegni dei sogni coi loro tratti di pastello e grosse chiazze di tempera, il diario dei segreti e i suoi volti accusatori, le Persone Interessanti, l'uomo che le parla chinandosi davanti a lei: «Raccontami. Chi hai visto?». Il fiume scorre, i colori si accavallano. Compaiono nuove scene, più giovani, recenti.

Vede il ritaglio rosso di una porta aperta nel buio, le bambole che pendono dal soffitto, le candele disposte in circolo, la corsa su per le scale, la ringhiera arrugginita, la villa che prende fuoco, le fiamme la avvolgono come dita di un bambino su un insetto, mentre le ombre di diavoli senza nome si accasciano contro porte e finestre serrate senza trovare via d'uscita. Sente le grida, è tardi, per tutti. Vede la notte, la fuga, i giorni oscuri, uno uguale all'altro. Il resto è vago, confuso, forse è un'invenzione. Poi ecco il fumo sopra gli alberi, la luce del mattino, le macerie che si muovono, la sagoma dell'uomo che si alza. È lui. È vivo.

La sconosciuta gli schiaccia una mano sul bernoccolo, e Franky è costretto a indietreggiare di qualche passo.

«Non provarci mai più. E vedi di farti gli affari tuoi».

Franky è a bocca aperta, come è normale che sia dopo quanto gli è appena successo. Chiunque al suo posto direbbe: "no! tu adesso mi spieghi chi cazzo sei e che cazzo sta succedendo!". Ma lui non ci riesce, non con lei, non adesso. Non gli passa neanche per l'anticamera del cervello. «Scusami...», è tutto ciò che è in grado di farfugliare.

Poi qualcosa lo desta dallo sgomento, mandandolo in allerta. Si volta istintivamente e scruta tra la folla ammassata sulla terrazza del banco bar. Diego è laggiù, nitido in mezzo alla calca. Lo sta ancora fissando, con uno sguardo piuttosto eloquente.

«Ti va se usciamo da qui?», domanda alla sconosciuta.

«Volentieri», dice lei. Ora è fredda, inespressiva, come prima.

5

LA VOLPE

La festa è ancora nel vivo quando Franky e la sconosciuta decidono di andarsene. Sgusciano tra le sale della villa e attraversano il cortile senza guardare o salutare nessuno. Alcune delle maschere che affollano il party si voltano al loro passaggio come i guardiani di un panteon egizio, quasi stessero suggerendo a entrambi di sbrigarsi e non dare nell'occhio. Superano i cancelli, un paio di incroci e traverse, e imboccano un lungo viale alberato illuminato da lampioni sporadici, con macchine parcheggiate ai lati e sgombro della presenza umana.

Franky rilascia un sospiro, neanche fosse scampato da morte certa. *"Linda glielo avrà detto?"*, riflette pensando a Diego.

Camminano a lungo e per i primi dieci minuti non dicono una parola, quasi avessero preso strade diverse. Nella mente di Franky si spintonano troppe domande. Domande che mai avrebbe pensato di porsi e che, tuttavia, richiedono una risposta immediata, perché dopo quello che ha visto, dopo quello che ha appena vissuto, la sua personale concezione di cosa sia possibile e cosa fottutamente impensabile ha subito un notevole sbandamento. Eppure non apre bocca. Forse perché indeciso su quale domanda meriti la priorità assoluta, o forse perché convinto che quel denso silenzio abbia un che di giusto, di sacro, una barriera che non gli è concesso violare, supportata dal metro e mezzo di distanza tra lui e la ragazza, che lei pare tener sottocchio.

E in questa marea di incognite la prima frase impacciata partorita dal suo cervello è: «Una volta, qui, mi hanno beccato mentre provavo a rubare uno scooter».

«Oh... Wow».

"Ma di che diavolo sto parlando?". Va avanti lo stesso. «Non ti dico il culo che mi hanno fatto. Fortuna che avevo sedici anni, e ci sono andati leggeri. Hai presente, no? Quelle paternali violente, tanto per spaventarti e farti rigare dritto».

Lei non commenta, cammina e basta.

«Ma alla fine me ne sono fregato e due mesi dopo l'ho rubato davvero. Alla faccia degli sbirri!».

Reazione assente.

«Ti va di fumare?».

«Adesso no, grazie».

Di nuovo silenzio. Facile che anche gli alberi del viale si stiano annoiando.

«Mi piace passeggiare in posti come questo», riprende Franky. «Solitari, poco trafficati. Hanno un che di rilassante».

«Sì, concordo».

«Ce n'è uno anche vicino a casa mia. È sporco e lurido, però ha qualcosa di speciale per me».

«Ti senti a tuo agio, in un certo senso».

«Esatto. Sai di essere l'unico a metterci piede, non ci bazzica nessuno. Lo rende tuo, ecco. A volte, più delle quattro mura che chiami casa. Tu ce l'hai un posto così?».

«Ce l'avevo, prima. Sì, qualcosa di simile».

«Prima? E ora?».

«Ora non più».

«Ti sei trasferita?».

«Più di una volta».

«E non è molto che vivi qui, immagino».

«Relativamente poco».

«Ah...».

Franky si volta verso la strada. Pensa alle insalate, ai pentacoli nel sale, ai caffè, al racconto di Gio, al momento in cui la ragazza ha spiato nella sua mente. Poi pensa al bacio, e smette di pensare al resto. «Ti è piaciuta la festa?».

«Una vale l'altra».

«Insomma, non ti è piaciuta».

«Non sono fatta per quelle cose».

«E allora cosa ci sei venuta a fare?».

«Dovevo andarci».

«Amici? Ti hanno invitata lì?».

«No, nessun amico». Franky non può vedere che la ragazza si sta mordendo le labbra sotto la sciarpa. «Dovevo andarci e basta».

«Ah. Io invece sono venuto con...».

«Non immaginavo che *dovessi* incontrare te».

A lui suona proprio *quel* campanello, e per un attimo rimane di stucco. «Da come l'hai detta, pare che fosse destino».

«Sì. Infatti».

Nel tono c'è un'inquietudine che fa ammutolire entrambi.

«Quindi... sapevi che ci saremmo incontrati lì?».

«No. Non proprio. Sapevo che dovevo andare alla villa se volevo capire meglio alcune cose, se volevo ottenere quel che cercavo. Tu sei stato una sorpresa. Non del tutto inaspettata».

«Spero sia stata una sorpresa piacevole».

«Tutto il contrario».

«Senti, io non ci capisco più niente! Non ti ho mai incontrata in tutta la città, né ti ho mai vista in vita mia. Per un mese ti presenti puntualmente alla mia bettola, ordini da mangiare e non tocchi mai cibo. Magari non sarò il miglior cuoco del mondo, ma le mie insalate le mangiano tutti! Tutti, capisci!? Poi, voglio dire, se ti fanno tanto schifo, ordina qualcos'altro, no? Disegni pentacoli nel sale, scandagli i fondi di caffè, poi io cerco di conoscerti e tu mi procuri un bernoccolo grande come una palla da golf. Sparisci di punto in bianco e riappari a una festa dove mi lavi di whisky, mi prendi a ceffoni, mi baci e mi scartabelli il cervello rispolverando una delle mie giornate peggiori. Poi accetti di fare due passi in mia compagnia e viene fuori che avresti preferito non vedere più la mia brutta faccia. Concedimi di essere un po' confuso».

La ragazza continua a guardare dritto, impassibile. Franky sta già per scusarsi, ma lei lo precede: «Ti chiedo scusa per il whisky, per lo schiaffo e per il bacio. Anche per le insalate, se ti fa piacere. Erano necessari».

Scusa per il bacio!?", quella è l'unica cosa per cui Franky avrebbe ringraziato a mani giunte. Poi riflette sul resto. «Necessari?».

«Le condizioni variano. A volte sono diverse, completamente diverse. In ogni caso devo cercare di soddisfarle. Mi permettono di fare... cose».

Franky manda giù un groppo alla gola grande quanto un hamburger farcito. Non crede ancora a quello che sta per uscire dalla sua bocca, ma deve dirlo. «Tipo leggermi nella mente?».

«Anche».

«L'hai già fatto una volta con me, vero?».

«Mh?».

«Sì, l'hai già fatto. Oggi pomeriggio, quando ero nel vicolo, ho sentito qualcosa... poi nella mia testa sono passate delle immagini. Era tutto un macello incomprensibile, ma alla fine ti ho vista chiaramente. Stavi piangendo».

La ragazza sussulta, «Non dire stronzate».

«È la verità! Ti ho vista, stavi piangendo, chiedevi aiuto».

«Tu sei riuscito a sentirmi?».

«Te lo giuro».

«Merda». Un misto di ansia e stupore investe il suo viso.

A Franky si stringe il cuore e non sa il perché. Non se ne accorge, ma la ragazza si è appena allontanata di un altro mezzo metro. «Mi è sembrato che avessi paura e... ho come sentito di doverti cercare. Per aiutarti». Prima le aveva solo pensate, ma solo adesso si rende conto di quanto quelle parole siano giuste, determinanti, quasi avesse dovuto solo aspettare che gli sbocciassero dentro. Lei tace, sguardo perso.

«Allora, mi spieghi che cosa significa tutto questo?», chiede lui.

«Te l'ho detto che è complicata».

«Sarà complicata quanto vuoi, ma ho bisogno di capire».

Franky si ferma, e così anche la sconosciuta, che lo fissa col cuore in gola e gli dice: «Il lago nero. Il quarantanovesimo chilometro dell'autostrada. La stazione abbandonata. La casa nel campo di grano. Le rovine della chiesa. Ti dice qualcosa questa roba, o no!?».

«... No».

La ragazza gli dà le spalle e accelera il passo, «Perfetto, ancora meglio! Allora grazie della passeggiata, della compagnia, e tanti saluti».

Franky corre, le si para davanti e la blocca. «Aspetta, cazzo! Aspetta solo un minuto!», la guarda in viso, i piercing, i ciondoli, gli occhi color delle tenebre. E pensa che è davvero bellissima, lo pensa così forte che è costretto a staccarle le mani di dosso, neanche fosse sacrilegio toccarla. «Ascolta, io non so come tu sia riuscita a fare quello che hai fatto prima, o come sapessi che mi avresti incontrato alla festa. Ma se non sto delirando, e non sto delirando, vuol dire che l'hai fatto per davvero. Che mi hai guardato nel cervello e che riesci a leggere il futuro...».

«Non è come pensi».

«Invece sì! Tu vedi qualcosa, non ho idea di come tu faccia, ma tu vedi qualcosa, e hai visto ME, hai chiamato ME. Io devo sapere cosa significa, è importante, lo so per certo. È tutta la vita che aspetto un segno quindi, ti prego, non negarmelo! Ti prego, dimmi cosa vedi!».

La ragazza spalanca gli occhi tanto da fargli gelare il sangue. «Non c'è niente di bello in quello che vedo. Non servono grandi poteri per dirlo».

«Come? In che senso? Fammi capire».

«Franky. Girati».

Franky si volta verso la strada deserta, verso un punto a una ventina di metri da lui, dove il fascio di un lampione esclude l'asfalto dal buio. C'è un uomo, impugna un tubo d'acciaio, e indossa una maschera da volpe.

Viene verso di loro.

La paura lo azzanna come un cane rabbioso. Franky sa che ci sono solo due casi in cui avrebbe potuto assistere a una scena del genere, comodamente seduto al cinema, o nel suo letto in balia di un incubo. Il che lo porterebbe a pensare: *"Non è reale"*, ma un'ora prima una ragazza gli ha letto nel pensiero, quindi è un lusso che non si può permettere. Si irrigidisce, il respiro diventa di pietra e per un istante si sente mancare. Poi, in un angolo del suo cervello si accende una spia d'emergenza e capisce che deve reagire. Reagire o morire. Guarda la ragazza. È immobile, sbiancata, quasi trasparente. Se anche lei aveva la stessa spia, deve essersi bruciata un attimo prima di lampeggiare. Potrebbe afferrarla per un braccio e scappare, ma se non fossero abbastanza veloci, quell'energumeno li ridurrebbe a brandelli prima del prossimo svincolo. Dovrà fermarlo da solo. I rudimenti del corso di pugilato sono il bene più prezioso di cui dispone, adesso.

«Scappa!», dice alla ragazza, che fa un passo indietro, ma poi si blocca e riprende a tremare. «Che cazzo fai!? Scappa!». Lei non si muove. Franky si rivolge al tizio con la maschera, «Tu stai indietro, pezzo di merda!», dunque alla sconosciuta, «Sbrigati, Cristo santo! Vattene via!».

«... Non voglio».

«Sei impazzita!?». Si gira verso la volpe, è lì, carica il colpo. *"Oddio!"*.

Il tubo d'acciaio gli piove addosso e Franky si protegge all'ultimo alzando il braccio. Rovina a terra, l'uomo è su di lui, alza di nuovo il tubo, si prepara a finirlo. Il mezzo cuoco gli tira un calcio facendogli sbagliare mira, poi si rialza, cuore ai duecento, ginocchia tremanti e lacrime agli occhi, spontanee, neanche le ha sentite uscire. La sconosciuta è dietro di lui, non se n'è ancora andata. «Vattene, ti ho detto!». Niente da fare.

La volpe si fa avanti.

Franky alza la guardia. Ecco l'adrenalina che entra in circolo, tutto rallenta, e i riflessi si acutizzano. La volpe attacca, lui schiva il colpo e le assesta un destro. Carica il sinistro, ma prima che il pugno arrivi a destinazione la volpe gli pianta un calcio nel petto scoppiandogli il fiato e mandandolo al tappeto. Franky tossisce mentre il suo avversario passa oltre, puntando la sconosciuta. «Stai fermo, bastardo!», è appena un rantolo, inutile a fermare la mano che afferra la ragazza alla gola. Lei non grida, è paralizzata. «Lasciala stare!», questa volta Franky urla davvero, si rialza e si getta in carica sul nemico. I due finiscono a terra rotolando l'uno sull'altro, fino a quando la volpe non ha la meglio. Domina il mezzo cuoco con tutto il suo peso, gli serra le dita al collo, e Franky vede la vita passargli davanti agli occhi, sintomo che tra una manciata di istanti sarà tutto finito. Poi un anfibio nero, ma che dovrebbe brillare di luce propria, si abbatte sulla volpe calciandola via.

La sconosciuta aiuta Franky a rimettersi in piedi poco prima che l'uomo recuperi il tubo d'acciaio. Grida aiuto rivolgendosi alle finestre buie delle case. Nessuna luce si accende, nessuna voce risponde. Sono soli, in quella strada desolata.

Franky osserva la volpe cogliendo istantaneamente alcuni dettagli. All'inizio non era stato in grado di notarlo, ma adesso non può non farci caso. Quei pantaloni, quelle scarpe, quella giacca, sono vestiti che ha già visto addosso a qualcuno. Probabilmente quella sera stessa. Quasi sicuramente a Villa Castello.

«Diego!? Sei tu, razza di psicopatico stronzo! Vuoi ammazzarmi!? Per cosa!? Per una ragazzina viziata che va a darla a domicilio!? Ti rendi conto di cosa stai facendo!? Sei malato, malato! Hai capito, brutto pazzo schizofrenico!?».

L'uomo avanza senza rispondere.

«E va bene! Fatti sotto! Forza, vieni avanti che ti spacco il culo! E poi sai cosa succederà!? Succederà che verranno a prenderti, ti arresteranno e ti ficcheranno in una cella dove un tizio alto il doppio di te ti fotterà notte e giorno! È questo quello che vuoi!?».

La volpe solleva l'arma e si prepara a schiacciarlo.

Si ferma di colpo, guarda indietro.

«Franky!», «Franky, siamo noi!», «Arriviamo, fratello!». Passi di carica rimbombano dal fondo del viale alberato. *"È arrivata la cavalleria!"*. Sarebbe bello che qualcuno lo dicesse, purtroppo Franky è già impegnato a commuoversi.

«Sta scappando», lo richiama la ragazza, ma quando lui si volta l'energumeno è già scomparso.

Gli amici ci sono tutti, Bescio, Winston, Leo e Musca, che è l'ultimo della fila, sudato marcio. Il Samurai è il primo a precipitarsi su Franky. «Fratello, stai bene!? Allora, stai bene!? Dimmi che stai bene!».

«Starei meglio se la smettessi di scrollarmi!».

«Oh! Sì, scusami, è che sono ancora in fibrillazione! Comunque, stai bene!?».

«Più o meno. Niente di rotto, credo. Ma una cinquantina di lividi non me la leva nessuno, domani sembrerò un fottutissimo dalmata», si preme la spalla con cui ha incassato il primo colpo, «Dio, che male!».

«Ma cosa è successo!?», domanda Bescio.

«Non lo so... Sono ancora scioccato, giuro».

«Chi era quel pazzo?», chiede Leo.

«E cosa ne so! Aveva una maschera da volpe, poteva essere chiunque».

«Okay, ma ti avrà pur detto qualcosa. Tipo: *fuori i soldi* o *giù le mani dalla mia ragazza*», gli dice Winston accendendo una sigaretta.

«No, niente. È sbucato dal nulla e ci è saltato addosso».

Il Samurai si asciuga la fronte, «Se non scappava lo aprivamo in due! Quel cane maledetto!».

«Ma sei scemo?», gli dice Leo, «Ti ha appena detto che era

una volpe!».

«Ho capito! Volpe, cane, chi se ne frega! Sono parenti comunque... giusto?».

«Ti abbiamo visto filare via dalla festa», dice Winston tra una boccata e l'altra. «Si era notato che eri in dolce compagnia, così abbiamo deciso di lasciarti stare. Poi però, questo scemo con lo chignon ci ha convinti a seguirti per farti uno scherzo. Sembra assurdo anche a me, ma ti ha salvato la sua trovata imbecille».

«Franky...», dice Musca, rimasto piegato a riprendere fiato fino a quel punto, «hai visto un dettaglio, qualcosa che possa darci un indizio da fornire alla polizia».

«Io... boh, non saprei. La verità è che poteva davvero essere chiunque. Ma poi che senso avrebbe chiamare gli sbirri? Non posso certo raccontargli che un tizio con la faccia da volpe ha cercato di farmi secco. Oddio, potrei anche... ma senza un identikit del volto, è inutile! Non vanno mica ad arrestare tutti i maschi sul metro e novanta della città».

«Hai ragione, chiamare gli sbirri non servirebbe a granché», dice Winston accendendosi la seconda sigaretta. «Ciò non toglie che se riuscissimo a restringere il campo sarebbe cosa buona per tutti. Pensaci bene. Già solo il fatto che si fosse travestito è importante. Non dico per non essere riconosciuto, quello è scontato. Suonerà un po' tirata, ma è possibile che quella volpe arrivasse proprio da una festa in maschera, non credi?».

«... Diego», Franky sembra vomitarlo quel nome.

«Che cosa!?», si stupiscono gli altri.

«È l'unico che mi venga in mente». Sta per aggiungere "da quando sono andato a parlare con Linda", ma si frena subito ricordandosi della sconosciuta. Tanto la banda ha già afferrato il concetto. «Da quando abbiamo incrociato lo sguardo a Villa Castello, ha cominciato a fissarmi. All'inizio lo faceva di tanto in tanto, poi è diventato insistente. Inquietante. Ve lo assicuro, si vedeva che voleva pestarmi».

«*Pestarti* è un po' un eufemismo», dice Musca, «se ti presenti con una spranga di ferro».

«Lo so, infatti. Se non ho detto *uccidermi* è perché non riesco ancora a crederci».

«Per forza! Manco io riesco a crederci!», dice Bescio, «ma poi, dico, ti sembra normale che quel tizio tira su una roba del genere per una come Linda!? Okay che ci sei andato a letto stamattina, però...». Si zittiscono tutti rendendosi conto che il Samurai ha appena detto quello che ha detto. Guardano Franky, lui alza gli occhi al cielo. Allora tutta la loro attenzione ricade sulla sconosciuta, quasi l'avessero appena vista. Se la rivelazione di Bescio le ha procurato il benché minimo turbamento, il suo volto di porcellana non lo sta dando a vedere.

«Ehm, scusate. Lei è...».

«Agata», conclude da sola. «Mi chiamo Agata».

«Ciao», «Ciao», «Piacere», «Ciao», sembrano un branco di asini a cui un fulmine è appena passato da orecchio a orecchio. L'aura della ragazza innesca sempre lo stesso effetto.

Poco dopo, Musca riprende. «Sentite, io credo che dovremmo chiamare le polizia, in ogni caso».

«Io...», lo interrompe Agata, «vorrei solo andare a casa, se non vi dispiace». Si volta verso di Franky, rimasto a fissarla con la bocca socchiusa. «Mi accompagni?».

«... Sì. C-c-certo».

Fa per seguirla, ma Winston li ferma entrambi, «Ascoltate, ragazzi, magari è meglio se vi porto io. Ho la macchina parcheggiata poco lontano da qui. Non sarà la scorta del presidente, ma è sempre meglio che incamminarsi da soli. Non mi va di lasciarvi andare sapendo che quel tipo potrebbe ancora trovarsi nei paraggi». Si rivolge agli altri tre amici, «Se non ve la fate sotto all'idea, voi potreste dare un'occhiata in giro e cercarlo. Secondo me non ne caviamo niente comunque, ma non si sa mai».

«Scherzi!?», gli dice Bescio, «Noi veniamo con te! Se quello vi ripesca che siete in pochi, per voi è finita».

Winston annuisce, così come Franky, e la compagnia ripercorre il viale alberato passando sotto la luce dei lampioni e il buio di una notte esausta. Indietro ci sono Bescio e gli altri, che discutono di quante mazzate avrebbero servito alla volpe se solo non fosse scappata. Poco più avanti camminano i due della coppia, senza parlare, senza guardarsi, ma tenendosi per mano. Neanche se ne sono accorti di aver intrecciato le dita.

«Tutto bene?», bisbiglia Franky.

«Non mi va di parlare», risponde Agata. Stacca la mano, e recupera il suo metro e mezzo.

Allora lui tace e si perde tra i suoi dubbi. Ricorda il bacio, le visioni, Linda, Diego, e la volpe, e si domanda: *"Era lui? Era davvero lui? Era venuto per me?"*.

Anche lei tace, ma si immerge nelle sue certezze. Ricorda il bacio, le visioni, e il ragazzo della festa, *"Diego... è così che l'hanno chiamato"*. Il suo sguardo omicida puntato su di lei per tutto il tempo, prima al bancone, poi dalla balaustra. Ricorda la volpe e pensa: *"Era lui! Era davvero lui! Era venuto per me!"*.

6

ROTTAMI SULL'ASFALTO

Il motore si accende, Winston fa manovra per uscire dal parcheggio e Franky saluta dal finestrino le facce di Musca, Bescio e Leo. Si sforzano di accennare un sorriso, che non viene molto bene a tutti.

La macchina parte imboccando una delle strade che costeggiano il quartiere del centro. La carreggiata è sgombra, normale a notte fonda. Uno di quei casi in cui la banda si sarebbe lanciata in corse clandestine per vedere chi avrebbe attraversato per primo il passaggio a livello. Gare in cui Winston ha sempre dato il meglio di sé nel tentativo di battere Leo, il pilota provetto del gruppo. Ma questa sera no. Questa sera l'autista dai riccioli biondi ha il piede leggero e non brucia nemmeno un semaforo.

«Dove devo girare?».

«Ora a destra», risponde Agata, «poi prendi la terza a sinistra e da lì la via che sale in collina».

«Sì, okay». Saranno le ultime parole del trio, almeno per i prossimi dieci minuti.

Il viaggio procede lento, della durata sufficiente perché Winston faccia fuori due sigarette. Franky invece non fuma, di tanto in tanto getta un occhio allo specchietto per osservare la passeggera dei posti dietro. Agata fissa fuori, il suo sguardo perso si riflette nel finestrino ogni volta che scivolano sotto un lampione. Tiene qualcosa tra le mani, forse il ciondolo di una collana. Franky lo studia meglio. È un bambolotto, un piccolo fantoccio di spago intrecciato, lo stringe forte, quasi fosse l'unico appiglio a salvarla da un uragano imminente. *"A cosa starà pensando?"*, si chiede Franky. Poi si risponde da solo, *"A quello che è appena successo, idiota"*. Già, è quello a cui stanno pensando tutti. Non per forza allo stesso modo.

I fari della macchina illuminano l'asfalto che Franky ha già visto un milione di volte, lo stesso su cui sfreccia con lo scooter quando è in ritardo al lavoro. Stanno passando di fronte all'uscita del vicoletto speciale, nei pressi di casa sua. «Tra venti metri fermati pure», dice Agata, «abito da queste parti».

Winston annuisce disinvolto. Franky invece ha preso quella frase come un segnale divino. «Abiti proprio qui? Vicino a casa mia?».

La ragazza non si pronuncia. Quando la macchina si ferma apre la portiera e ringrazia il conducente, «Scusa il disturbo».

«Nessun problema, davvero».

Franky scende, si appoggia al finestrino, indeciso se concludere con un "ti devo la vita", ma Winston lo blocca sul nascere, «Notte fratello, fatti sentire domani». Si vede che ha capito lo stesso.

«... Notte».

La macchina riparte, affronta la discesa, e il mezzo cuoco rimane a guardarla finché sparisce dietro i palazzi. Avrebbe voluto congedarsi con parole migliori.

Agata apre il cancello del cortile del condominio. Lui la raggiunge e si ferma a un metro da lei, dove si frappone un muro di silenzio.

«Io... per quel che è successo... insomma... sono mortificato. Non immaginavo sarebbe potuta accadere una cosa del genere. In realtà non immaginavo nessuna di tutte le cose che sono successe stasera. E... non era così che pensavo ci saremmo conosciuti. Scusami. Ho fatto arrabbiare quel pazzo e tu ci sei andata di mezzo. È stata colpa mia. Sai... Linda, Diego... È una storia complicata. Ho combinato un casino e ti ci ho ficcato dentro senza volerlo. Dio, mi dispiace davvero».

Il viso di Agata è tornato impassibile, una maschera scolpita nel marmo che non lascia trapelare emozioni, la stessa che ha sempre mostrato al bar. Tuttavia, c'è qualcosa in quegli occhi che tradisce un'angoscia profonda. «Perché sei rimasto?».

«In che senso?».

«Perché hai affrontato quel tizio?».

«Beh, è ovvio. Per proteggerti». Dovrebbe vantare del fascino dell'eroe, ma di fronte a lei si sente sempre in difetto. «Alla fine siamo ancora tutti interi. O quasi».

«Poteva andarti molto peggio di così».

«Hai ragione. Però ogni tanto un po' di fortuna non guasta».

«Avresti dovuto scappare».

«Scappare? No, sarebbe stato da pazzi, che stai dicendo?».

«Niente. Roba da pazzi, suppongo».

Di nuovo silenzio. Silenzio che spinge Franky in un labirinto di incognite sul cosa fare e sul cosa dire. Domande per cui il rimbombo crescente del suo cuore che batte esige una soluzione immediata. In passato, solitamente, più dava tempo alle pulsazioni di accelerare, più quella che trovava era stupida, irrimediabilmente sbagliata e causa di eterni rimpianti. «Immagino... che qui ci si saluti». Ecco, appunto.

«Se vuoi puoi salire».

E se il ragazzo non fosse troppo impegnato a sudare freddo, capirebbe l'impellenza di quella richiesta. «Sul serio?», balbetta, mentre le sue viscere si polverizzano in milioni di farfalle.

«Sì, sul serio».

Agata si volta diretta al portone d'ingresso. Franky rimane un secondo di sasso, poi finalmente la segue.

Salgono le scale fino al terzo piano, lei armeggia con le chiavi di fronte all'ingresso col numero 9, spalanca la porta e si fa da parte. Non occorrono inviti cerimoniosi, ormai è chiaro che dormiranno assieme, ciononostante Franky esita sulla soglia. Quando un sogno si realizza, alcuni ci si lanciano a pesce, altri non lo sfiorano per paura di romperlo.

«Entra pure».

Franky fa un passo nell'antro buio, «Cos'è quest'odore?».

«Incenso», dice Agata dopo aver sigillato la porta con tre giri di chiave, «o quello che ne rimane». Avanza e sparisce nelle tenebre dell'appartamento. Franky resta immobile, come se, attraversata la soglia, si fosse ritrovato sul ciglio di un burrone. Però, non è paura quella che sente; piuttosto una morbida, avvolgente, rassicurante sensazione di pace. Potrebbe restare lì per sempre, in bilico nel buio, a occhi chiusi come un bambino nell'utero. Poi una luce accesa poco distante spezza l'incantesimo e illumina l'atrio e tre ingressi.

«Di qua», gli dice Agata dalla seconda porta del corridoio. Ma Franky pare quasi intontito. È ancora fermo davanti alla prima porta chiusa che gli è comparsa di fronte. C'è qualcosa, oltre quell'anta di legno, che sembra chiamarlo a sé come un polo magnetico, con il candore di una presenza angelica. «Di qua», ripete Agata, allora lui usa un espediente meschino, che gli permette di agguantare quella maniglia e inclinarla di qualche grado.

«Vado solo un attimo in bagno». Non è davvero Franky a dirlo, ma un istinto primitivo, un bisogno sepolto dentro di lui.

«No! Non entrare lì!», esclama subito Agata, poi modula il tono e indica la terza porta vicino a lei. «Il bagno è da questa parte».

Il ragazzo stacca le dita dalla maniglia e cambia rotta, con sguardo vacuo, da automa.

«Io ti aspetto in camera. Appena finisci, vieni qui». E lui fa come richiesto. Non ha idea di cosa gli fosse preso, un attimo prima.

Poco dopo raggiunge la stanza da letto sorprendendosi di non trovarla cosparsa di ninnoli, candele e altra roba da fattucchiera, ma stoica, anonima, priva di personalità, a parte per il disordine generale. Un antro occupato da poco e di fretta.

Agata è seduta sul bordo del matrimoniale, si sta slacciando gli anfibi, «Se vuoi levarti la giacca, fai pure. Buttala dove ti pare».

«Ma quindi... Posso restare?», quasi ci manca che chieda il permesso di respirare.

«Vorrei che tu restassi», nessuna dolcezza, nessuna malizia, non più di quella che avrebbe un protocollo burocratico. «Sempre se non hai problemi a dormire sotto la stessa coperta».

«No, no. Figurati», si sforza di non balbettare.

«Okay». Agata controlla l'orologio del cellulare. «È un po' tardi e vorrei provare a prendere sonno».

«D'accordo», dice lui, mentre si toglie la giacca, le scarpe inciampando due volte, e si ficca sotto il piumone. Non ha il coraggio di denudarsi oltre. *"Cosa cazzo mi prende?"*.

«Guarda che se vuoi puoi levarti i pantaloni e tutto il resto», dice lei. Poi si alza, si sfila i vestiti con la grazia di un cadetto militare e rimane in intimo nero. Slanciata, gambe lunghe, perfette, culo tondo, seno piccolo e a punta, le si potrebbe vedere il capezzolo se si chinasse un centimetro in più. Il tutto incorniciato da una tempesta di riccioli. E ora, che anche Franky si è alzato dal letto per liberarsi dei suoi stracci e restare in mutande, la vede di nuovo come per più di un mese l'aveva vista al bar, una belva omicida di una realtà parallela presentatasi sotto forma di ammaliante fanciulla. Il ciondolo a bambolotto lo porta sempre, è l'unica cosa a donarle una parvenza umana.

Si scambiano un'occhiata. «Puoi sdraiarti. Non ti mangio mica». Lui ubbidisce. L'ha quasi presa alla lettera.

«Ti senti bene?», gli chiede Agata.

«Sì. Perché?».

«Sembra che tremi».

«No, no. Ehm... devo solo abituarmi un attimo».

«Okay. Allora buonanotte». Si volta dall'altra parte e spegne la lampada.

«Bu-bu-buonanotte».

Cala il buio, il silenzio. E, per qualcuno, anche il respiro più leggero sembra un colpo di cannone. Per Franky è difficile tradurre in pensieri compiuti quel che ribolle nella sua testa. Un mese fa non avrebbe mai pensato che avrebbe guardato così una ragazza, che avrebbe mai provato un simile, indecifrabile interesse per un'altra persona. Né avrebbe potuto immaginare di riuscire a scambiarci quattro parole, tanto meno finirci a letto. E ora Agata è lì, al suo fianco, sostanzialmente nuda, con la sua pelle profumata e la sua aura da animale mitologico. Vorrebbe premere la faccia nei suoi capelli, baciarla, stringerle il seno, allungare una mano tra le sue cosce e mostrarle quanto la desidera. Eppure non riesce a muovere un muscolo, neanche un mignolo, senza la sua richiesta specifica. Forse è davvero un sogno che si è fatto realtà. Un sogno troppo fragile per le dita di un mezzo cuoco.

"Magari è giusto così. Non devo fare niente. O forse lei vorrebbe. Forse si aspetta che faccia qualcosa...".

Ma Franky non fa nulla. Resta immobile per dieci minuti a fissare il buio sopra di lui, maledicendosi per la sua inettitudine e ascoltando il respiro della ragazza farsi lento e regolare.

Si è addormentata.

"Che cazzo mi prende?", si dice ancora, anche se adesso si scopre tranquillo, vergognosamente sereno, libero di cestinare l'occasione addossando la colpa alla stanchezza della notte.

Libero finalmente di cercare il sonno a sua volta. Cullato, in un certo senso. Da quella sensazione. Quella che aveva sentito appena entrato nell'appartamento, immobile nel buio, di fronte alla porta preclusa, oltre la quale pulsava un'aura di pace assoluta, di silenzio, di assenza di pensiero e ragione. Un'aura che adesso impregna tutta la casa. La percepisce di nuovo, è tornata a trovarlo, a coccolarlo. "Dormi", sembra quasi gli stia dicendo. Dormi e sogna. È un invito rassicurante, come un liquido caldo e viscoso che si insinua dentro al cervello colmando lo spazio tra le meningi. Fosse più lucido, cercherebbe di esaminarlo meglio, di descriverlo a se stesso come una specie di sedativo psichico. Fosse un po' meno esausto, non farebbe troppa fatica a sentire, nonostante quell'anestetico, un ago di ghiaccio infilarsi nella sua nuca. E puntare a un interruttore.

Guarda il cruscotto, sopra il contachilometri. Mancano poche tacche prima che il cursore raggiunga la spia della riserva. Quella della sua testa, invece, è già accesa da un pezzo.

Mette la freccia, cambia corsia e svolta per l'autogrill. Parcheggia la macchina a lato del distributore, poi si abbandona al sedile con lo sguardo fisso nel vuoto. «Tesoro?», lo chiama una voce vicino a lui. Parla una lingua che non conosce, ma che capisce ugualmente. «Tesoro, tutto bene?». La sente ovattata, quasi irreale. «Bruce?». Non è il suo nome, ma lui si gira comunque verso la donna seduta al posto del passeggero. Un viso bello, giovane per i suoi quarant'anni. È un peccato mortale che ansia e disperazione l'abbiano corroso nei giorni addietro lasciando segni indelebili. «Bruce... Tutto bene?».

«Sì... Tutto bene. Non preoccuparti, Clare». È quello, il nome di sua moglie.

«Okay. Vado a prenderti un caffè e un paio di cose per il viaggio, d'accordo?». Gli sfiora una guancia e, nonostante tutto, riesce ancora a infondere dolcezza nel gesto. Quella donna ha forza da vendere, forza per tutti e due.

«Grazie, tesoro». Franky (o Bruce) sorride da dietro gli occhiali, raschiando la scorta di espressioni felici. Le prossime saranno solo imitazioni grottesche. Clare gli dà un bacio e si avvia verso l'autogrill. Lui la osserva come se non dovesse tornare.

Si guarda nello specchietto retrovisore e, oltre le lenti degli occhiali, vede la barba di un sopravvissuto e rughe che prima non c'erano, rughe scavate dagli eventi recenti. Si strofina la faccia e si rammenta che deve andare avanti. Scende dall'auto, afferra la pompa di benzina, la infila nel serbatoio e quando il contatore raggiunge le ottanta *"Sterline?"* la rimette a posto. Paga il commesso, le mani gli tremano, ma il signore non dovrebbe averci fatto caso. Lui sì. Fanno così da una settimana, e sa che non può farci niente. Una mazza da golf dovrebbe essere usata soltanto sul campo da gioco. Purtroppo, la vita lo ha portato a farlo anche in altri frangenti. Ritorna in macchina e osserva le nuvole in cielo formare una coltre pallida e immobile. Qualcuno, lassù, si è messo in disparte, e non tenderà una mano verso di loro. Sono soli. Bruce l'ha capito. Sua moglie ne era già al corrente.

Clare apre la portiera e si siede poggiando la spesa tra i piedi. Gli porge il caffè, lui lo trangugia. È il terzo di oggi. Il settimo, se si conta la notte. Avvinghia le dita al volante, tremano ancora. È un architetto, di quelli di vecchio stampo, e le ha sempre avute ferme come la roccia. Poi due settimane fa ha lasciato il lavoro, e i tempi sono cambiati.

«Vuoi che guidi io?».

«No, tranquilla. Davvero, non è niente».

Lei annuisce e quelle ultime sillabe le scendono giù esattamente come il caffè. Zuccherate quel tanto che basta per nascondere l'amarezza.

Imboccano l'autostrada, ripartono. E se Dio vuole, un giorno si fermeranno. Regna il silenzio, spezzato solo dalla radio e i suoi annunci sul traffico. Forse vorrebbero dirsi qualcosa di bello, rassicurante, ma già il fatto di essere l'uno accanto all'altra vale più di mille promesse. Inoltre, arrivati a questo punto, sanno che alcune parole suonerebbero solo per quello che sono, fugaci vibrazioni di molecole d'aria che, da che mondo è mondo, non sono mai state vincolo di certezze assolute.

Le automobili sfrecciano sulle corsie di sorpasso passandogli a lato come fulmini a quattro ruote. Bruce ha rallentato e neanche se n'è accorto, si è perso sulla coppia di coniglietti di peluche che penzola dallo specchietto. Bobby e Roddy. Susan li aveva chiamati così, e ora ci starebbe giocando sui sedili posteriori inventando chissà quali storie per quei due animaletti. Ma Susan non è lì. L'hanno lasciata dai nonni la notte scorsa, raccontando la storia a metà, e pregando di essere assecondati. Aiutati, no. Quello sarebbe stato chiedere troppo. Adesso quelle orecchie pelose e quegli occhietti di plastica sono quanto rimane loro di lei. Anche Clare li sta guardando.

«Avremo fatto la scelta giusta?», domanda la donna.

«Abbiamo fatto l'unica scelta possibile».

«... Mi manca tanto».

«Manca tanto anche a me».

È ancora presto per piangere, ora non possono. Lo faranno quella sera, al primo albergo sulla strada, soffocando i singhiozzi in stanze diverse per non farsi sentire dal partner, per non lasciar intendere all'altro che hanno perso la speranza di rivederla.

Bruce accelera. Meglio sbrigarsi.

Mentre corrono sul viadotto, Clare guarda il marito, gli dice: «Ti amo», e per un attimo si lascia andare alla gratitudine, alla fragilità, al suo lato così teneramente vulnerabile. Poi spalanca gli occhi, puntandoli oltre il finestrino. «Bruce!». Lui non fa in tempo a voltarsi, l'altra macchina li ha già colpiti mandandoli a sbattere a una velocità pressoché fatale. Picchiano contro altre auto, poi la macchina si ribalta e tutto diventa confuso, infine buio.

Quando Bruce apre gli occhi si ritrova sottosopra, con gli occhiali rotti, l'airbag sgonfio e la faccia sporca del suo stesso sangue. Clare è al suo fianco, graffi sul viso e rivoli rossi dalle narici, palpebre serrate. «Clare! Clare!», l'esclamazione gli esce impastata, «Clare!». Ecco un rantolo, poi un sussulto. È viva, per miracolo. Bruce sgancia la cintura di sicurezza e cerca di trascinarsi fuori dall'abitacolo, ma senza riuscirci. La portiera è accartocciata, non si apre, e il varco del finestrino si è fatto troppo stretto per lasciarlo passare. Può soltanto spiarvi attraverso.

Sulla strada, oltre il fumo dei motori, si profilano le sagome dei mezzi incidentati e gettati a casaccio su un letto di frammenti di vetro. Bruce grida aiuto, ma nessuno gli risponde, nessuno si fa avanti in quel paesaggio devastato. Poi arriva un uomo, che cammina tra i rottami sull'asfalto, viene verso di lui. Purtroppo non sono i soccorsi.

«Clare! Clare! Clare, svegliati, ti prego!». La donna scuote debolmente la testa ricomponendo i brandelli di coscienza. «Clare!». Si volta dall'altra parte e sgrana gli occhi a un mondo rovesciato, e a un cartello poco distante. Anche Bruce lo nota. C'è una scritta sulla lastra metallica. È il numero 49, indica il chilometro corrente.

Qualcosa gli dice che non vedrà il prossimo.

«Clare!».

Franky si sveglia nel buio di una notte ormai giunta al termine. Un'oscurità sottile, che avvolge tutto, come il telo di nylon dei sacchi per cadaveri. Ripensa all'incubo, cerca di ricostruirlo, tenerselo stretto. Ma alcuni dettagli vengono meno e il ricordo si fa via via più sfumato. Fino a quando scompare ogni traccia.

L'angoscia, no. Quella la sente ancora distintamente.

Si volta. Agata è al suo fianco, non ne vede le forme, ma ne avverte il calore, e i sussulti. Sta piangendo, intrappolata in un sogno forse peggiore del suo. Quelle lacrime invisibili, quei piccoli spasmi sotto le lenzuola, spezzano la sua immagine di creatura ultraterrena, riportandola alle sembianze di una ragazza indifesa. Il che pone entrambi i presenti sullo stesso piano, accorciando l'incommensurabile abisso che li separa. Alcuni direbbero: "ma allora è umana", rincuorandosi della scoperta. Altri converrebbero che non c'è nulla di bello nel vedere un angelo annaspare nel fango.

Franky le si avvicina adagio, e sempre adagio la abbraccia. Poco dopo lei smette di piangere.

Il sole tarda a sorgere, non se la sente di disturbare.

7

IL TEMPIO

Quando Franky apre gli occhi, Agata dorme ancora tra le sue braccia. Il profumo dei riccioli neri gli penetra fin nel cervello e gli ricorda che non sta più sognando. Si stacca subito, senza nemmeno sapere il motivo. È una reazione istintiva, la stessa di chi sta reggendo un candelotto di dinamite sul punto di esplodere.

"Si può sapere che cosa mi prende?"

La risposta è lampante. Lei è lì, ma non gli appartiene. L'abisso che li separa non si è mai accorciato di un solo centimetro, e averla salvata da un pazzo omicida non cambia la condizione. Più la guarda dormire serenamente a un lato del materasso, più gli sembra di non aver fatto nulla di speciale, nulla che potesse valere una notte al suo fianco. *"Avanti, abbracciala! Non puoi essere così un fallito! Fa' qualcosa!"*, ma dopo dieci minuti passati a cercare la spina dorsale, l'unica cosa che gli riesce di fare è svanire dal letto per il quale non si sente degno. Allora sguscia dalle coperte e va in bagno. Se potesse si scaricherebbe assieme ai suoi bisogni.

Torna sui suoi passi, rassegnato al fatto che non concluderà nulla. Ma è proprio sulla soglia della camera che qualcosa lo colpisce come una freccia nella tempia, obbligandolo a fermarsi. Si volta verso la porta che gli è stata preclusa la notte prima e, per ragioni oscure persino a lui, avverte l'irrefrenabile desiderio di scoprire cosa nasconde. Appena messo piede nell'appartamento aveva rilevato un'atmosfera di pace assoluta, un senso di incomprensibile sollievo che non gli capitava di provare da troppo tempo. Non può spiegarlo in parole povere, né tanto meno in discorsi complessi, ma è sicuro che il fulcro di quell'energia positiva debba trovarsi per forza là dentro.

"Voglio andare a vedere". Il problema è che Agata potrebbe non essere del tutto d'accordo. Era bastato posare una mano sulla maniglia per farle rizzare i capelli. Ragione più che sufficiente per incendiare l'interesse di Franky, divenuto oramai incontenibile.

Entra in camera da letto, recupera maglia e pantaloni in totale silenzio e ritorna nel corridoio. Mentre si veste, controlla che Agata stia ancora dormendo. Lei si rigira tra le lenzuola, ma solo per abbracciare il cuscino.

Attraversa l'atrio, si avvicina alla soglia proibita e una voce illusoria gli accompagna le dita alla porta. La spinge adagio, mentre la luce trabocca dalla fessura inondando le ombre dell'ingresso come fosse liquida.

Depennando le stanze già note, sarebbe scontato intravedere i profili di una cucina, ma Franky attribuisce al locale tutt'altra funzione. *Santuario*, è l'immagine che gli balena in testa con una puntualità sconcertante, quasi gliela avessero suggerita. E non c'è da stupirsi, perché chiunque avesse posato lo sguardo sul ricettacolo di stranezze disseminate nell'ambiente avrebbe pensato la stessa cosa.

Candele, tantissime candele, dalle forme e dai colori più disparati. Ce ne sono un po' ovunque, posizionate sulle mensole e i ripiani della sala. *"Allora ne comprava, eccome!"*, conclude ricordandosi del negozio in centro. Agata deve averlo praticamente svaligiato, la sua collezione farebbe impallidire la più fornita delle sacrestie.

Si guarda attorno sorprendendosi ogni volta che il suo campo visivo trasla anche solo di qualche grado. Ci sono una ventina di fotografie attaccate a fili trasparenti che pendono dal soffitto, se ne stanno a mezz'aria a riflettere i raggi del sole che provengono dalla finestra. Franky si avvicina e le studia, perdendosi in quei paesaggi mai visti, in quei volti sconosciuti. Una è una coppia di anziani seduti su una panchina, un'altra è una costa rocciosa a picco sul mare, un'altra una villa sontuosa alle pendici dei monti, un'altra ancora un gruppetto di marmocchi radunati a circolo: tutti di spalle, tranne una ragazza sui quindici anni, che si volta e sorride all'obbiettivo. Poi c'è un profilo giovane, sbarbato, coi capelli lunghi e l'ombretto sulle palpebre. Vicino c'è una folla di gente davanti a un palco, dove suona una band di sei persone che, a giudicare dalle borchie sulle giacche di pelle, non fanno certo musica classica. Poi c'è un edificio molto grande, quattro o cinque piani, con tanto di cortile esterno. Sulla facciata spicca una targa ben leggibile, "Ala d'oro, Orfanotrofio". Quella è una delle poche in bianco e nero.

Franky ci si sofferma finché non nota l'oggetto appeso alla finestra, una ragnatela di spaghi intrecciati, sonagli, perline e piume svolazzanti che si muovono appena. Inquietante che non ci sia neanche una bava di vento a spingerle. Tuttavia Franky non ci dà peso, e lascia che lo strumento catturi tutta la sua attenzione. *"Un acchiappasogni?"*. L'ha visto in un paio di film, ma non ha mai capito a cosa servisse. Avverte il desiderio di tuffarcisi dentro, per quanto possa suonare insensato.

Fa un passo avanti e qualcosa scricchiola sotto i suoi piedi.

Foglie secche. Il tappeto davanti al divano ne è pieno, lo ricoprono come un mosaico. Al centro c'è un tavolino nero, in stile giapponese, troppo basso per affiancarci una sedia. Sopra c'è una piccola scatola, tipo quella di un cofanetto da anello. L'occhio più invadente sarebbe portato a spiare il suo contenuto, ma Franky se ne tiene a distanza. In qualche maniera percepisce che quello non è affar suo, e che toccarlo equivarrebbe a osare troppo. Ad ogni modo, più lo guarda, più gli sta vicino, più capisce che l'aura di pace che impregna ogni angolo della casa deriva proprio da lì. *"Da quell'altare"*. Ennesimo suggerimento inaspettato.

Continua l'ispezione, convinto di essere ancora allo strato superficiale. C'è un comodino alla destra della finestra, con sopra alcuni bambolotti di spago uguali a quello che Agata porta al collo. Conta una decina di pupazzi, abbastanza piccoli da stringerli in pugno. Sembrano fatti a mano, o è quello che lasciano intendere i gomitoli nei loro pressi. Il rimando alla magia voodoo è quasi immediato, eppure c'è qualcosa in quei grotteschi stereotipi umani che conferisce loro un'accezione diversa. Dall'aspetto grezzo si vede subito l'inesperienza di un lavoro portato avanti per tentativi, ma Franky sarebbe pronto a giurare che nessuna industria tessile avrebbe potuto raggiungere un risultato migliore.

Si volta verso la mensola accanto. Sopra c'è una vecchia radio scassata, "d'antiquariato" direbbero i truffatori per affibbiarle un qualche valore. Il classico modello che, pur girando la rotella delle frequenze, emetterebbe soltanto un brusio fastidioso. Franky regola il volume al minimo, l'accende e avvicina l'orecchio alla cassa. Cambia canale, ma l'interferenza rimane.

Si volta, sorpassa le foto pendenti e raggiunge il lato opposto della stanza. C'è un cavalletto di legno appoggiato al tavolo da pranzo, vicino a un angolo cottura. Vi è affisso un quadro incompiuto, che odora ancora di tempera. Guarda quei tratti bruschi, le macchie di colore e i ghirigori senza fine: spirali blu, lunghissimi sgorbi neri, linee gialle, rettangoli rossi, sono gli stessi che caratterizzano anche le altre decine di fogli appiccicati al muro. Colori, pennelli, matite e pastelli sono gettati sul tavolo vicino a un ammasso di cubi di legno, quelli con le lettere in stampatello su tutte le facce. Sette sono impilati a torre, formano una parola, DULMIRE. Franky non ne comprende il motivo, ma lo disturba anche il solo guardarla. Apparte questo, non significa nulla per lui, come le scritte sugli altri lati, come i disegni, l'acchiappasogni, la radio. O come le bucce di mela verde lasciate a marcire in un piatto lì accanto, assieme alla polpa ossidata e priva di morsi.

"No, aspetta!", le bucce di mela sono importanti.

"Ma perché?".

Perché le ha già viste.

Alla festa di Villa Castello, dopo il secondo bacio, nella testa di Agata, nei suoi ricordi d'infanzia. Anche lì c'erano bucce di mela, e lei le stava guardando come se ci fosse ben altro di fronte ai suoi occhi di bambina. Allo stesso modo, sempre in quei ricordi confusi, aveva guardato i disegni, *"Esatto, cazzo! I disegni!"*, quelli appesi alla parete sono identici a quelli che Agata faceva da piccola. Scarabocchi sconclusionati, ma tracciati con attenzione chirurgica, maniacale. Come i pentacoli nel sale, come la lettura dei fondi di caffè. *"Che cosa c'era d'altro? Cosa veniva dopo i disegni?"*. Scavare nella memoria gli viene difficile, dannatamente difficile. Del resto, non è la sua. Di quella visione ha smarrito dei pezzi, ora gli restano solo pochi frammenti e, se non si concentra a dovere, presto perderà anche quelli.

Poi ecco una luce, la radiazione di una traccia rimasta impressa con più efficacia. Forse perché non fa parte dell'infanzia della ragazza, ma riguarda scene ben più recenti.

La casa. Le grida. Il fuoco. La fuga nella notte.

Si volta alle sue spalle, ributtandosi tra le fotografie sospese. Le gira tutte, fino a quando non trova quella che cerca. Avvicina il naso al paesaggio di una radura accerchiata dalle braccia del bosco. Lì, ai piedi dei monti, sul pelo corto del prato, sorge una villa. La stessa villa dei ricordi di Agata. La stessa villa che ha guardato bruciare mentre le fiamme e gli scoppi del legno coprivano le urla. Quella di cui, ora lo sa, non restano che macerie.

Adesso Franky sente di potercela fare, sente di poter scavare più a fondo. Così si concentra sui ricordi residui, riesumando ogni fotogramma nascosto.

"*È stata lei...*", ormai ne è certo. "*È stata lei a dare fuoco alla casa*".

La porta si apre.

«Mi sembrava di averti detto di non entrare qui».

Franky sbianca. In quel momento balbettare sarebbe il massimo dell'eloquenza, ma non è in grado di fare nemmeno quello.

Agata attraversa la sala senza sfiorare le foglie sul tappeto, si è messa un maglione e un paio di pantaloni. Passa a lato del suo ospite e si dirige all'angolo cottura come se nulla fosse. Apre un armadietto e tira fuori una caffettiera e un barattolo blu. «Vuoi un caffè?». Per quanto sia freddo e impersonale, il tono è accomodante, abbastanza da rilassare quella statua di Franky, che fa scricchiolare le labbra emettendo un flebile: «Sì. Grazie».

Agata mette la moca sul fuoco, butta polpa e bucce di mela verde nel cestino, prende posto al tavolo e si arrotola una sigaretta, in quella tipica posa che a Franky ricorda tanto una sfinge onnipotente. È calma, sospettosamente calma, come l'aria che si respira lì dentro. Ci si potrebbe sdraiare per terra a fissare il soffitto per tutto il giorno senza dire una parola, che andrebbe bene ugualmente. Ma Franky ha bisogno di risposte. Risposte che devono giungere al più presto, prima che si ritrovi con una camicia di forza a raccontare la storia di una telepate e della stravagante sfilza di circostanze in cui ha catapultato la sua vita.

«Questo è il tuo... tempio?».

«Una specie. Sì».

«Non ho mai visto niente di più assurdo».

«Dovrei prenderlo per un complimento?».

«Non lo so. Non so cosa dovrebbe essere. Se mi metto a riflettere su quello che sta succedendo in questi giorni rischio di diventare matto, quindi parlo a braccio, come mi viene».

«Capito».

Silenzio di stallo, spezzato dal brontolio della caffettiera.

«Puoi spiegarmi cosa ci fai con questa roba?».

«Non avevi paura di impazzire?».

«Correrò il rischio».

«Se ti dico che sono dei *catalizzatori*, ti facilito la comprensione?».

«Per niente».

«Mh. Bene». Agata versa il caffè in due tazze e Franky si avvicina al tavolo. «Sono oggetti che mi permettono di esercitare la mia volontà. Hai presente quando ti ho detto che c'erano cose necessarie, tipo la tua insalata, o il bacio, o il whisky che ti ho versato addosso?».

«Sì».

«Ecco, si parla proprio di questo. Passaggi, metodi. Rituali. Cose grazie alle quali riesco a fare cose».

Franky si immagina le bacchette magiche di Harry Potter e le danze della pioggia degli indiani d'America, ma capisce subito di essere fuori strada, quindi sta zitto, giusto per un minuto. «Le bucce di mela?».

«Intendi, cosa ne faccio?».

«Sì. Cioè, insomma... Si vede che non sono le stesse bucce di mela che potrebbero trovarsi sul tavolo di casa mia», lei storce lo sguardo, «nel senso... mi correggo... quando ho visto quelle scene di te da piccola, nella tua testa, ho notato che tu le guardavi in un modo tutto strano. Cioè, mi spiego, come io potrei guardare un cubo di... oh, che palle! non mi viene il nome. Comunque hai capito, il cubo con tutti i colori sulle facce. Rubik. Rubbrik».

Agata sorseggia il caffè, poi arrotola l'ennesima sigaretta. «Cercherò di venirti incontro, anche se il concetto è un po' più complicato di così. È uno dei modi che ho per... *captare*».

«Captare cosa?».

«Parecchie cose. Immagini, persone, *intrecci*, *sentieri*». Enfatizza quelle ultime due parole, sono proprio quelle esatte.

Franky tossisce, il caffè gli è andato di traverso. «Quando dici *captare persone*, vuoi dire trovarle, vederle, sentirle a distanza?».

«Precisamente».

«Ma tipo che puoi vedere dove sono, chi sono, e quello che fanno... o che *faranno*?».

«A volte sì, a volte no. Ci sono casi in cui riesco a vedere di tutto, vita morte e miracoli. Altri in cui vedo solo qualche dettaglio di quello che li aspetta in futuro o di quello che stanno facendo in quel momento, ad esempio una scena fissa, sempre uguale. Altri ancora in cui non vedo nulla di tutto questo, nemmeno la persona in questione, ma percepisco solo un bagliore forte, come un'energia pulsante, priva di qualunque volto o corpo». Afferra uno dei cubi con le lettere sulle facce e se lo passa da una mano all'altra.

«E... che cosa vedi di me, adesso?».

«Ottima domanda».

«Che significa? Cosa vorresti dire?».

«Che è un po' di tempo... che mi chiedo chi tu sia».

«Io? Che cosa c'è di così particolare in me? Cosa c'è di così interessante nel più sfigato dei tizi qualunque di questa fogna di città?».

«Sono due mesi che sto cercando di scoprirlo. Da quando sono arrivata qui».

«Tu sei venuta qui per me? Ti sei trasferita qui per questo motivo?».

«A grandi linee, sei stato tu ad attrarmi. Il sentiero parlava chiaro. O almeno, è quello che credo».

«Non riesco proprio a seguirti, mi dispiace. La mia vita fa schifo, lavoro come sguattero in uno dei locali più insulsi del centro, non muovo un passo all'infuori di questo schifo di posto da anni, e non frequento altra gente se non gli stessi quattro imbecilli dai tempi del liceo. Inoltre, non ti ho mai visto prima d'ora. Come fai a dire che sia stato io ad attirarti?».

«Ti dico che è così».

«Così come? Non ci capisco niente».

«Ho seguito una traccia, un sentiero. È come quando... è come quando segui una pista di caramelle. Prendi la prima, la scarti, la mangi, poi non molto distante vedi la seconda, prendi anche quella e a pochi metri ce n'è un'altra».

«Cioè?».

«No, aspetta, è diverso. È come quando arrivi in una città che non hai mai visto, ma sai che devi vedere. Vederne il cuore, se non altro. Allora cerchi il centro. Non sai come sia fatto, né cosa ti aspetterà lì, ma sai che per raggiungerlo dovrai seguire le indicazioni sui cartelli. Tutte quelle frecce, tutte quelle insegne servono il centro, servono proprio il cuore della città, e sono state messe lì perché tu possa trovarlo. Perché tu possa arrivare ai piedi del monumento che domina la piazza».

«E ora che mi hai trovato? Ora che hai trovato la statua di un bell'imbusto a cavallo, ricoperta delle cacche dei piccioni, che cosa hai guadagnato? Che cosa stai pensando?».

Franky la guarda, ma Agata non risponde. Troppo impegnata a fissarlo negli occhi e a vedere qualcosa che la spaventa. Qualcosa che non potrebbe interpretare diversamente da un traboccante, disperato bisogno di causalità.

«Allora? Cosa pensi?».

«Che spero proprio che tu sia un falso».

«... Che cosa stai dicendo?».

«Sarebbe meglio per tutti e due. E visto quello che è successo dopo la festa, sicuramente sarebbe meglio per te».

Franky schiude le labbra nella smorfia che ha accomunato molti episodi della sua infanzia, i compleanni senza auguri e gli epiloghi delle sue relazioni. Poi Agata si alza, abbandona le tazze nel lavandino e gli dà il colpo di grazia, «Ma forse mi sono sbagliata su tutto. Forse ho visto male e tu non sei quel che credevo. E poi, tra non molto me ne andrò. Tempo di racimolare due soldi e faccio i bagagli. In fin dei conti, credo che questo posto non faccia per me».

«Te ne vai?».

«Sì».

«E dove vai?».

«Non lo so. Devo ancora capirlo. In ogni caso, lontano da qui».

«Ma tu avevi detto di essere venuta per me. Che il *sentiero* ti aveva condotto a queste quattro mura, vicino a casa mia, che ero stato io ad attirarti!».

«È vero, l'ho detto. Ma ho anche detto che forse mi sono sbagliata. In realtà ne sono abbastanza convinta, e...». Osserva il volto del ragazzo, ad associarlo a quello di un cane lasciato sul ciglio dell'autostrada il passo è breve. «Ed è molto meglio così. Ascolta, è tardi, ho delle cose da sbrigare e forse è arrivato il momento che te ne vada anche tu».

Ecco che passa il minuto più lungo della vita di Franky. Più lungo di quello che trascorse tanti anni prima davanti allo specchio del bagno di Bescio. È come frastornato, le frasi seguenti le avvertirà un po' come un'interferenza di fondo.

Agata spegne la sigaretta, evita di guardarlo e gli dice: «Allora, grazie per... grazie per avermi fatto compagnia e per tutto il resto». Va in camera, ritorna con la sua giacca e lo aspetta dalla porta. Lui si alza con gli occhi persi. Arriva al centro della stanza, e lì si ferma. «Davvero, Franky. È meglio che tu vada».

«Aspetta».

«Cosa?».

«L'ho visto. Questa notte l'ho visto».

«Hai visto cosa, Franky? Su, per piacere, non tiriamola per le lunghe. Qui c'è la tua giacca, ora...».

«Il quarantanovesimo chilometro dell'autostrada».

«Senti, non è divertente. Soprattutto se non sai di cosa stai parlando, quindi...».

«Bruce. Clare. E Susan, la loro bambina. L'autogrill, l'incidente in macchina. L'ho visto».

«Franky, smettila, stai inventando di sana pianta. Non hai visto un bel niente».

«Era una mattina nuvolosa, seguita a una notte infernale, erano in viaggio da ore, ma erano solo in due, perché la bambina l'avevano abbandonata dai nonni, a lui tremavano le mani di continuo». Gli occhi di Agata si fanno immensi, ricolmi di una consapevolezza tanto agghiacciante da farle tremare le gambe, da spezzare la sua eterna maschera. «Hanno attraversato il viadotto dell'autostrada e si sono detti ti amo, poi una macchina li ha colpiti e c'è stato un incidente terribile, allora Bruce ha tentato di uscire dall'auto, ma non ce l'ha fatta. Clare era semi-incosciente, con il sangue che le usciva dal naso, lui urlava per svegliarla, poi si sono voltati entrambi fuori dal finestrino e lì c'era il cartello che indicava il chilometro, era il numero 49».

«Adesso basta. Ti prego. Afferra questo concetto e stampatelo bene in testa. Io e te non dobbiamo mai più rincontrarci».

«No, tu adesso mi devi spiegare», dice Franky, e in un primo momento non si accorge del rumore di nocche che bussano alla porta, «tu adesso mi devi spiegare che cosa...».

«Ehi, sei in casa? Tutto bene?». La voce che viene da fuori è grassa, impacciata, ridicola. «Sono arrivato troppo presto? Se vuoi ripasso più tardi».

«No, tranquillo. Ora ti apro», risponde Agata cercando di calmarsi. Dà qualche giro alla serratura e apre la porta, poi Franky incrocia lo sguardo con il botolo stempiato apparso sulla soglia. Porta un paio di occhiali e una ventiquattrore da ufficio che si abbina malissimo ai suoi abiti da discount. Entra e dice: «Scu-scu-scusami, scusatemi tanto. Non avevo idea che ci fosse un altro cliente».

«Nessun problema, Roberto», gli dice Agata, guardando ancora Franky con aria decisa. «Aspettami in camera. Arrivo subito».

Roberto arrossisce, abbassa la testa e attraversa l'atrio, «Con permesso», dice, e si defila in camera da letto. «Io allora ti aspetto qui, eh. Oggi sono un po' di fretta, purtroppo».

«Sì, d'accordo, faccio in un attimo. Tu mettiti comodo». Agata segue il suo passo da ratto obeso, poi torna a fissare il suo primo ospite. La sua maschera non ha più un graffio. Completamente rigenerata.

Potrà sembrare stupido, ma per quanto sia esplicito al resto del mondo quello che è appena successo, Franky stenta a crederci, quasi fosse di fronte a un miraggio. E come è lecito che si faccia quando si ha a che fare con le illusioni, o supposte tali, ha bisogno di toccarle con mano, di testimoniare a se stesso che non sta sognando. «Ha detto: cliente?».

«Sì».

«Ha detto proprio...?».

«Sì. Ha detto proprio cliente».

«Quindi... tu sei...?».

«Sarebbe meglio che tu te ne andassi».

Lui la guarda. La guarda a lungo.

Poi prende la giacca, attraversa la porta, e scende le scale senza voltarsi.

8

PIANO B

Siamo a metà novembre, quel periodo in cui la brezza gelida che soffia al mattino può portarti via la linfa vitale, lo stesso in cui, alzando gli occhi alle nuvole, ci si scontra con la solita fitta coltre, più grigia dello scarico dei furgoni.

Siamo a metà novembre, eppure oggi è una giornata stupenda. Il cielo è più limpido di quanto lo sia stato negli ultimi mesi, e splende un sole forte, fin troppo eroico, che fa brillare i comignoli, accende le finestre dei quartieri e trasforma il mare in una lastra dorata. È uno spettacolo raro, che svanirà in poche ore, per poi lasciare il posto al freddo e al naturale corso della stagione. Grazie alla posizione privilegiata, solo la gente di periferia, dalle case arroccate sulla collina, potrà gioire della veduta nel suo complesso. Ma ciascun abitante della città ricorderà questo giorno come uno dei più belli dell'anno, uno di quelli che scalda il cuore.

È un vero peccato che Franky non possa goderne come tutti gli altri.

Esce dal portone ritrovandosi nel cortile esterno. Guarda i vetri dei palazzi, gli sembrano occhi compassionevoli, e lui di compassione non ne vuole. Preferirebbe prendere a calci il mondo, la sua vita, se stesso, ma il massimo che può fare è colpire una zolla sporgente e farsi male di conseguenza. *È una puttana. È una puttana, santo Dio!"*. Si mette a urlare. Un vecchio si sporge da una finestra, poi si ritira come a dire: "chi se ne frega del primo matto della giornata, il centro ne è pieno".

Franky si volta a guardare l'ingresso del condominio, il portone si sta chiudendo. Corre a infilarcisi prima che si serri del tutto. Risale le scale e arriva al terzo piano. Sta per bussare all'appartamento col numero 9. No, non è vero, sta meditando di raderlo al suolo. Ma poi accosta l'orecchio alla porta e sente i versi di un cinquantenne sovrappeso che ha barattato la pausa pranzo con passatempi più dispendiosi.

Tira un pugno sul legno e scende di nuovo le scale. Magari si inciampasse e battesse la testa! Nessuno se ne accorgerebbe, di certo non quelli dell'appartamento numero 9, che non hanno nemmeno sentito il tonfo sulla porta.

Ritorna in strada. Grida: «Fanculo!». Lo grida più forte e si mette a tossire. Con la testa pesante e un buco nel petto grande quanto una galleria del treno, ciondola fino alla strada. *"È una puttana. Ha guardato nell'angolo più nascosto della mia anima, ed è una puttana. Ho rischiato la vita per quella ragazza, ed è una puttana. Mi sono innamorato di lei, ed è una puttana"*. Nessun dubbio che potrebbe andare avanti così all'infinito. Di piaghe dove infilare il dito ce ne sono a profusione.

Ma poi ripensa a quel che è successo, a TUTTO quel che è successo... e si convince sia stato solo uno scherzo. Solo un grandissimo scherzo.

In fondo, pensandoci bene, ha seriamente creduto di aver incontrato una specie di strega, l'oracolo della porta accanto venuto a investirlo di chissà quale missione? O più semplicemente ha perso la bussola per una pazza che di problemi ne ha più di lui?

Vero è che da un mese a questa parte di stranezze ne ha viste, che la sera prima, come nei giorni precedenti nel suo vicoletto speciale, il cervello gli ha giocato brutti scherzi mostrandogli immagini di case in fiamme, persone bruciate vive, ombre minacciose che si alzano dalle ceneri e memorie di un passato che non gli appartiene. Il tutto condito da una sociopatica che parla di sentieri e intrecci e quarantanovesimi chilometri di autostrada, che danno alla recita del paranormale quel tocco in più. Ma se continua a dar corda a tutte quelle stronzate, un biglietto di sola andata per il centro di igiene mentale non glielo leva nessuno. Non ne vale la pena. Non per una del genere.

Anche se, una voce, più d'una volta, sembrava volesse convincerlo del contrario. "Lei è importante", così aveva detto. Potrebbe sentirla anche adesso, se solo volesse.

Tira fuori il cellulare. Il telefono è scarico e mostra un monitor nero. Meglio così, pensa, con la fortuna che ha, poteva esserci scritto "buttati!". Alza lo sguardo all'orologio della chiesa che gli ricorda gli impegni della giornata. Mezzogiorno e venti. Deve arrivare al bar e non è mai stato tanto in ritardo. Già che ha perso tutto, sarebbe il caso di salvare almeno il lavoro. Quello c'è sempre stato, e per quanto in lui risuoni come un'occupazione avvilente, noiosa e ripetitiva, rappresenta un luogo appartato dove dimenticarsi del resto del cosmo, nonché il suo unico sostentamento economico.

Torna a casa, recupera il casco, e si precipita al bar a bordo del suo cinquantino truccato, preoccupandosi di inventare una scusa decente per dissuadere Gio dal spaccargli la testa. E dire che, pochi minuti prima, se la sarebbe aperta con le sue mani.

***

Parcheggia lo scooter e si fionda nel locale. Invece di percepire l'onda d'urto di insulti, trova Gio assorto nei suoi pensieri, in un angolo della sala vuota.

«Gio, ti prego, scusa, sono un idiota, lo so. Ma è che...!».

«Ah. Sei tu. Ciao. Stai tranquillo, ho aperto da poco».

Per Franky la faccenda si fa sospetta perché "stai tranquillo, ho aperto da poco", pronunciata all'ora di punta, è una di quelle frasi che mai uscirebbe dalla bocca di Gio neanche se si anagrammasse ogni suo altro discorso.

«Comunque, scusami», continua Franky, «non ho sentito la sveglia. Cioè, avevo il cellulare spento. Quindi, se mi hai chiamato e non ti ho risposto, è per quello e...».

«Okay, nessun problema. In realtà mi ero scordato di cercarti», risponde il cugino, senza guardarlo nemmeno. Se ne sta curvo dietro al bancone a sciacquare la stessa tazzina che aveva già pulito un minuto prima.

«D'accordo. Allora, io vado di là. Così mi metto a preparare due cose... già che è molto tardi».

Nessuna invettiva, nessun ordine sbraitato, giusto un assenso accennato col mento.

Franky si dilegua in cucina e si mette all'opera. Di tanto in tanto getta un'occhiata alla sala. Gio è lento, goffo, si perde in un bicchier d'acqua anche solo per fare un caffè. Viene da chiedersi cosa sia potuto accadergli per ridurlo così. Franky se lo sta chiedendo. Ma poi la cosa cala di posizione nella scala dei suoi interessi. Pensa a Diego, alla volpe, alla festa, alle visioni, al santuario, al sogno, ad Agata, e al momento in cui lo ha piantato in asso. È una scena che ha già vissuto, con le mani impiastrate di condimenti a fantasticare su una donna irraggiungibile. Intanto, quella voce torna a strisciare nella sua testa, *"Lei è importante"*, gli dice.

«Vaffanculo!», risponde lui, tirando un pugno sul tagliere sporco.

Arrivano le quattro del pomeriggio e il servizio termina esattamente come è iniziato. Lento, depresso.

Franky pulisce banco, tagliere e coltelli ed esce dalla cucina. «Gio, io avrei finito».

«Perfetto. Allora a domani. Magari vieni un po' prima così mi aiuti a scaricare la roba del corriere».

«Gio, domani è domenica. Non c'è nessun corriere».

«Ah, sì. Giusto. Domenica. Va beh, tu vieni prima lo stesso, così prepariamo l'aperitivo per quelli del club del bowling».

«Quello è la settimana prossima».

«Ah... okay, sai che facciamo? Facciamo che domani ce ne stiamo a casa tutti e due. Che te ne pare?». Si passa una mano tra i capelli. Niente ciuffo, niente cera.

«Gio, va tutto bene?».

«Si vede così tanto?».

«Direi».

«Io e Giulia... ci siamo lasciati».

«Sei fuori!?».

«La stavo tradendo da un po' di tempo. Lei non sospettava nulla. Nulla di nulla, capisci? Continuava a baciarmi, a dirmi ti amo, e non sospettava nulla. Ieri non ce l'ho più fatta. E allora gliel'ho detto». Si strofina il mento, quasi dovesse strapparlo via. «Avevamo anche pensato di avere un bambino. Prima».

«Ma come, l'hai tradita? Eravate perfetti! Perfetti, maledizione!».

«Io no, di sicuro».

«Ma cosa stai dicendo? Se mi guardo attorno, se guardo tutto questo schifo, tu sei l'unica persona che salvo. Tu hai tutto quello che si potrebbe desiderare. Sei giovane, in affari, accasato, realizzato. Cristo, sei quello che vorrei essere io! Non posso credere che tu abbia mandato tutto a puttane».

«Credimi. Sarebbe meglio essere chiunque altro».

Franky stringe i pugni, digrigna i denti. Guarda Gio e gli dice: «Fottiti».

«Cosa?».

«Vai a farti fottere». Gli dà le spalle ed esce sbattendo la porta.

Una sera, in una rara parentesi filosofica, Winston ha detto che nella vita ci sono due tipi di "Grosse Inculate". Uno, è quando il mondo ci crolla addosso. L'altro, è quando questo capita alle persone a cui facciamo riferimento. Al momento Franky si sta confrontando con entrambi i frangenti. È una battaglia che combatte in silenzio, nella penombra della sua tana, sdraiato sul divano a fissare il soffitto, mentre le ore scorrono senza dare nell'occhio, senza farsi neanche notare.

Quando il sole è calato e si sono fatte le dieci, Franky capisce che quella battaglia è troppo grande per affrontarla da solo. Allora solleva il cellulare, e bussa all'unica porta che sa di trovare aperta. Il telefono squilla, poi Bescio risponde: «Mi stavo giusto chiedendo quanto ancora avresti aspettato prima di farti vivo. Ti avrò chiamato trecento volte».

«È da stamattina che ho la batteria a terra. Non ho sentito proprio nessuno».

«Ah! Ah! Ah! Ma è chiaro! Affronti i cattivi, sei un mezzo supereroe, e te ne porti a letto una al giorno! Ci credo che te ne freghi di noi comuni mortali!».

«Sì, insomma. Più o meno».

«Beh!? Cosa ti succede? Parli come avessi la diarrea!».

«Ma no, il fatto è che... senti, ti va di mangiare qualcosa?».

«Giuro che quando fai la preziosa mi saltano i nervi! Facciamo dal Lercio tra venti minuti. E vedi di vuotare il sacco».

«Come dici tu».

«Certo, che è come dico io».

Cosa c'è di bello del Lercio sono i muri in mattoni scoperti, l'illuminazione a lanterna, la posizione decentrata che permette di tornare a casa senza rischiare il palloncino sulla statale, e un parcheggio spazioso situato sulla collinetta di fronte, dal quale si accede a un giardino pubblico con vista stelle e cielo aperto. Per il resto, il Lercio è una topaia come le altre, che riserva ai suoi clienti piatti di second'ordine, ma a prezzi ragionevoli, in quantità abbondanti e a qualsiasi ora.

«Allora, sei riuscito a invaderle casa?», comincia Bescio azzannando il panino.

«Mi ha invitato lei a salire».

«Ah! perfetto, perfetto! E quindi? Come ce l'ha?».

«Cosa? La casa?».

«Avanti, smettila, come ce l'ha?».

«Come ce l'ha, cosa?».

«Forza, non fare lo scemo! Dammi pane per i miei denti».

«Ma di cosa stai parlando?».

«Del Sacro Graal, vecchio mio... della Pietra filosofale, della Mela d'oro, del Vaso di Pandora! Allora, come ce l'ha? Rasata? Pista d'atterraggio? Piercing? Ti giuro che me lo son chiesto per un sacco di tempo. Poi sai, da come sono le parti basse, capisci un po' tutto di una persona, e viceversa. Parliamoci chiaro, non è facile indovinare con una così. Per come si presenta, potrebbe anche avere un arazzo là sotto».

«Ma tu le senti le cazzate che dici?».

«Ogni tanto. Non sempre. Adesso sputa il rospo».

«Purtroppo non sono andato fino in fondo».

«Cosa!? Ma scherzi?».

«Purtroppo no».

«Guarda che se è vero ci rimango male, sul serio. Cioè, ricapitoliamo la situazione: ve la svignate dalla festa soli soletti, la difendi a spada tratta da un travestito di un metro e novanta, ti invita a dormire a casa sua, sparisci dal globo terrestre fino alle sette di sera del giorno dopo... e mi vuoi dire che non le hai fatto il servizio completo?».

«La storia è più o meno questa».

«No. Tu stai male. Tu stai male, sei da ricovero. Si può sapere cosa ti è preso?».

«È da ieri notte che mi faccio la stessa domanda».

«No, no, no, no! Tu avevi un dovere verso il genere maschile, e non hai adempito ai tuoi compiti. Ora mi spieghi che cosa è successo».

«È successo che la splendida ragazza che mi ha manomesso il cervello, in realtà è una dannatissima prostituta, e si è portata a letto un povero imbecille di cinquant'anni pochi secondi dopo che ho varcato la soglia di casa sua», è questo che Franky risponderebbe. Ma non ce la fa, le parole gli si bloccano in gola come se una parte di lui non avesse vissuto la scena. Quindi dice: «È come avevi detto tu. Era meglio lasciarla perdere. Non c'è stato quello che ci doveva essere. Dunque non è successo niente».

«Allarme, allarme, allarme innamoramento! Fratello... non è

che te la sei fatta addosso perché ci tenevi troppo?».

«Anche. Può darsi».

«Ecco, lo sapevo, come con Chiara al liceo. Rimedierai? Perché tu rimedierai, vero?».

«Non credo che la rivedrò più».

«Porca puttana».

«Già. Porca... Puttana».

Il discorso cessa, entrambi sanno che non c'è niente da portare avanti. Nel tempo che segue Bescio tenta di distrarre l'amico rivangando molte delle avventure passate, con risultati di scarso successo. Poi Franky ripiomba dentro se stesso, col capo chino sugli avanzi della cena. «È destino, vero?».

«Cosa?».

«Che vada sempre così».

«No, io non credo. Credo invece che tu prenda sempre tutto di petto senza goderti mai le cose per quello che sono. È quello il tuo problema. Non ce la fai proprio a rilassarti».

«Boh... non so. Sarà come dici tu».

Il Samurai si sgola l'ennesima birra. «So io cosa ci vuole. Ci pensa Bescio al suo vecchio compare. Che ore sono?».

«Mezzanotte e dieci, tipo».

«Perfetto, vieni!».

Pagano il conto, lasciano il Lercio, raggiungono la macchina del Samurai, parcheggiata così male da occupare due spazi, e partono verso la meta prescelta. Doveva essere una sorpresa ma, attraversati i primi due incroci e intravista la scritta in blu acceso sull'insegna del locale, Franky intuisce dove stanno andando a parare. «Stiamo andando al Sensation!? Era questo, il tuo piano? Ci saranno altri quattrocentomila posti più fighi e tu mi porti al peggior nightclub dei dintorni?».

«Fidati, fratello. Ho parlato ieri con Musca e mi ha detto che c'è una spogliarellista nuova. Pare che la ragazza sia di manica larga, visto che sta cercando di accaparrarsi il maggior numero di clienti».

«Wow», sospira Franky.

«E non rompere! Stasera offro io. Ci facciamo un sacco di risate, e ce ne torniamo a casa col sorriso sull'uccello. Chissà che non ti levi anche qualche pensiero».

«Come ti pare».

Entrano nel locale immergendosi nella penombra della sala centrale e nella spessa nube di ormoni. Sul palchetto della lap-dance c'è una ragazza dai capelli biondi che si esibisce nel suo teatrino avvitandosi in piroette e facendo ondeggiare i capezzoli. Una calca di scimmie assuefatte la sta mangiando con gli occhi. Franky è l'unico che la guarda in maniera diversa. Si chiede cosa stia pensando dietro quegli occhi socchiusi, quel volto concentrato e assente allo stesso tempo. Magari ai quattrini che incasserà quella notte. A quanto le torneranno utili, quanto potranno giustificarla. Se mai basteranno per chiedere scusa alla bambina che tanto tempo prima voleva diventare una ballerina professionista. No, si dice, quello non lo pensa più. Ne sarà passata di acqua sotto i ponti. Abbastanza da annegare quella bambina e tutti i suoi sogni.

Il Samurai si appoggia al bancone interrogando quello che sembra un capo indiano più che il capo del locale, «C'è Janet?».

«Ora è con un cliente, se aspetti dieci minuti la trovi».

«Strafico!».

«Volete qualcosa da bere, nel mentre?».

«Due Gin Lemon belli caldi... Cioè freddi. Il senso era: carichi, pesanti, la lemon non la voglio nemmeno sentire».

Il gestore sbuffa e recupera una bottiglia dalla marca sconosciuta, «Mocciosi del cazzo», non si impegna granché per non farsi sentire. Bescio se ne frega altamente. Franky non si accorge di nulla. Sta ancora guardando la ragazza dai capelli biondi. Poi l'amico gli passa il drink, «Voilà, salute! Alla tua, alla mia, soprattutto alla mia, e all'angioletto che ci offrirà un trattamento speciale!».

I dieci minuti trascorrono, mentre e i due amici attendono lo scadere del timer ognuno a modo suo. Il Samurai, con gli occhi carichi di promesse, finisce il cocktail in quattro golate. Franky invece lo manda giù a piccoli sorsi, mentre squadra i soggetti che coloriscono il panorama coi toni più deprimenti e le ragazze che seducono il pubblico. «Secondo te, le pescano negli orfanotrofi da piccole?», domanda distrattamente al Samurai.

«Cosa?».

«Niente. Me la stavo viaggiando».

«E fai male, bello mio! Guarda chi sta arrivando».

Janet ricambia l'occhiolino di Bescio e si avvicina. Altissima, fondoschiena straordinario, caschetto nero lucido e, sopra lo spigolo delle labbra, un neo isolato che è tutto un programma. «Ciao tesori, siete venuti in cerca di una serata eccezionale?».

«Puoi dirlo forte, sorella», dice il Samurai.

Janet li afferra per i fianchi, «Vogliamo divertirci tutti e tre assieme?».

«Se la signorina acconsente...», approva subito Bescio.

«Con voi potrei fare uno strappo alla regola. Per cento sacchi si può cominciare a fare sul serio».

«Allora abbiamo un accordo!».

«Bescio, aspetta un secondo, sono cinquanta a testa. E io ho circa tre spiccioli in tasca».

«Cosa ti avevo detto, usciti dal Lercio? Ci penso io». Tira fuori la banconota da imprenditore e la infila nel reggiseno della ragazza. «Vogliamo andare, dolcezza?».

Janet sorride, li prende per mano e li accompagna al privé. Scosta una tenda e li fa accomodare su un divanetto. «Bene bambini, godetevi lo spettacolo». Sfila il vestito, la minigonna, la sua terza di reggiseno, e si mette a ondeggiare le curve sotto la luce soffusa. Pelle perfetta, capezzoli turgidi.

«Che ti avevo detto, fratello? Paradiso, paradiso vero».

Franky non risponde, tiene gli occhi puntati sulla ragazza. Lei gli dà le spalle, ma solo per adagiarsi su di lui e condurgli le dita al seno, «Stringi, da bravo», gli dice. Poi prende Bescio tra le cosce, se lo schiaccia contro l'inguine, e il ragazzo meno timido, che non sa neanche pronunciare le parole "freni inibitori", fa scivolare le mani su quelle forme celestiali e si mette all'opera. Franky si lascia andare e asseconda il gioco, inebetito da quel fuoco solido seduto sulle sue gambe. Carne chiama carne, è il comando che guida il trio, e tutti lo seguono con diligenza. Finché Janet cambia posizione e si mette a cavalcioni su Franky, «Guarda che non mi sono dimenticata di te». Gli struscia i capezzoli sulla faccia, lo bacia. Lui gode e non capisce più niente.

Poi però, qualcosa gli affiora dalla coscienza come un fiotto di bile. Si alza di scatto sotto lo sguardo attonito degli altri due. «Scusa, fratello. Ne ho avuto abbastanza. Io me ne vado». Scosta la tendina del privé.

«Fré, ma dove cazzo vai?».

«Torno a casa. Tu rimani pure, non preoccuparti, me la faccio a piedi. Grazie di tutto, comunque. Davvero».

Franky esce dal locale, mani in tasca, passo spedito. Il Samurai lo raggiunge una manciata di secondi più tardi con la cintura ancora slacciata. «Franky, fermati un attimo!». Lui non si gira. Bescio gli si para davanti e vede i suoi occhi lucidi. «Fratello, aspetta! Mi vuoi spiegare che ti succede?».

«... È una puttana».

«Siamo in un nightclub! Mi sembra normale che non ci lavorino delle sante».

«No, non Janet... È LEI, che è una puttana».

«Ma parli di... Oh, merda. Sul serio?».

Franky tace.

«Oh Cristo... Potevi dirmelo».

«Già. Avrei dovuto».

Silenzio.

«Immagino non sia l'unica cosa che non mi hai raccontato. Dico bene?».

«Dici benissimo». Si accende una sigaretta. Non ci riesce al primo colpo. «Però... Va beh. Lasciamo stare».

«Manco per sogno! Voglio sapere tutto, per filo e per segno».

«Tutto, ma proprio tutto?».

«Ogni pallosissima virgola! Su, forza, sali in macchina».

«E dove vorresti andare?».

«Piano B, vecchio mio. Piano B».

La macchina riparte. Franky racconta la sua storia. Il Samurai rischia più volte di andare a schiantarsi.

9

LA CASA NEL CAMPO DI GRANO

Bescio ferma la macchina nel parcheggio del Lercio, tira il freno a mano e rimane zitto e immobile, esattamente come il suo amico. «Insomma... non mi stai prendendo per il culo?».

L'espressione di Franky parla da sola.

«Quindi... quella svitata sa leggere nel pensiero?».

«Sì».

«Ha dato fuoco a una casa mentre fuggiva da qualcosa di orribile?».

«Sì».

«Tiene una specie di santuario nella sua cucina?».

«Esatto».

«E possiede una qualche dote mistica per trovare le persone e predirne il futuro?».

«Proprio così».

«In più è una prostituta, tu te ne sei innamorato, e lei sta per svanire dalla tua vita. Se non l'ha già fatto».

«Questo è quanto».

«... Bene».

«Ti sembro matto, è questo che vuoi dire?».

Bescio sbuffa distendendosi sul sedile. «Non lo so, fratello. Ti renderai conto che ogni parola di quello che hai detto è un po' dura da digerire».

«Non dirlo a me. Io... ultimamente non capisco più se quello che mi succede sia reale, o se il mio cervello stia lentamente giungendo al collasso».

«Mi odierai a morte se punto sulla seconda?».

«No. A essere sinceri è quella su cui sto puntando anch'io. E per certi versi spero di aver fatto centro. Forse sarebbe meglio. Sai che ridere? Perso la testa a ventitré anni. Da queste parti sarebbe un record. Un bell'esaurimento nervoso! È quello che ci vuole. Semplificherebbe le cose. Poi andrei in analisi, lo psichiatra mi prescriverebbe un paio di pillole, e mi direbbe *prenda queste, stia tranquillo, e tutto tornerà come prima*. Così, per tutta la durata del trattamento mi si fonderebbero un po' i neuroni e potremmo stare allo stesso livello».

Franky sogghigna. Bescio non ride affatto.

«Dio, che cazzo sto dicendo!? Che cazzo ti ho raccontato!? Devo essere impazzito. Matto da legare».

Il Samurai lo osserva, non dice nulla. Di crisi ne ha viste parecchie, nessuna così intensa, e il download dall'archivio consigli potrebbe richiedere qualche minuto aggiuntivo. La verità è che ora come ora sembra proprio inceppato. Forse perché, per la prima volta, Bescio non ha idea di cosa rispondere. Il suo migliore amico gli ha appena raccontato la vicenda più assurda che gli fosse mai giunta all'orecchio. Cosa potrebbe consigliare? Cosa potrebbe mai argomentare? Non c'è una battuta pronta per certe storie. Da una parte potrebbe far finta di essersi bevuto ogni sillaba, ma a quel punto sarebbe costretto ad assecondare Franky in quella follia, senza sapere dove potrebbe portarli, e allora sì che ci sarebbe da preoccuparsi, ma per tutti e due. D'altro canto, se gli dicesse che gli eventi da poco citati volano ben oltre i trip più malati che si è sparato sotto acido, la situazione potrebbe prendere una piega peggiore, far credere al mezzo cuoco di aver perso completamente il senno e aver passato il punto di non ritorno. Il fatto è che non lo convince nessuna delle due opzioni. Probabilmente perché negli occhi di Franky ha visto qualcosa che somigliava in tutto e per tutto alla sincerità assoluta. Ed è questo che lo spaventa di più. Ma lui non è un medium, un santone, né tanto meno uno strizzacervelli. Lui è Bescio, il fratello che Franky non ha mai avuto, e deve fare ciò che gli viene meglio. «Dai, vieni. Facciamo due passi».

«Piano B?».

«Piano B».

Escono dalla macchina e si avventurano per quella stretta scalinata diretti al parchetto che così tante volte li ha visti concludere le loro serate, nel bene e nel male. Quest'oggi non c'è nessuno, né una coppietta appartata, né una mandria di ubriachi terminali. Ci sono solo gli alberi, la panchina traballante, il monumento ai caduti, e il caro vecchio lampione, che ha sempre permesso di fabbricare la canna della buonanotte senza rischiare di perdere l'ultimo grammo d'erba nel buio.

Si siedono e Bescio si rovista nelle tasche.

«Cosa fai?», domanda Franky.

«Ce ne facciamo una».

«Boh... Non so se mi va».

«Senti, non rompere, mettiti comodo e rispetta le tradizioni».

«È che non mi va molto di fuma...».

«Rispetta. Le. Tradizioni». Tira fuori filtri, erba, cartine e consegna tutto al compare. «Te la senti di girarla tu?».

«Anche perché se no facciamo notte», risponde Franky, poi apre la sigaretta e sbriciola l'erba. È un segnale quasi impercettibile, ma si vede che si sente un po' più a suo agio. Pochissimo. Ma è già qualcosa.

«Ti ricordi di quando Baldacchi girava ancora con noi?», sorride Bescio.

«Poveraccio. Quante gliene abbiamo fatte».

«A me faceva crepare dal ridere quando d'estate si addormentava qui sulla panchina».

«Mamma mia, sembrava che la pancia gli colasse giù come burro fuso. Occupava tutto lo spazio, non ci si poteva più sedere».

«Eh, infatti! Allora Winston, zitto zitto, prendeva il pennarello e lo riempiva di scarabocchi sulla fronte».

«Sì, ma tu eri il peggiore! Gli infilavi le cartine tra le dita e gli davi fuoco! Ti ricordi le facce che faceva appena si svegliava all'improvviso?»

«Sì, ma il massimo è stato quando gli abbiamo messo il Dado Star nel frangi-getto della doccia prima che salisse in bagno con la fidanzata! Et voilà! Baldacchi e consorte in brodo!».

«Tra l'altro, la ragazza era tosta. Tina, Gina, non ho mai capito come si chiamasse, né come facesse a stare con lui».

«Non lo so neanch'io. Però mi ricordo che al diciottesimo della D'Amico c'era Leo che ci voleva provare, che lei gli ha dato il due di picche, e che allora lui ha cominciato a insultarla. Non l'avesse mai fatto! La tipa ha preso la bacinella di spriz e gliel'ha versata addosso! Io ero lì a fianco che ridevo con Musca, e mi vedo arrivare 'sto tsunami arancione che, grazie a Dio, mi ha lavato solo le scarpe! Secondo te ho più osato dirle mezza parola? Zitto e muto!».

«Invece Leo, che faceva tanto il duro, era scappato a casa con la coda tra le gambe!».

«Aveva addosso la giacca firmata comprata il giorno prima!

Secondo me, si era pure messo a piangere».

Il Samurai si volta verso monumento ai caduti in mezzo al parchetto, la statua che lo riporta a un episodio che merita almeno quattro parole. «Ti ricordi quel giorno?».

«Che giorno?». Franky si volta verso lo stesso punto, «Ah, intendi *quel* giorno. Sai che ogni tanto lo rimuovo?».

«Come fai a dimenticarti del giorno in cui abbiamo trovato una pistola carica nei cassonetti del porto?».

«Non hai capito. Intendo che ogni tanto mi scordo che l'abbiamo seppellita lì, dal monumento».

«No, io non me lo scordo mai. Chissà se è ancora lì, sotto quel mezzo metro di terra».

«Non lo so, e sinceramente non mi va di scoprirlo adesso».

«Che pazzi, quel pomeriggio! Cosa c'era saltato in mente!?».

«Io ho ancora l'immagine limpida di quando hai messo le mani nella spazzatura, hai preso la pistola, l'hai tirata fuori e mi hai detto *Oh, Franky! Oh, Franky!*, stavi delirando, la tenevi tra le mani tremanti e non riuscivi a dire nient'altro».

«Avevo sedici anni e avevo appena trovato una pistola, che cosa avrei dovuto dire!?».

«Non ne ho idea. Fatto sta che non eri in grado né di tenerla, né di mollarla, me la porgevi e basta».

«È stato un po' come trovare l'anello del potere. Ce l'hai in mano, lo temi, lo brami, e non riesci a separartene. Non ci fossi stato tu sarei rimasto lì tutto il giorno. Fortuna che ti è venuta l'idea di portarla qui e seppellirla».

«Fortuna!? Se ci beccavano eravamo finiti, ma finiti davvero».

«Beh, adesso è lì sotto, abbiamo scampato anche quella e abbiamo ancora il nostro bottino».

«Non è detto. Magari l'ha trovata un disperato qualunque e ha svaligiato un frutta e verdura».

«Vuoi andare a scavare per controllare?».

«Manco morto!».

«Però, che ridere, anche quella volta!».

«Ne abbiamo passate di belle. Queste sono ancora poche».

«Vero».

Bescio gonfia il petto assumendo una posa nobile e fiera. Poi fa un inchino al suo amico, «È stata una *buona conversazione*», lo dice con tono solenne, scimmiottando l'accento di un antico giapponese. L'interpretazione gli viene piuttosto bene. Franky sa che l'ha provata almeno un milione di volte davanti allo specchio.

«Katsumoto?», gli chiede.

«Il migliore. Idolo indiscusso».

«E mi vai a scomodare un personaggio del genere?».

«Katsumoto ci sta sempre. *La foglia di ganja perfetta è una cosa rara. Se si trascorresse una vita a cercarne una, non sarebbe una vita sprecata.* Vedi? È perfetto in qualsiasi frangente».

«Non credo che avesse detto proprio quelle parole. Altrimenti il film sarebbe andato in maniera del tutto diversa».

«L'altro giorno ho buttato via i cento euro meglio spesi della mia vita», dice Bescio.

«Non mi dire! Hai comprato la spada!?».

«Lama in acciaio da novantotto centimetri. Quando è arrivato il corriere con il pacco, mi sono sentito un po' come l'imperatore alla fine del film, quando Capitan Algren gliela consegna. In realtà non c'è stato nessun atto cerimonioso, anzi, il tizio se n'è andato scaccolandosi il naso. Ma è stato magico lo stesso».

«Quindi ora hai la forza dei samurai?».

«Puoi giurarci, che ho la forza dei samurai!».

Bescio fa l'ultimo tiro, getta via il filtro, e spia l'amico con la coda dell'occhio. Finora si è comportato bene, ha seguito il pia-

101

no, ed è riuscito a riportare Franky nel suo mondo. Eppure sente che qualcosa gli manca, che il mezzo cuoco è tornato solo a metà. Certo, ha riso, scherzato, e rivangato gli albori passati, ma è come se un'ombra cercasse ancora di trattenerlo. Forse la mistura ha bisogno di un po' più di sale, metaforicamente parlando.

«Okay. Ecco il piano B», dice d'un tratto, estraendo una bustina di nylon dalla tasca più remota del suo giubbotto. Tre pastiglie viola ammiccano al suo interno.

«Che diavolo è?».

«Questa, amico mio, è felicità in pillole».

«Ma Cristo santo, Bescio!».

«Fidati! Queste arrivano da un mio fidatissimo fornitore che ho beccato alla festa. Sono magiche, credimi. Sarebbe fico fare come Morpheus, ma ce le ho solo di questo colore».

«Quando dici *fidatissimo fornitore* intendi il primo che te le ha sventolate davanti?».

«Ma figurati se io do corda a un... Sì, proprio così. Ma ti assicuro che sono spaziali, le ho provate l'altra sera e mi hanno sparato in orbita. Però, se ti ricordi, quando siamo arrivati a salvarti ero praticamente sobrio. È quella, la chicca! Ti regalano due ore di serenità mistica, ma poi ti riprendi tranquillamente».

«Non lo so, mi sembra un po' fuori luogo. Ultimamente sto già dando di matto da solo».

«Ti prometto che non te ne pentirai. E poi è un regalo, non rompere».

«Al diavolo. Tanto, peggio di così...».

«E bravo il mio topo da laboratorio!».

Franky ingoia la pastiglia e Bescio fa lo stesso. Sul volto del Samurai c'è tutta la soddisfazione di chi ha compiuto un lavoro eccellente. «Piano riuscito».

«Cosa? Drogarmi?».

«Ma solo con la prima scelta! Pensa te, manco un grazie!».

«Piuttosto, quanto ci vuole prima che faccia effetto?».

«Tu adesso piazzati lì, smettila di ammazzare il mood, e goditi il viaggio».

«Non è che mi ritrovo con la bava alla bocca?».

«Ti ho detto di no. Guardati le stelle, aspetta cinque minuti, e vedrai che le raggiungi».

Franky fa come suggerito. Si stende sulla panchina nell'attesa della gioia promessa e punta gli occhi lassù, in alto, nel firmamento. Si sente già meglio. Non per le pastiglie di dubbia provenienza, né per il piacevole fine serata. Sono quelle infinite piccole luci a dargli sollievo. Quelle, e l'ineguagliabile, superbo, silenzio della sera, quando il resto tace lasciando spazio al colossale, ma impercettibile, pulsare di tutte le cose. Il cuore del mondo che batte, l'aveva chiamato una volta. Per un po' non ci saranno discorsi a spezzare la quiete, i due amici conoscono troppo bene il suo grande valore.

Sarà Bescio a parlare per primo. Lo farà più avanti, quando la testa diventerà leggera, il corpo sembrerà levitare, e i bagliori della città prenderanno a mischiarsi tra loro. Lì, comincerà a ridere, si girerà verso l'amico e gli tirerà due colpi col gomito in segno di intesa.

Franky non risponderà. A quel punto, com'era successo nell'appartamento numero 9, un interruttore dentro di lui si sarà acceso e la sua mente sarà già da tutt'altra parte. In un sogno, forse. Se così lo si vuole chiamare.

È il 1957 e il sole sta calando in quel pomeriggio di fine estate. Ma prima di sparire oltre l'orizzonte sembra attardarsi sulle colline per regalare alla campagna le ultime luci, infuocando le nuvole e dipingendo il campo di grano con i riflessi dell'oro.

È una bellezza da mozzare il fiato, che Jerome non ha mai mancato di ammirare dalla veranda della villa solitaria, e che ha sempre riportato fedelmente nei suoi quadri. Si può dire sia stato proprio quel panorama a suggellare il suo successo.

Sua madre diceva che, ai pochi cui è concesso di assistere a un simile incanto, il cuore diventi più leggero. Per Jerome è stato così fin dall'infanzia, quando tutto il suo mondo si riduceva a quella tenuta. Poi, anche dopo essersi trasferito in città, di tanto in tanto tornava lì, nella casa di suo padre, davanti al campo di grano, e lasciava che il suo sguardo vagasse sulla vastità della pianura.

Ora, a trentacinque anni, osserva quello scorcio nel pieno del suo splendore, ma il suo cuore non è leggero e il suo sguardo si è semplicemente perso, quasi come le sue speranze. Forse perché vorrebbe essere a Thouronne, nella sua bottega, tra le tele, i pennelli e i colori a olio, a preparare il ritratto di sua moglie Hélène. L'avrebbe dipinta di tre quarti, con le spalle scoperte e un tulipano di fronte alle labbra. A lei piacevano tanto quei fiori e anche in città andavano a ruba. Magari perché era lei a venderli.

L'idea gli era venuta sei mesi prima, il giorno del compleanno della sua donna. Quella mattina le aveva fatto una sorpresa, era piombato nel suo negozio con un cesto di vimini coperto da una tovaglia e l'aveva implorata di chiudere qualche ora soltanto. L'aveva portata nel prato fuori città, e avevano pranzato sull'erba con panini, frittelle di mela, un goccio di vino e poco altro. Lei era bella, stupenda, mai s'era visto un fiore così, nemmeno nel suo negozio, e dire che lei aveva gusto impeccabile. Allora, aveva deciso che quella donna meritava un degno ritratto, *"la Gioconda si coprirà di vergogna"*, aveva pensato, e non avrebbe peccato di presunzione.

Purtroppo quel quadro è rimasto incompiuto, nascosto in una soffitta dove Jerome non farà più ritorno. Perché la sua vita è cambiata, così come quella di Hélène. E forse sta tramontando, come il sole oltre le colline. Solo il grano ne sarà testimone.

Sospira, si volta verso la villa e guarda la finestra del secondo piano, dietro la quale Hélène sta dormendo quelle poche, agognate ore di sonno. Ore in cui lui non è riuscito a trovare pace, intento a chiedersi se avranno fatto la scelta giusta, se quel posto lontano potrà donare loro un po' di tempo prima di riprendere a correre. Perché è quello che stanno facendo. Fuggono. E fuggiranno finché ci sarà da scappare, o finché *loro* non li avranno raggiunti. Si spera solo che quel momento non debba arrivare mai. E se proprio dovrà succedere, lascino almeno che lei riposi. Perché lei è stanca, stanca da appassire. E il mondo piange quando un fiore muore.

«Perché a noi?». Gli occhi di Jerome diventano grandi, pieni di lacrime. «Perché a noi?».

Ripensa a suo padre. Chissà se anche lui, quel giorno, si era posto la stessa domanda. Se n'era andato proprio lì, quindici anni prima, nella polvere di quel cortile. La guerra se l'era portato via, spacciato dal proiettile di un soldato tedesco. Un secondo proiettile avrebbe spento anche Jerome, appena ventenne, se il fucile non avesse fatto cilecca. Inceppato al momento giusto, autentico volere del Fato, che diede tempo al padre, nei suoi ultimi istanti, di esplodere un colpo di doppietta sulla testa del nazista, sdraiandolo a terra senza più un volto da ricordare.

Il vecchio era spirato poco dopo con la gola tappata dal sangue, le sue ultime parole erano sgorgate come un fiotto rosso.

In vita ne aveva dette poche, ma sufficienti a educare il ragazzo e a trasformarlo nell'uomo che è adesso. Per anni Jerome si è chiesto cosa si nascondesse in quella frase d'addio e, qualunque fosse il significato, ne avverte ancora l'assenza. Forse ora ne avrebbe davvero bisogno. Forse ora lo guiderebbe verso una scelta.

Si asciuga gli occhi, pensa a Hélène e si rende conto che una scelta l'aveva già presa.

Torna in casa, accende una lanterna e scende in cantina diretto all'armadio dove troverà quel che cerca. Apre le ante e lascia che il bagliore illumini le canne color cobalto. Afferra il calcio della doppietta, le mani gli tremano, quasi non fosse lui a usarle. Non c'è da stupirsi, finora avevano solo dipinto, e non avrebbero fatto altro per tutta la vita. È l'arma di suo padre, il fucile che lo graziò da giovane, lo guarda sperando che possa salvarlo ancora una volta.

«Jerome?». È Hélène, è sveglia, e l'ha sorpreso prima che potesse inventarsi un discorso sensato. «Che stai facendo?».

"Tocca a me, non a te, tesoro. Andrò io. Perché tu sei quanto di più bello e puro abbia mai calcato questa terra. Perché mi hai donato il cielo, l'infinito e non mi hai chiesto nulla in cambio. Solo un quadro, di tanto in tanto. E quanto è vero Dio non permetterò a nessuno di toccarti, fosse l'ultima cosa che faccio". E queste sarebbero sacrosante parole. Che Jerome non è in grado di pronunciare. Ma è quel che ha dentro e tanto basta. Anche se nei suoi occhi non c'è l'uomo che vuole salvarla, ma solo il ragazzo che ha visto ammazzare suo padre.

«Jerome?!».

Lui risale le scale e la supera. Si avvicina alla finestra e guarda fuori. Il grano è fermo, non soffia un filo di vento. Ha un presentimento. Non possiede le doti straordinarie di sua moglie, ma viverle accanto ha fatto sì che sviluppasse una certa sensibilità. «Sono vicini?», le chiede.

La donna rimane un secondo di stucco, poi chiude gli occhi, stringe le mani al petto e si concentra. «Sì».

I due si fissano, mentre le lancette dell'orologio picchiano come i colpi di un'accetta.

«Vieni!», dice lui. L'afferra per un braccio e la conduce alla porta sul retro. Escono in cortile e raggiungono la stalla. Jerome posa il fucile e fa per sellare il cavallo.

Hélène gli va vicino. S'era ripromessa di non farlo, ma cerca comunque di scrutare oltre la botola dei suoi pensieri. Lui se ne accorge e non le permette di entrare.

«Dove vuoi andare?», gli chiede.

«TU vai. A Est, a Pumacì. Se tutto fila liscio, entro sera dovresti essere là. Una volta arrivata chiedi di Vinn, è un mio vecchio amico, lui ti aiuterà a passare il confine con mezzi più veloci di quattro zoccoli».

«Ma tu non vieni?».

«No. Io rimango qui. Me la vedrò con loro e terminerò la cosa», cerca di prendere spunto dagli eroi dei romanzi, ma le parole gli escono parecchio stentate.

«E pensi che la decisione vada bene per tutti e due?».

«Non sto pensando proprio a un bel niente. Faccio solo quello che va fatto». Tira il cavallo fuori dal recinto.

«Aspetta un secondo».

«Non ce l'abbiamo un secondo! Non ce l'abbiamo da quando hanno cominciato a darci la caccia. Quindi monta».

«Scordatelo. Non è così che andrà. Ci sono altri modi, e se restiamo assieme, forse...».

«Quali modi, Hélène!? Di quali altri modi stai parlando!? Ti ricordi con chi abbiamo a che fare!? Abbiamo già provato di tutto! Alphonse ha provato di tutto! E hai presente che fine ha fatto!? È morto! Come Simon, come César! E se non cerco di fermarli adesso, moriremo anche noi!».

«Non mi interessa! Io non ci salgo qua sopra! Io non ti lascio indietro!».

«Tu farai come ti ho detto! Ora sali!», le strattona il polso. Il cavallo nitrisce agitato. «Sali, ho detto!».

Hélène prende le redini e sale in groppa. Guarda avanti, verso l'orizzonte, poi indietro, verso la villa. E poi verso Jerome. Infine guarda dentro di sé, e vede il mare di sacrifici che è stato fatto per lei. Se la prenderanno, sarà stato tutto inutile.

Scende il silenzio sui secondi che volano. Non tutti sprecati. Non quello dove i loro occhi si incontrano e la donna tenta ancora di insinuarsi nella mente di suo marito. Questa volta Jerome la lascia entrare. E lei vede un quadro nascosto in soffitta, intaccato da poche linee a matita. Non c'è altro. Solo quello. «Che cos'è?».

«È una sorpresa. Il mio lavoro migliore».

«Un regalo?». Potrebbe frugare ancora nella sua testa, ma è troppo commossa per farlo.

«Per il tuo prossimo compleanno».

«E chi è il soggetto?».

«... Il più bello del mondo».

«Lo finirai?».

«Ma certo... Certo che lo finirò. Adesso vai. Io ti raggiungerò il prima possibile. Te lo prometto».

Si baciano.

«Dimmi che finirai quel quadro».

«Te l'ho già detto».

«Dimmelo di nuovo».

«Finirò quel quadro».

E in quel momento Hélène vorrebbe solo scendere dalla sella, abbracciare il suo pittore, fondersi con lui, e dirgli che non esiste al mondo persona più coraggiosa, che le ha donato il cielo, l'infinito e non ha mai chiesto nulla in cambio. Solo un fiore, di tanto in tanto. E sarebbero sacrosante parole. Che Hélène non è in grado di pronunciare. Allora tace e si convince che presto avrà tutto il tempo di dirgliele. Deve crederci, altrimenti non muoverà un passo.

Poi l'uomo dà un colpo al cavallo e quello parte lasciandolo solo, davanti alla casa nel campo di grano.

Jerome torna in casa, sbarra le persiane, carica il fucile. Poi si acquatta sotto la finestra e spia dalla fessura. Osserva di nuovo le spighe. Il vento non soffia, come prima. Eppure le spighe si muovono.

Scende in soggiorno e si ferma davanti alla porta d'ingresso. Non c'è più tempo per prepararsi, non c'è più tempo per nascondersi. Rimane solo l'effetto sorpresa. Loro si aspettano la fuga, le urla di terrore, non di certo la resistenza, che Jerome intende servire tramite le canne della doppietta. Quelle due bocche cobalto altro non chiedono che la porta si spalanchi. Poi ruggiranno a ripetizione, e faranno man bassa di cadaveri crivellati. È una scena alla quale Jerome non avrebbe mai pensato di assistere, e che avrebbe rigettato con tutto se stesso se gli fosse stata predetta. Ma adesso non più. Ora la vede chiara e limpida, e sancirà la fine di tutto. Sta per accadere in questo momento. *"Papà, stammi vicino"*.

La porta si apre, l'uomo appare, Jerome preme il grilletto.

Cilecca. Che razza di ironia.

10

NOTTE FONDA, LUCI ACCESE

Il giorno sta finendo in un tramonto color sangue, dove un sole rosso e immenso affonda oltre le colline come un meteorite che schiaccia il mondo. E mentre la luce abbandona la terra convogliandosi in quell'unico punto, una donna e il suo cavallo fuggono da quell'inferno diretti al buio dell'orizzonte. Sfrecciano sull'erba secca, sulla terra battuta, macinando miglia di polvere. La città è ancora lontana, così come il confine, così come la salvezza. Lo è per lei, ma ancor più per l'uomo che l'ha costretta a scappare. Avrebbe potuto *captarlo*, focalizzarlo nella sua mente, e osservare quegli spietati, sanguinosi, fatidici istanti. Ma si è obbligata a non guardare, per aggrapparsi alla sua promessa.

"Ti prego, resta vivo. Ti prego, resta vivo. Ti prego, rest...". Poi è come se un fulmine le attraversasse il petto. «Jerome!». Hélène si volta strattonando le redini, ma il cavallo non risponde al comando. Si impenna catapultandola al suolo, poi riparte lasciandosela alle spalle.

Lei si alza dolorante, si appoggia al tronco di un albero solitario e stramazza tra le sue radici. «Jerome?». Chiude gli occhi in direzione della villa e si concentra cercando il viso di suo marito. Ma la fiammella non appare, non c'è luce che la aspetti al fondo del sentiero, di quella strada che la sua mente conosceva così bene. «Amore... dove sei?». Ora la via è buia, deserta, nessuno risponde alla sua chiamata. C'è solo il vuoto. E il freddo.

«Avevi detto che mi avresti raggiunto... L'avevi promesso. L'avevi promesso!». Purtroppo, questo non ha cambiato nulla. Nulla di ciò che fin dal principio aveva scandito il poco tempo rimasto per loro. Tempo che per Jerome è finito, e che per Hélène sta giungendo al termine. Quei mostri la troveranno, il rituale avrà luogo come previsto, e lei svanirà per sempre. Niente potrà impedirlo.

Ma non è quello a cui Hélène sta pensando adesso, non ora che hanno cominciato a uscirle le lacrime. Non ora che vede così bene quel giorno lontano, quando a Thouronne pioveva forte, e un ragazzo suonava una chitarra sotto la sua finestra solo per strapparle un brandello d'affetto. Cantava una canzone, faceva più o meno così: «Tifoni, tempeste e piogge del signore... ruggite pure, menate forte, e tormentatemi per ore... io resto qui, senza timore, quand'anche il tempo si farà peggiore... io resto qui, non m'allontano, perché qui sopra c'è il mio amore». Un motivetto imbranato, improvvisato, ma che lei non ha più smesso di recitare. L'ha sempre cantato da sola, quando lui dormiva e non avrebbe potuto scoprire che quelle parole erano state, per lei, più preziose di qualunque dipinto, più riuscite di qualsiasi ritratto. Adesso darebbe un braccio per cantarle al suo pittore, e non sottovoce, ma a squarciagola, le canterebbe al mondo intero. Ma riesce solo a piangere.

Hanno vinto loro.

Però, c'è ancora qualcosa che Hélène può fare. Forse c'è ancora un modo per rivedere Jerome. Chissà quando. Chissà dove. Chissà se funzionerà. Poco le importa, dal momento che ha visto quella possibilità in un sogno, poi nell'acqua che dava alle piante, nel sale su una tovaglia, nei petali di una rosa, nella quarta pagina del giornale, nel fumo di una pipa, nelle bucce di mela verde. È pura follia, ma tanto vale tentare, e attraversare quella soglia che lentamente si sta chiudendo. Ci vuole solo un po' di coraggio. Un coraggio disumano, per dirla tutta.

Estrae il coltello dalla fondina della cintura. È la lama da caccia che le aveva donato Jerome prima che cominciassero la loro fuga. Curioso che le avesse detto: "tienilo stretto, potrebbe salvarti la vita". Ma, allora, avevano ancora tante speranze e il sogno di risolvere tutto.

Solleva l'arma all'altezza del polso. *"Un paio di tagli. Il resto verrà da sé"*. Preme la lama sulla carne, poi guarda indietro. *"Non posso. Non così. Arriverebbero in tempo per effettuare il rituale"*.

Guarda il cielo, le nuvole che passano, senza capire se sta pregando perché qualcuno la blocchi o le dia la forza per non fermarsi. Come sempre, quel qualcuno, ha affari ben più importanti.

Si specchia nel metallo, respira a fondo e punta il pugnale sul petto. Poi dice le sue ultime parole. Magari il vento le porterà a chi di dovere. «A presto. Aspettami».

Quando Agata si sveglia il tramonto è scomparso, la prateria è svanita, e rimane solo la notte e le tenebre della sua stanza. Altri sogni, altri fantasmi, altro dolore. Tutto si aggiunge alla pila di immagini che preferirebbe gettare nel fuoco. Non può, è impossibile. Fanno parte di lei, da sempre, e ancor prima di sempre. Da quando è stata in grado di ricordare storie che nessuno le ha mai raccontato.

Ha visto Hélène uccidersi con un coltello, come ha visto Clare buttarsi giù dal viadotto dell'autostrada, come ha guardato Matilde ingoiare il veleno, o Nadira affogarsi nel fiume, come ha osservato morire ognuna di loro e le altre venute prima, e si chiede quand'è che toccherà a lei compiere il gesto estremo, quand'è che gli eventi precipiteranno al punto di non lasciarle altra scelta. E arrivata sul ciglio del burrone, avrà il coraggio di fare un passo e buttarsi? Avrà la forza di anteporre il destino di molti alla sua breve, ingiusta, sciagurata, piccola vita?

Se dentro di lei si nasconde una simile volontà, non l'ha ancora trovata.

Eppure sente che la sua presenza, e la presenza di tutte le altre donne come lei, ha trasportato con sé il marchio della disgrazia, e versato il sangue di chi ha provato a proteggerle. Bruce, Gustav, Wilem, Jerome, anime legate allo spietato corso della loro esistenza. Sa che lei è la prima a rendersene conto, la prima tra tutte quelle donne a cui è stata concessa una visione d'insieme. Forse per poter cambiare le cose, per mettere un punto a tutto.

Si chiede cosa avessero fatto di male quelle persone, quali delitti avessero commesso per meritarsi una sorte tanto ingiusta e priva di senso. Nessuno. Solo quello di avere un cuore per amare e uno spirito da immolare alla causa. Uomini buoni, vittime di una virtù recidiva, tramandata nei secoli e incatenata al gioco della ruota, al sadico volere del ciclo che si ripete senza lasciare possibilità alcuna, né allora, né mai. Il destino del Guardiano. La croce del Vate.

Dev'esserci un modo, una via per porre fine a questa tragedia.

Sì, esiste. E coincide con la sua resa. Potrebbe deporre le armi, consegnarsi ai Corvi, e dissolversi tra le loro grinfie una volta per tutte. Non ci sarebbero più fughe, né morti, né eroi, né Vati, né Guardiani. Non ci sarebbe più niente. Non ci sarebbe più lei.

E, in un certo senso, avrebbero vinto tutti. Perché forse è lei il male, è lei l'acqua del fiume che spinge la ruota. Se se ne andasse, le cose cambierebbero. Ma è un'impresa titanica, un atto di illuminata coscienza. Ci vuole forza, coraggio, e uno spirito troppo grande per accettare di sacrificare se stessi. E lei ha solo vent'anni, una paura tremenda, e il desiderio più umano. Restare aggrappata alla vita. La sua sporca, travagliata, miserabile, piccola vita.

No. Lei non si arrenderà. Lei scapperà lontano, più lontano possibile, fino a quando ne sarà capace, fino a quando le gambe potranno sorreggerla. È quella la strada che ha scelto in una notte di tre mesi prima, a Dulmire, quando le sue mani hanno sbarrato porte, finestre e uscite della villa. La stessa villa che è stata teatro di orribili avvenimenti dettati dalla sua ignoranza, dalla sua cecità, e che hanno portato alla morte dei poveri innocenti. La stessa villa, dove quei folli assassini hanno compiuto il volere di entità ancora più scellerate. La stessa villa che ha dato alle fiamme, in un feroce olocausto che potesse spazzare via il male e tutti i suoi ambasciatori.

Ma, per quanto iniquo possa sembrare, il male ritorna sempre. Sconfitto, ferito, sfiancato, ma il male è tornato di nuovo. E la sta cercando. Lei l'ha visto, nelle bucce di mela, nei suoi disegni, nella luce delle candele. Ne ha avuto terrore, e il terrore l'ha spinta a guardare oltre, in quei canali attraverso cui sapeva di trovare un aiuto. L'aiuto del complice per eccellenza. E così, nelle insalate, nel sale versato, nei fondi di caffè, ha visto il sentiero, la fiamma che si sarebbe esaurita per lei. Era la luce di Bruce, di Gustav, di Said, di Wilem, di Jerome. Era la luce di Franky, il mezzo cuoco della bettola, il ragazzo sperduto che Agata non vuole sacrificare. Non più, almeno. Sono già stati in troppi a soffrire per lei, e ancora non ne ha pagate le spese.

Cammina nel buio dell'appartamento numero 9, attraversa il corridoio e si ferma di fronte alla porta della cucina, la stanza dove forse potrà trovare un po' di pace. L'ha costruito apposta, quel santuario. Con le sue esili mani industriose. Uno scudo per la sua mente, una fortezza per il suo spirito, che potesse nasconderla agli occhi del suo nemico. Entra, accende la luce e si avvicina alle fotografie che pendono dal soffitto. Le guarda tutte, poi si concentra su quella più vecchia. "Ala d'oro, Orfanotrofio". Ne è passato dall'ultima volta che ha osservato quella targa dal vivo. Al tempo, era solo una bimba che disegnava mamma e papà senza averli mai conosciuti. *"Verranno a prendermi"*, così le piaceva pensare prima di addormentarsi. Era stata una radio scassata a dirglielo, anche se, agli orecchi degli altri bambini, non trasmetteva altro che un brusio fastidioso. *"Verranno a prenderti"*, era quello che prometteva. Ma il piccolo Giovanni diceva che non sarebbe successo, che sarebbe rimasta sola per sempre, e strappava i suoi disegni e spezzava i suoi pastelli. Lei cercava di sopportarlo, non era in grado di ribellarsi. O almeno, non sapeva che potesse essere così semplice. Sarebbe bastato guardarlo negli occhi, oltre la polpa del suo cervello, scavare nelle spire di quella debole psiche e riportare alla luce le paure più nascoste. Traumatizzarlo al punto di mozzargli la lingua in eterno. E quella peste non le avrebbe più dato fastidio.

Tragica fu la mattina in cui capì di poterlo fare. Un attimo dopo Giovanni era steso per terra, con gli occhi girati e la bava alla bocca. I grandi tentarono di salvarlo, ignari del fatto che pochi minuti più tardi sarebbe stata fatica sprecata. *"Io non c'entro! Non l'ho fatto apposta! Non era quello che volevo!"*, era sincera quando giustificava se stessa, ma questo non avrebbe riportato in vita nessuno. Quel giorno l'orfanotrofio si ritrovò per le mani un disastro senza precedenti. Agata, invece, si ritrovò per le mani qualcosa di ancora più sconvolgente. Un dono divino, una maledizione indelebile che in breve tempo la allontanò da tutti. Era stata forse lei a chiederlo? Era stata forse lei a chiedere di poter guardare nella testa delle persone, spiare oltre la parete del mondo, parlare con i fantasmi, o ascoltare voci di altri universi? No. Agata non aveva mai chiesto nulla del genere. Ma da quel che ha capito, miracoli o disgrazie piovono semplicemente dall'alto, senza ragione, senza motivo, non importa chi colpiranno, saranno altri a doverli gestire.

Era cominciata così, con quell'atto tanto ingenuo quanto fatale, il primo sangue a segnare il suo cammino. Poi qualcuno venne davvero a prenderla, come la radio aveva promesso. E le cose cambiarono. In peggio.

Quante vittime hanno dovuto pagare la sua incoscienza? Ha sempre avuto paura di contarle, anche se avrebbe potuto. Sono tutte segnate nel diario dei segreti, il diario che ha smesso di aprire perché i volti a matita di quella gente non potessero più tormentarla. *"È stato lui! È stata colpa sua. È stata solo colpa sua. Io non ho fatto altro che cercarli"*. Se lo diceva spesso fino a tre mesi prima, in quelle notti prive di sonno. Tentava di soffocare una voce insidiosa. *"Tu hai aiutato quell'uomo, tu l'hai portato da loro. Se vuoi trovare un colpevole in questa storia, non hai che da guardarti allo specchio"*. E aveva ragione, nello specchio c'erano tutti. Tutti coloro che sono stati trascinati in fondo alle scale, in quella cantina, sotto fantocci di spago nero appesi al soffitto e di fronte allo sguardo estasiato di "donne e uomini illustri". Tutti coloro che ha condannato. Le Persone Interessanti... *Lui* le chiamava così.

Stringe forte il bambolotto che penzola dal suo collo. L'ha fatto lei, è uno dei pochi ninnoli che la proteggono. Sa di non meritarselo. Come non merita che il circolo sacro impresso su quella casa si erga a scacciare i diavoli che continuano a darle la caccia. Forse un giorno l'incantesimo si spezzerà lasciandoli entrare. Forse un giorno gli spiriti che ha invocato si stuferanno di tenerla al sicuro. Strano che non l'abbiano già fatto.

Ripensa alle donne che l'hanno preceduta. Chi le braccava non era ancora arrivato a capire cosa fossero in grado di fare. Non hanno saputo sfruttarle, coinvolgerle nella mattanza che stavano perpetrando. Non sono riusciti a catturarle da piccole.

Sono state fortunate, a loro è stato concesso più tempo. Tempo per crescere, vivere, innamorarsi, l'ombra di un'esistenza come le altre.

Agata si appoggia una mano sul petto, proprio davanti al cuore. Le fa male, come se in mezzo ci fosse una lama. Raggiunge la finestra e si riflette nel vetro. Quasi si sorprende nel non vedere la faccia di Hélène.

Suona il cellulare, lei lo sblocca e legge il messaggio. [Ciao Agata... pensavo di passare domani alla solita ora, se a te va bene... spero tanto di trovarti libera]. È Roberto, il ciccione stempiato, uno degli animali che accoglie in casa per guadagnare quei quattro soldi, spiccioli che le occorrono se vuole continuare la sua corsa, o quantomeno pagare un affitto. Quello è il modo più veloce che conosce per ottenerli. Suo malgrado, è anche il più sporco e avvilente. Ma la battaglia per la sua dignità è una questione con la quale è venuta a patti. Ed è stato piuttosto semplice, bastava mettere davanti la vita. Torna a guardare il suo riflesso. Potrebbe parlare con Hélène, con Olivia, con Nadira, o una qualunque tra tutte le altre, ma decide di rivolgersi a Clare. «Dimmi, tu sei mai stata una puttana? Hai mai dovuto farti scopare per pagare un treno, un panino, o la camera di un albergo? No, io non credo. Tu avevi un marito, si chiamava Bruce, e faceva l'architetto. A te i soldi non sono mai mancati. A te un compagno non è mai mancato».

Guarda fuori, la notte, le poche luci nelle strade, la lampada accesa oltre una persiana del palazzo di fronte. La cosa la solleva. C'è qualcun altro che non sta dormendo.

Guarda in basso, tra le ombre del cortile. Nessuna chitarra, nessuna serenata per lei. C'è solo il muro di cemento che copre il vicolo del mezzo cuoco.

"Franky...".

Sa di volerlo salvare, tenerlo fuori dalla faccenda. E sa che per farlo dovrà scordarlo seduta stante. Eppure, il suo pensiero va a lui. Al ragazzo che si è frapposto tra lei e il servo dei Corvi, senza sapere che stava adempiendo al suo compito in una storia che non conosce affatto. Era solo, spaventato, davanti a una fine certa. Ma ha trovato il coraggio di non scappare. In quel momento era il suo Guardiano, il suo eroe vestito di stracci. Se prima aveva dei dubbi, ora sono scomparsi nel nulla. Non lo conosce molto bene, non lo conosce quasi per niente. Quel poco che ha scoperto gliel'ha dovuto rubare spiandolo da lontano. Da quanto ha visto, è un povero sfigato che la vita ha abbandonato a se stesso. Sono simili, uguali per certi versi. Specie per quella cosa che ha detto l'altra sera, riguardo a un posto lurido e sporco a cui ci si sente legati più che alle quattro mura chiamate casa. Quella frase l'aveva colpita. Forse perché Agata, una casa, non l'ha mai avuta. Neanche Franky l'ha mai avuta, nemmeno quando abitava coi suoi. Ma almeno ha trovato un luogo dove raccogliersi. È proprio quel vicoletto nascosto dove si ferma sempre a riordinare i pensieri. Se fosse lì adesso, e lei lo chiamasse, potrebbe arrampicarsi fin sulla cima di quella parete. Allora la vedrebbe.

"Magari sa cantare...".

Il pensiero la imbarazza, così lo scaccia istantaneamente.

11

NIDO D'ACCIAIO

Franky si sveglia nel proprio letto senza sapere come vi ha fatto ritorno. Confusione totale, emicrania pulsante e occhi che bruciano come li avesse lasciati a bagno nell'acqua di mare. *"Che diavolo è successo?"*. Le immagini spezzate che gli frullano nel cervello lo aiuteranno ben poco.

Ma ecco un primo indizio, depositato sul suo petto nelle sembianze di un foglio formato A4. Lo solleva e tenta di mettere a fuoco le lettere che lo affollano. "Fratello, non spaventarti, ti ho riportato a casa sano e salvo. Ieri sera hai sballato di brutto, sembravi matto, scappavi a destra e sinistra, ho dovuto placcarti per farti stare bravo. Il tuo cellulare sarà suonato un milione di volte, ma non ho idea di chi fosse, io una mano nei pantaloni non te la metto. Fatti sentire, così ti accompagno a recuperare lo scooter", firmato con una katana e uno spinello incrociati.

"Giusto, siamo andati al Lercio, poi al night e poi al parchetto. E lì... ci siamo fatti quelle cazzo di pasticche! E dopo...", e dopo i ricordi si fanno distorti, inutilizzabili. Del viaggio mistico non c'è alcuna traccia, nessuna villa isolata, nessun campo di grano, cancellato completamente. Se gli facessero i nomi di Hélène e Jerome, li prenderebbe per due turisti che forse un giorno ha servi-

to al bar.

Si mette seduto, si guarda le scarpe, gli viene da vomitare. *"Che ore sono?"*. Dalle persiane abbassate filtra appena un filo di luce e la sveglia non è a portata. *"Adesso vomito"*. Il telefono suona, è solo un messaggio, non ci dà peso. Trattiene un conato. Sente bussare alla porta. Se ne frega. I colpi continuano. *"Maledetti promotori. Andate a bussare da un'altra parte"*. Bussano ancora, ma lui non si alza. Due minuti più tardi la porta non vibra più, è il cellulare che riprende a squillare, e Franky lascia che squilli. Di interagire col resto del mondo, se ne riparla tra almeno due ore.

Si alza lentamente, vede la sveglia, segna l'una passata, *"Dio, quanto faccio schifo"*. Mentre si trascina in cucina in cerca di liquidi, ignora anche la seconda chiamata. Entra in salotto e la luce lo abbaglia, poi tutto diventa nitido. Il tavolo, il divano, l'angolo cottura, i tetti della città oltre le finestre. Rimane perplesso, quasi si fosse aspettato un paesaggio diverso. Magari quello di una campagna.

Quando arriva un altro messaggio decide di dare un'occhiata. Tira fuori il cellulare e qualcuno riprende a bussare alla porta. Franky li lascia fare sperando si stufino.

Controlla le chiamate perse. Sono tutte di Linda. Come i messaggi. Lo prende brivido e inizia a leggere i primi tre.

[Franky rispondi]. [Ci sei?]. [Smettila di ignorarmi e rispondi].

Poi gli altri.

[Ho bisogno di parlarti]. [Sono stata una merda d'accordo ma adesso devi ascoltarmi]. [Franky porca puttana alza questo telefono]. [Allora vuoi rispondere!? Sto finendo la batteria!].

Va avanti con quello che segue.

[Franky mi dispiace, non so come sia potuto succedere, di noi non ho detto niente a nessuno, e spero che tu abbia fatto lo stesso... Ma credo che Diego abbia scoperto qualcosa... Non so spiegarmi il motivo, ma me lo sento. Ieri pomeriggio è venuto da me, sembrava tranquillo, tranquillissimo, ma dopo un po' ha cominciato a chiedermi di te. Io gli ho chiesto cosa gli fosse preso e lui ha risposto che voleva soltanto parlarti, che c'aveva pensato a lungo e voleva chiederti scusa per quel che è successo due anni fa. A me sembrava assurdo, così ho cercato di cambiare discorso. Allora lui ha insistito, voleva sapere dove abitassi, voleva saperlo a ogni costo, e anche se continuava a sorridermi, c'era qualcosa nei suoi occhi che non avevo mai visto. Alla fine gli ho detto dove abiti. Ho pensato che si sarebbe insospettito, altrimenti. Non avevo altra scelta, mi capisci? Però adesso ho paura che stia venendo a cercarti e che possa accadere qualcosa di brutto. Ti prego scusami, mi dispiace. Cerca solo di non farti trovare. E se lo vedi stagli alla larga. Scusami ho combinato un casino. Ti prego perdonami].

Franky sente di nuovo le nocche battere sulla porta, e questa volta rapiscono tutta la sua attenzione.

Gli indizi nella sua mente vertono tutti in un'unica direzione, come gli aghi di tante bussole. La volpe è tornata per finire il lavoro.

Trattiene il respiro e compone il numero della ex. «Messaggio gratuito. Il telefono della persona chiamata potrebbe essere spento o non raggiungibile». Dimentica di premere il tasto rosso e la segreteria continua in sottofondo come il solo rumore all'interno dell'appartamento. Quello e il bussare sommesso sull'anta d'ingresso.

"Che gli abbia detto dell'entrata sul retro? Porca merda! E adesso

che faccio?". Sono le gambe a rispondergli, si irrigidiscono come pioli di legno.

Passa in rassegna più opzioni possibili, cerca di prendere tempo. I colpi sulla porta persistono, non hanno la minima fretta.

"Calmati, Cristo santo! Magari non è lui! Magari è solo una coincidenza!".

Guarda ancora la porta, immagina il suo nemico ad attenderlo, e sente il battito del suo cuore fin dentro alle orecchie.

Poi tutto sembra fermarsi e qualcosa si risveglia improvvisamente in lui. Avesse un manto di pelo a coprire il suo corpo, si starebbe rizzando come quello di un lupo. Mai come in quel momento si è sentito vicino al regno animale, mai come in quel momento ha avvertito l'istinto di uccidere. Mors tua, vita mea, è questo il messaggio che il suo sistema nervoso trasmette sinapsi dopo sinapsi.

Afferra il coltello più grosso che trova in cucina e si avvicina alla porta. Una parte della sua coscienza gli sta gridando: «Ti ha dato di volta il cervello!?», ma lui non la sta a sentire. Un'altra voce lo sta invitando a premere il *grilletto*. Quella la ascolta senza sapere a cosa si stia riferendo. Eppure gli sembra incredibilmente legittima.

Piedi saldi sullo zerbino, cinque dita sulla maniglia, cinque dita sul coltello. Apre la porta di scatto.

I due sguardi si incrociano. Da un lato Franky con i nervi a fior di pelle. Dall'altro il ragazzo con la sciarpa rossa e il giornale di un partito del medesimo colore. Gli è appena caduto per terra. Lo lascia lì e corre giù dalle scale. Nelle sue giornate di militanza politica, non gli era mai capitata una cosa del genere.

La tensione svanisce in un soffio, la lama scivola dalle mani di Franky e lui la guarda quasi si fosse accorto solo a quel punto di averla impugnata. Chiude la porta e si accascia a terra, gli occhi di chi è appena scampato a una possessione diabolica.

"Che cosa mi sta succedendo?".

È l'ossessione che lo divora. Ormai sa perfettamente da quanto tempo e per causa di chi.

Agata.

Aveva sempre sperato che qualcosa giungesse a cambiargli la vita, e lei sembrava proprio quel genere di figura, l'angelo messaggero di un destino superiore, completo di piercing e dilatatori, tanto per stare al passo coi tempi. E si può dire che sia riuscita egregiamente nel compito: ha scombinato la sua esistenza, tramutando il placido scorrere della noia e delle abitudini in un susseguirsi di circostanze ben oltre il limite del reale.

Del resto, cos'altro poteva aspettarsi, Franky? Non è che ci si può innamorare di un'indovina dai poteri sovrannaturali e sperare di avere ancora il controllo della situazione. E in fondo, non era forse quel che voleva? Essere diverso da tutti gli altri, aspirare a un futuro più nobile del ritrovarsi a fare i conti con l'alzheimer precoce. Sì, certo, ha passato notti intere a desiderare un senso per la sua stupida condizione di insofferenza. Ma guardandosi adesso, a lato di un coltello da cucina, sull'orlo di una crisi di nervi, pronto a pugnalare il primo imbecille che bussa alla porta, ripensa al brodo stagnante dal quale è stato strappato via. E un po' gli manca. Gli duole ammetterlo, ma questo è quanto. "Lasciala perdere", era quello che gli avevano detto in molti, e forse avrebbe dovuto farci un pensiero.

Eppure, c'è qualcosa che lo tiene agganciato a lei. Lo sente. L'ha visto. Con occhi diversi dai suoi. Occhi che non appartengono a questo tempo, ma che hanno viaggiato per giungere fino a lui, per sussurrargli qualcosa all'orecchio, magari mentre stava pensando ad altro. *"«Lei è importante»"*. L'aveva detto lui stesso, l'aveva detto a Bescio, quando l'amico rideva del suo bernoccolo. Ma era un concetto estraneo, che gli bruciava dentro come un ferro chirurgico dimenticato nelle sue carni. Sembrava volesse dire: "questo non è che l'inizio, il motore che spingerà le tue azioni".

"Ma azioni per cosa?".

"«Devi salvarla»", gli dice una voce da dentro di lui. Parla svariate lingue, le parla tutte all'unisono, ma Franky le comprende ugualmente. *"«Devi proteggerla»"*. Niente fantasmi, niente visioni, è una sentenza che viene dal petto, un comando che non ammette obbiezioni. «Devo proteggerla!». Questa volta è uscita dalle sue labbra, ma se ne renderà conto un secondo più tardi. Ora la sua mente è da un'altra parte. Ha ricordato il sogno, guardava un tramonto di fine estate, in una campagna dove il grano risplende. Sua moglie era in casa e dormiva. Poche ore dopo avrebbe dormito per sempre. «Verranno a prenderla! Devo andare da lei!».

Qualcuno bussa alla porta, e Franky allunga la mano su una doppietta che non esiste.

«Franky, sono io. Sei in casa?». È la voce di Winston. Lo riporta alla realtà. «Franky? Ci sei?».

Franky apre la porta. «Ehi... ciao. Non mi aspettavo passassi di qui».

A Winston sembra quasi uno sconosciuto. Uno sconosciuto che se l'è vista brutta. Per quale ragione, non lo saprebbe specificare. «Tutto bene?», chiede.

Il mezzo cuoco si aggrappa a quel briciolo di lucidità residua. «Sì... insomma. Più o meno», non lo convince per niente, è una risposta che usa troppo spesso, anche quando sta andando tutto a puttane.

Gli occhi di Winston si puntano sul coltello. «Che stavi facendo con quello?».

«Io. Cioè. Quello? No, niente. Cercavo solo di... è una storia complicata».

«Complicata, dici? Non più di quella che potremmo avere in ballo».

«Di cosa stai parlando?».

«Devi venire con me da Nestore. Gli altri ci stanno aspettando. Musca vuole farci vedere qualcosa».

«Vedere qualcosa?», Franky sente il tocco del grano, l'odore della terra arata, il peso della doppietta e vede Hélène fuggire a cavallo. Ignora tutto e continua: «Nello specifico?».

«Non ne ho idea. Mi ha semplicemente chiesto di passarti a prendere e di fare in fretta. Ha saputo da Bescio che hai lasciato lo scooter al Lercio. Se vuoi ti do uno strappo, così lo recuperi». Si accende una sigaretta. «Forza, vestiti, ché prima li raggiungiamo e meglio è».

Franky tentenna, si guarda in giro, è alle pendici di un monte, nel mezzo di una radura, davanti a una villa bruciata. Vede un uomo alzarsi dalle ceneri. Torna a vedere Winston. «Io... avrei da fare. Devo andare da un'altra parte».

«Ascolta, Musca mi sembrava parecchio serio, e concorderai che è alquanto strano quando succede».

«Sì, quello che vuoi, però...».

«Però muoviti, Franky. Gli altri impegni possono aspettare».

«Va bene. Una cosa veloce».

«Se ti sbrighi sarà ancora più rapida».

Salgono in macchina e si dirigono al Lercio. I due amici sono divisi giusto da un freno a mano, ma è come se stessero viaggiando ai capi opposti della città. Non è colpa di chi guida, è l'altro che sembra trovarsi su un pianeta diverso.

«Capisco che tu non sappia neanche cosa vogliano dire i punti sulla patente, ma li levano a me se ti beccano senza cintura».

Franky non dice niente, si limita ad accontentarlo.

«Tutto bene?», domanda Winston.

«Sì, vai tranquillo».

«È successo qualcosa con la ragazza?».

«Non ho niente, sul serio. Fidati per una volta».

«... Okay».

Solitamente Winston è più fortunato, a lui non serve chiedere niente perché Franky gli confessi i suoi drammi. Evidentemente, oggi non vuole farlo, e questo lo rispetta. Sa che ci sono giorni in cui se ne sta assorto a pensare ai fatti suoi, è più che naturale, vista la sua situazione. Vive da solo da qualche anno, abbandonato da quel paio di sciagurati che neanche un idiota chiamerebbe famiglia, e tira avanti con quel che guadagna grazie a un lavoro tedioso del quale non ha mai mancato di lamentarsi. Ancora si stupisce che abbia conservato una simile integrità, che riesca a trovare la voglia di divertirsi e quattro battute da sparare per strappare un sorriso agli amici. È per questo che lui lo stima, che tutta la banda lo ammira profondamente, per il coraggio di non buttarsi giù, per la forza di non lasciarsi andare. Ed è per lo stesso motivo che comprende a pieno se qualche volta quella forza gli viene a mancare. Ci sono loro per quelle occasioni, i suoi quattro compagni. Su otto maniche ci sarà pure un asso da giocare, di tanto in tanto. Purtroppo Winston ne è momentaneamente sprovvisto e teme che, se anche ne avesse uno, oggi non servirebbe a nulla. Più lo guarda, più se ne convince. Oggi il suo amico è davvero distante.

Franky guarda fuori dal finestrino senza prestare attenzione alla strada che scorre. Pensa a Jerome, a Hélène, alla loro vicenda di un altro tempo, e si chiede: *"Se avessero avuto una macchi-*

na, sarebbero riusciti a salvarsi?". Poi pensa a Bruce, a Clare, e trae le sue conclusioni.

Pensa ad Agata e sente lo stomaco stringersi.

Pochi minuti dopo aver recuperato lo scooter, Winston e Franky si ritrovano al punto di incontro. C'è Leo sulla porta del bar di Nestore, indossa la tuta da muratore ed è visibilmente irritato. Dev'essere una faccenda di un certo peso se non è neanche passato da casa a recuperare il cappotto firmato. «Gli altri sono dentro?», gli chiede Winston.

«Che vuoi che ne sappia? Sono appena arrivato. Il panzone mi ha messo fretta». Osserva Franky, rimasto incantato tra i tavoli del dehors con gli occhi puntati sulla collina del suo quartiere. «Franky? Vuoi entrare o no?».

«Ah, scusate. Me la stavo viaggiando».

«Sì, concordo. E non mi pare che tu sia tornato del tutto».

Entrano e superano il bancone salutando il vecchio hippy. Franky rimane indietro di qualche passo, mentre Leo si affianca all'altro compare e bisbiglia: «Sembra che l'abbiano lobotomizzato. Cosa gli è successo?». Winston solleva le spalle. Non è che ha sempre una risposta per tutto.

Nella sala biliardo li attende il resto del gruppo, immerso nel fumo di sigaretta. Tira un'aria strana, intrisa di sospensione, di quelle in cui il Samurai non si è mai sentito a suo agio. Punzecchia Leo per smorzare un po' la tensione, «Sei carina, vestita così».

«Perché non ti fotti, una buona volta?», risponde Leo, poi si rivolge a Musca, «Allora capo, che cosa abbiamo? Spero sia qualcosa di grosso, visto che ho chiesto permesso a lavoro per venire qui».

«Io, al contrario, spero proprio che quest'incontro si chiuda subito e che non ci sia nulla di cui parlare».

«Sei deficiente? Mi hai fatto sprecare mezza giornata di ferie per sentirti dire queste stronzate?».

«Perché non lo lasci finire?», gli dice Winston.

«Perché mi sono schiacciato un dito tra due assi di legno e mi girano da stamattina, okay!?».

«Fatti una pera di tranquillanti la prossima volta».

«Bescio, guarda che hai rotto le palle!».

«Comunque», va avanti Musca, «questo dipenderà da Franky». E tutti si voltano in direzione del mezzo cuoco che presenzia alla discussione solo fisicamente. «Ehi campione, sto parlando con te».

«Scusa», balbetta Franky, «stavo pensando ai fatti miei».

«Beh, allora è il caso che scendi dalle nuvole e ascolti, perché questi SONO fatti tuoi». Musca posa la borsa a tracolla sul tavolo con un che di cerimonioso, occhi e orecchie incollati a lui. «D'accordo, state a sentire. Se vi ho chiesto di fare in fretta, è perché forse c'è una questione bollente di cui dovremmo preoccuparci». Apre la cerniera, tira fuori la macchina fotografica digitale. «Si dia il caso che abbia recentemente messo a posto le foto del party per quelli della Zaffirostyle, e mentre scorrevo le immagini per ritoccarle al computer, me n'è balzata sotto il naso una particolarmente curiosa. Date un po' un'occhiata». La banda si stringe a fissare il monitor dove compare un'immagine della festa. È stata scattata dall'alto e inquadra un cortile di Villa Castello affollato dagli invitati.

«A parte una ressa di ragazzini ubriachi, volevi mostrarci qualcos'altro?», dice Leo.

«Non riconoscete proprio nessuno?», domanda Musca.

«Sì», dice il Samurai, «quello è l'infame che mi ha fatto cadere il cocktail».

«Allora facciamo un goccio di zoom». Musca restringe il campo su una fetta di inquadratura. «Osservate il bestione di tre quarti che si avvicina all'uscita».

«Cazzo, è Diego», dice Leo.

«Già. E che cosa tiene nella mano sinistra?». Musca indica l'oggetto sottile nascosto per metà da una siepe.

«Non lo so. Potrebbe essere qualunque cosa».

Bescio si fa più serio, «Qualunque cosa... Oppure una maschera».

«Da volpe, magari», precisa Musca, puntando il dito su quello che tutti potrebbero riconoscere come un orecchio arancione.

«Sai che così non abbiamo in mano niente», gli dice Leo.

«Dipende da Franky», lo corregge Winston. «Magari lui riconosce i vestiti». Tutti gli sguardi virano sul mezzo cuoco rimasto in disparte fino a quel punto. «Che cosa ne dici? Ti è rimasto un vago ricordo dell'aggressore?».

Sì, Franky ricorda fin troppo bene quell'episodio. E forse è per quello che ha il terrore di ritrovare la volpe nell'ottima definizione dei pixel. Ma deve guardare, deve costringersi a farlo, gli amici non aspettano altro che una risposta. Osserva la foto. Quella giacca di pelle, il maglione rosso, gli stivali da motociclista, sono gli stessi che indossava il tizio che ha cercato di ammazzarlo. Sbianca improvvisamente, ma forse gli altri non se ne sono accorti. L'hanno già difeso una volta e se non gli avessero prestato soccorso per tempo, non sarebbe lì per raccontarlo. È andata bene in quell'occasione, nessuno ha dovuto rimetterci nulla per lui. Ma se adesso palesa la coincidenza i suoi fratelli impugneranno le armi per vendicarlo, si lanceranno alla carica contro quello stronzo e la sua cricca di individui poco raccomandabili, e Dio solo sa se torneranno a casa tutti interi. E questo non deve succedere, è una questione che riguarda soltanto lui, l'energumeno mascherato e una ragazza viziata che non è in grado di tenere allacciato il bottone dei pantaloni. E, a dirla tutta, ora ha in testa soltanto Agata e i sogni folli ai quali deve trovare un senso.

«Allora, fratello?», lo richiama Bescio. «Era o non era Diego il matto travestito da volpe?».

«... Io», Franky guarda le loro facce, non le aveva mai viste così preoccupate. Sembra strano, ma vorrebbe sorridere. Eccola lì, la sua famiglia, il suo piccolo nido d'acciaio.

«Franky!?».

«Io non lo so. No, davvero, mi dispiace. Ma non credo fosse lui».

Winston gli appoggia una mano sulla spalla, «Senti, se hai anche solo una minima intuizione, un lontanissimo sentore, tu devi dircelo...».

«Ve lo direi, fidati», risponde Franky, poi si sofferma sui loro volti e immagina di vederli gonfi e tumefatti sul letto di un ospedale. «Però, ti giuro, Diego non c'entra niente. Davvero ragazzi, lasciatelo perdere. Sarà pure l'infame che tutti conosciamo, ma non ha nulla a che fare con questa storia». Si allontana di qualche passo verso la porta. «Grazie infinite per esservi precipitati qui, però, come sperava Musca, il discorso è chiuso e non c'è altro da aggiungere. Ora vi chiedo scusa, ma devo proprio scappare».

Il Samurai si alza in piedi, «Franky, dove credi di andare?».

«Devo fare due cose, ci sentiamo più tardi. Scusate ancora». Così dice e lascia la saletta, mentre gli amici lo fissano in silenzio. Quando la porta si richiude alle sue spalle, Musca rinfodera la fotocamera digitale. «Voi ve la siete bevuta?».

Nessuna parola, solo sguardi che si intendono.

12

PREDE E PREDATORI

"Arriveranno! Arriveranno a prenderla!". Franky esce dal baretto di Nestore e si precipita al parcheggio degli scooter. Alcune persone lo squadrano perplesse appena passa loro a fianco. Sembra un folle visionario con il timer della vita che lampeggia sulla testa. Sta scadendo e non è il suo.

Salta sul cinquantino e mette in moto dimenticando il casco nel sottosella. Viaggia sparato per le vie del centro ignorando la paletta dei vigili che gli impone di fermarsi. Si infila in un vicolo pedonale, *"Devo proteggerla"*, è l'unica cosa che conta, molto più degli strilli della gente che per poco non investe. Il semaforo è già rosso, ma lui attraversa il passaggio a livello un attimo prima che si abbassi la sbarra e si proietta nelle salite che conducono al suo quartiere. Quando vede spuntare il cucuzzolo della chiesa vicino a casa sua, accelera ancora di più.

Raggiunto il cortile del condominio di Agata, scende dal motorino lasciandolo cadere a terra. Scavalca il cancello e si fionda nel portone d'ingresso, ci sbatte contro come un idiota, quasi se lo aspettasse aperto, allora si attacca alla griglia dei citofoni e comincia a suonare quello col numero 9. *"Avanti, rispondi! Rispondi!"*, dall'altoparlante non esce una sillaba, «Agata, rispondi, maledizione!». Il timer scorre, lo sente. Il portone si apre e compare una vecchia che lo guarda da dietro gli occhiali, «Cerca qualcuno?», lui le darebbe un bacio, ma le sue gambe lo conducono dentro prima che possa anche solo pensarci.

Affronta gli scalini due alla volta e si blocca sul terzo pianerottolo. «Agata, sono io!», bussa alla porta finché le dita diventano rosse, «Agata, apri, ti prego! Ho bisogno di parlarti!». Nessuna risposta. «Mi vuoi evitare? È questo che vuoi, startene lì dietro ad aspettare che mi stufi? Credi che non abbia le palle di rimanere qui tutto il giorno!? Beh, ti sbagli! Ti sbagli di grosso!». Si attacca al campanello per dieci minuti filati, ma dopo un po' non sente più la punta del dito, quindi decide di fare una pausa. Riprende. «Agata, rispondi, avanti! So che sei là dentro!». Di tanto in tanto passa un condomino, nessuno si cura di cacciarlo via, nessuno si osa dire qualcosa.

Il sole pian piano tramonta e il chiarore svanisce dalla tromba delle scale. Franky ormai ha i crampi sui polpastrelli, il citofono sta sicuramente per rompersi, e chiunque si trovi tra le mura di quella casa sembra aver tutta l'intenzione di rimanerci. C'è un dubbio che inizia a crescere nella sua testa, ma è una cosa che non è ancora in grado di accettare o credere possibile.

Sente invece nascere un'altra forza, che urla per uscire dalla sua bocca. Forse ha trovato le parole che cercava ed è arrivato il momento di dirle. Prega soltanto che qualcuno le ascolti.

«Io... li ho visti. Li ho visti di nuovo. Ho visto la casa, e il campo di grano, e ho visto loro. Li ho visti così bene che potrei dire di averli conosciuti. Io devo sapere chi sono quelle persone. Devo sapere che cosa c'entrano con me, cosa c'entrano con te e perché riesco a sentirli così vicini. Perché è possibile che, pensando a Clare, a Hélène, mi venga in mente la tua faccia? Perché sento di dover rubare una macchina e portarti via, o impugnare una doppietta e mettermi tra te e chissà cos'altro? Chi sono? Che cosa sono? Che cos'è che ha dato loro la caccia? Io devo saperlo! Perché sento chiaramente che sta arrivando anche per noi!».

Batte un pugno sulla porta.

«Tu lo sai, e devi dirmelo. Perché sei stata tu la prima a citarmi quei posti, e il chilometro e la casa e il campo di grano e l'autostrada e io manco sapevo di che cosa parlassi, e per poco non andavi nel panico quando ti ho detto che li avevo sognati. Tu conosci quelle persone, le conosci una a una, e lo sai da cosa stavano scappando. Dico bene? Perché anche tu stai scappando. Da cosa ancora non l'ho capito bene. Ma soprattutto stai scappando da me. E io questo non te lo lascio fare, altrimenti succederà un casino e ci sarà del sangue, e lo so che ci sarà, e io non posso lasciare che succeda, e il problema è che succederà presto, e io lo so e, CAZZO! so che anche tu lo sai! Lo sai che è già tardi!».

Un altro pugno. Nessuna risposta.

«Ti supplico, rispondimi! Lo sai che sono qui per te, che sono qui per proteggerti! Io non ci ho capito niente di come è successo, ma è come se ce l'avessi dentro da tutta la vita, questo compito! E qualcosa me l'ha fatto capire solo ora, ma adesso è chiaro, hai capito!? AGATA! Senti, me ne frego che non ci conosciamo quasi per niente, o che fai la prostituta o che ti porti dietro un macello di problemi o che c'è qualcuno che ti insegue. Quel qualcuno deve prima passare su di me se ti vuole prendere, perché tu sei importante. E non so nemmeno come spiegartelo ma credici se te lo dico, tu sei DAVVERO importante per me. Quindi apri questa porta e fammi entrare, e smettila di scappare perché non te ne puoi andare senza di me! Hai capito!? Non puoi farmi una cosa del genere, quindi apri! Mi hai sentito!?

Apri!».

Preme anima e corpo sull'uscio, quasi potesse sentire la presenza della ragazza al di là della porta.

«Ti prego, se ci sei, rispondimi...».

Dà un ultimo colpo, poi appoggia la fronte sul legno. E i suoi dubbi si realizzano. C'è un altro Franky accanto a lui, se ne sta in un angolo e lo guarda con gli occhi di qualche settimana prima, quelli di chi ha conservato un minimo di lucidità e che, dall'alto di quel privilegio, è costretto a porre davanti ai fatti chi il senno l'ha scaricato nel cesso.

"«Se n'è andata»".

«No, non è vero!».

"«Se n'è andata, fratello. L'aveva detto anche lei. Ricordi?»".

«Palle! Tutte palle! Non ci siamo incontrati per caso! Era destino che finissimo sulla stessa strada. Lei non può averne presa una diversa!».

"«Forza, non fare così. Sei abbastanza grande per mandarla giù. Mi dispiace, ma lei se n'è andata»".

«No, non può ess...».

"«È così, Franky. Ed è meglio per tutti e due. Aveva detto anche questo»".

Si volta a guardarlo, ma l'altro Franky è sparito.

«Se n'è andata». Si lascia cadere a terra, schiena contro la porta. Non si sforza di trattenere le lacrime. Forse vorrebbe dire ancora qualcosa nel buio, dare voce a una frase che ha dentro. Ma decide di stare zitto. Dopo un po' si alza e si volta verso le scale. Il fatto che si perdano nell'oscurità per lui assume un significato preciso.

Se ne va dando le spalle alla soglia.

Non saprà mai che, dall'altra parte, Agata lo stava ascoltando.

Franky affronta gli ultimi gradini, apre il portone del condominio, e non si accorge della sagoma nascosta tra le ombre del sottoscala. Non si era accorto nemmeno che qualcuno l'avesse seguito fino a lì e che, sempre quel qualcuno, avesse atteso la sua corsa disperata per infilarsi di soppiatto nel portone d'ingresso. Ma oramai quel che è fatto è fatto e, quando Franky esce di scena e la porta si è finalmente richiusa, Diego emerge dal manto di tenebra come un ragno dalla sua tana.

Sale le scale, si ferma sul secondo pianerottolo e osserva l'appartamento numero 6. Poco dopo riprende a salire.

Supera la terza rampa e si para di fronte alla porta di Agata. Calmo, silenzioso. Si avvicina, la studia. Rumore di passi oltre la soglia. Si blocca, trattiene il respiro. I passi si allontanano.

Allunga una mano sul legno, esitando come se la stesse gettando nel fuoco. Abbassa le palpebre e fa per accostare il palmo. Non vi è lampo né fiammata ma, ancor prima di arrivare a toccare la porta, ritrae la mano, quasi si fosse scottato. Stringe le dita e soffoca un gemito, poi schiude il pugno e osserva la traccia di pelle bruciata. Digrigna i denti e guarda di nuovo la porta, indeciso se riprovare.

Sente un secondo suono provenire dal piano terra. Si affretta a nascondersi qualche gradino più in alto, prende un grande respiro, trattiene il fiato e il buio sembra come abbracciarlo, quasi ubbidisse a un suo comando. Osserva. Compare un uomo in abiti da ufficio, è grasso, stempiato, gli occhiali di un topo da laboratorio. Si avvicina al campanello, poi decide di bussare. «Ehm... Ciao... Sono io, Roberto». Agata apre la porta, subito non gli risponde mentre lui si scusa per il ritardo. Guarda invece nel buio delle scale che salgono, come avesse percepito una terza presenza. Affila lo sguardo e sta ben attenta a non mettere piede al di là della soglia. «Scusami ancora», ripete Roberto, «sono stato trattenuto a lavoro».

«Non c'è problema», dice lei, mentre i suoi occhi indagano ancora la rampa. «Entra pure e mettiti comodo».

«Certo, allora... ti aspetto in camera».

«Bravo». Lo lascia passare e il ratto si precipita dentro.

La ragazza dà un'ultima occhiata, e alla fine rientra a sua volta. Non si è accorta di nulla. Ma c'è mancato poco, pochissimo.

Diego rilascia il fiato ed esce dalla sua copertura, vomitato da quella nube nera che poco dopo sembra schiarirsi.

Cammina fino alla porta e si ferma a fissarla. Questa volta non la sfiora. Sorride semplicemente.

Scende le scale, e torna da dove è venuto.

13

L'UOMO VENUTO DAL BUIO

Siamo al bar, ed è ancora pomeriggio quando comincia il vero concilio ristretto, che ha luogo senza il suo diretto interessato. Quello se l'è svignata mezzora prima, lasciando gli amici col fiato sospeso e una questione piuttosto spinosa. Per un po' hanno cercato di allontanarla giocando a biliardo, e il cozzare delle bocce ha preso il posto delle parole. Poi Musca ha riaperto il discorso.

«Per come la vedo io, credo sia il caso di fare qualcosa. Non so ancora cosa, ma dobbiamo fare qualcosa».

Leo azzecca il tiro e manda la otto in buca, «Sei convinto che Diego e la volpe siano la stessa persona?».

«Perché? Ci sono forse dei dubbi in merito?».

«Okay, ma come fai a esserne certo? Alla fine Franky ha negato. Non abbiamo una prova che sia una».

«La prova ce l'abbiamo eccome», dice Winston, «ce l'aveva scritta in faccia mezzora fa».

«Va bene, ma ha anche detto che Diego non c'entra nulla con questa storia. Magari era sincero».

Bescio alza un sopracciglio, «Leo, ti svegli? Come fai a pensare una roba simile? Conosci Franky da settant'anni e mi dici che ti sembrava sincero? L'hai guardato negli occhi quando ha sbirciato la foto? Io non ricordo di averlo mai visto così».

«Hai ragione, ma aveva una faccia strana da quando è arrivato», aggiunge Leo. «Sembrava sotto psicofarmaci».

«Era strano anche quando sono passato a prenderlo», dice Winston. «Non lo riconoscevo». Tace sul coltello.

«È strano da quasi una settimana, se vogliamo dirla tutta», prosegue il Samurai. «Immagino sia colpa di quella tipa stramba che gli ha incasinato il cervello. Ma adesso non è questo il problema. Prima l'ha sparata grossa. Ha mentito palesemente pensando di farci fessi. È inutile che stiamo tanto a girarci intorno».

«Sì, ma per quale diavolo di ragione avrebbe dovuto raccontarci una balla?», domanda Leo.

Winston estrae l'ultima sigaretta e accartoccia il pacchetto vuoto. «Perché ci vuole fuori dalla faccenda, mi pare ovvio».

Leo sgrana gli occhi. «Ma non ha il minimo senso, dai! È una vita che ci pariamo il culo a vicenda. Se c'è un problema dovrebbe dircelo. Siamo i suoi amici! Gli unici che ha al mondo!».

Winston accende la cicca, «E non ti viene in mente che forse è proprio per questo che non ha voluto buttarci in mezzo?».

«In che senso?».

«Nel senso che non vuole nel modo più assoluto che ci accada qualcosa di brutto», conclude Musca.

«Cristo santo!», dice Leo, «ma siamo grandi e vaccinati e non sarebbe la prima volta che facciamo a botte. Si può sapere cosa gli è preso?».

«Magari se la sta facendo sotto e spera che la faccenda sia morta lì», continua Musca.

«Può essere, e forse è davvero morta lì», dice Leo. «Ma non si può neanche passare le giornate a guardarsi le spalle».

Winston si rivolge a Bescio: «Oppure ci sono altre cose un po' più pesanti che ci sta nascondendo. Tu tra tutti sei quello che lo vede e lo sente più spesso. Ti ha detto niente o hai mica notato qualcosa che a noi è sfuggito?».

Bescio pensa alla sera prima, quando ha rischiato di piantarsi in un muro perché il suo amico gli ha raccontato storie riguardo poteri paranormali, case bruciate, templi segreti, destini incrociati e tante altre puttanate fantascientifiche, con gli occhi di chi aveva davvero vissuto quelle vicende. «Raga, ultimamente Franky sta dando un pochetto di matto, non ve lo posso nascondere. Ma non posso nemmeno star qui a menarvela con cose per cui non vale la pena spendere fiato. C'è un'unica questione di cui bisogna discutere ed è *che cazzo fare con Diego*, prima che gli torni la voglia di travestirsi di nuovo».

«Io propongo di riempirlo di mazzate», dice Leo battendo una mano sul bordo del biliardo. «Lui si veste da volpe? Allora noi ci vestiamo da tartarughe ninja e lo prendiamo in un vicolo mentre torna a casa. E poi giù di sprangate nei denti!».

«Lo escludo», gli dice Winston.

«Perché!? Lo ripaghiamo con la stessa moneta!».

«Lo escludo perché, uno: non sappiamo dove abiti e non abbiamo modo di scoprirlo. Dubito fortemente che Linda ci consegnerebbe la testa del suo spasimante su un piatto d'argento. E due...».

«E due?», lo sfida Leo.

È il Samurai a rispondere, «E due: perché noi non siamo dei bastardi come lui e non ci stiamo a certe infamate da codardi».

«Ben detto», concorda Winston.

Leo sbuffa, incrocia le braccia, e solleva il sopracciglio in quel modo che tutti hanno imparato a sopportare: «E dunque, Bescio? Quale sarebbe il tuo grande piano?».

«Molto semplice...». Il Samurai guarda Musca, ché in quanto a notizie è un esperto. «Diego lavora al porto, giusto? E la sua banda di ubriaconi-delinquenti-ciucciacactus si riunisce al Charlie's per sgolarsi delle birrette, giusto? Allora stasera prendiamo la macchina e andiamo a farci due chiacchiere».

«Al Charlie's?», dice Leo portandosi faccia a faccia con Bescio.

«Sì».

«In quel covo di disperati dalla cocaina facile?».

«Sì».

«Due chiacchiere?».

«Due chiacchiere».

«Due chiacchiere, ma certo! Questo sì che è un gran modo di risolvere la questione! Senza contare che nel migliore dei casi il tutto finirà in rissa, bottigliate, e una dozzina di ossa rotte. Due chiacchiere! Come ho fatto a non pensarci prima!? E con quale mirabile intento, se posso permettermi?».

Il Samurai nemmeno lo guarda. «Con l'intento di fargli capire che noi non siamo dei pisciasotto. Se ci sarà da darsele, ce le daremo, ma che si ficchino bene in testa che non ci frega una bella sega di chi o di quanti siano, se se la prendono con uno del gruppo».

«Attacco frontale, quindi?», domanda Musca.

«In un certo senso, sì», dice Winston, «alla fine credo sia la cosa migliore. D'altronde, non abbiamo la certezza matematica che sia stato lui il responsabile dell'aggressione. Potremmo rischiare di prendere il granchio più grosso di tutti i tempi».

«Se dici così, allora che senso avrebbe accanirsi subito su di lui?», domanda Leo.

«Avrebbe comunque senso, perché Diego ha già creato problemi in passato e, se ricordate bene, Franky ha ammesso che alla festa non aveva fatto altro che guardarlo in cagnesco, quindi non credo che guasti se andiamo a fargli abbassare la cresta».

«Appunto», annuisce Bescio.

«Inoltre, torchiandolo come si deve, potrebbe venire fuori che ha qualche scheletro da nascondere e, se lo mettiamo alle strette, è facile che si smascheri da solo, che possa lasciarsi sfuggire un dettaglio che lo tradisca. Si possono capire tante cose da una semplice chiacchierata. A volte basta uno sguardo».

«E tu vorresti mettere alle strette un bestione di un metro e novanta?», gli dice Leo.

«Cosa vuol dire?», gli fa Bescio, «anch'io sono un metro e novanta!».

«Sì, ma tu sei un mezzo scemo».

«Arrivo lì con la katana di Katsumoto e voglio vedere se sembro tanto scemo».

«La katana la lasci a casa», gli dice Winston, «Non vogliamo beccarci una denuncia, ché poi passiamo dalla parte del torto. Andremo solo a parlarci. Facendo brutto, ovviamente. Così scopriamo quello che dobbiamo scoprire e non rischiamo di scatenare un casino».

«Secondo me è la cosa migliore», dice Musca.

Bescio sbuffa, è chiaro che non ha altro da aggiungere a parte "Katsumoto si vergognerebbe", ma decide di lasciar correre.

Winston si alza e spegne il mozzicone nel posacenere, «Allora, se non c'è altro, teniamo la cosa così. Leo, te la senti di guidare tu?».

«E cosa vuoi che ti risponda? Sì, va bene, come comandi...».

«Facciamo per le dieci dal parcheggio del benzinaio. Andata?»

«Andata», rispondono tutti.

«Bene. A stasera, ragazzi», conclude Winston, sciogliendo il concilio.

* * *

La sera non tarda ad arrivare e il quartetto si riunisce dal benzinaio a tre isolati dal bar di Nestore, sotto la luce intermittente di un lampione. Sono parecchio in anticipo, quasi di venti minuti. Erano state mani invisibili a condurli tutti fuori di casa prima del tempo, ma nessuno sceglie di confidarlo. Si limitano a un saluto veloce, e per il resto non dicono altro. Avvertono un sentore comune, come fossero passeggeri di una tratta transoceanica e notassero nei sorrisi degli assistenti di volo qualcosa di immensamente sbagliato, una consapevolezza nascosta a stento, tipo quella di un guasto al motore e dell'imminente disastro aereo. Si astengono dal confidarsi anche quello.

Salgono in macchina e, come Winston si accende una sigaretta, così fanno gli altri, non che la nube di fumo possa prendere il posto della tensione, quella è presente e tangibile come un quinto passeggero. «Allora si va?», dice Leo infilando la chiave nel quadro, poi dal silenzio collettivo viene a galla la risposta e il motore si accende.

Al posto di imboccare le scorciatoie, Leo opta per la sopraelevata quasi deserta e rispetta il limite di velocità, mentre l'abitacolo si svuota delle parole riempiendosi invece di un pensiero condiviso da tutti: quella che stanno per fare è una cosa seria, e se quel pomeriggio era passata per una bravata da tanto al mucchio, ora che è sera e la meta inizia a farsi drasticamente vicina, si avverte il peso crescente di quella scelta.

Prendono la quarta uscita, quella che conduce al porto, ritrovandosi sull'asfalto crepato della via che costeggia i depositi. In lontananza scorgono l'area container sormontata dalle sue gru gigantesche, che svettano sulla scena come i guardiani di un girone di dannati. La carreggiata è sgombra, delimitata dai catarifrangenti rossi che segnalano l'inizio della banchina, e scatole di cartone ammassate in cui sciami di roditori hanno instaurato comunità.

«Ti ricordi come arrivare al posto?», dice Winston, dal sedile anteriore.

«Svolto alla terza a destra e poi proseguo oltre la discarica fino allo spiazzo», risponde Leo

«Esatto. Poi, poco più avanti c'è il Charlie's. Parcheggiamo un po' prima».

Raggiunto il perimetro del cantiere navale abbandonato, si fermano, i fari si spengono, e la macchina scompare nel buio confondendosi tra muletti e container, all'ombra del rudere immenso. A cinquanta metri da loro, dove il cantiere si affaccia sulle acque color del petrolio, ammicca il neon dell'insegna sgangherata del locale. Una topaia di legno ammuffito incastonata nel cemento. Solo la luce rossa che filtra dalle finestre lascia intendere che ospiti alcune presenze.

I ragazzi studiano il bar e quello pare restituire lo stesso interesse. C'è silenzio, un po' dappertutto, fuorché nella testa dei passeggeri. Lì, qualcuno sta chiedendo a gran voce "che cazzo ci siamo venuti a fare qui?".

«Allora ci siamo», sussurra Musca.

«Bene», dice Leo. «E adesso che si fa?».

Winston cerca di darsi un tono, «Aspettiamo...».

«Aspettiamo cosa?», dice Leo.

«Non so, un segnale, un qualcosa. Insomma, il nostro uomo dovrà pur uscire o entrare da quella porta».

«D'accordo», continua Leo, «ma se il nostro uomo non dovesse farsi vivo?».

«Allora andremo là dentro e chiederemo di lui», sentenzia Winston.

«Okay, ma quanto dobbiamo aspettare?», lo incalza Leo.

«Diciamo... dieci, venti minuti». Winston schiarisce la voce. «Se vuoi puoi anticipare i tempi e andare già a controllare».

«Io? E perché io? Mandaci Bescio, che oggi faceva tanto lo splendido. Scommetto che adesso ritratta tutto».

«Io non ritratto un bel niente!».

«Ah sì?», lo sfida Leo, «Allora, prego! quella è la strada e quella è la porta».

«No, fratello, stai calmo. Io avevo detto che volevo portarmi la katana e...».

«E io avevo proposto di prendere Diego in un vicolo al buio e riempirlo di botte, e invece voi avete voluto venire qui a fare gli ambasciatori».

«Lo sai perché siamo venuti qui!», dice Musca. «Per dimostrare chi siamo».

«Perfetto, allora perché non ti proponi come rappresentante e vai a fare amicizia con i matti là dentro?», ruggisce Leo a denti stretti.

«L'idea era che ci andassimo tutti assieme».

«L'idea era anche che non ce la facessimo sotto», continua Leo, «ma mi pare che non ci sia uno tra tutti e quattro che sprizzi entusiasmo per scendere dalla macchina».

Il Samurai gli dà un colpo sul poggiatesta, «Sei un cagasotto, Leo!».

«Ma cosa vuoi, Bescio!? Fino a prova contraria, il tuo culo è ancora attaccato al sedile».

Winston si accende l'ennesima sigaretta, «Volete darci un taglio? Magari riusciamo a beccare Diego appena arriva».

«Grazie, grande capo!», gli dice Leo. «Per caso hai pensato anche a un piano B?».

«Ci sto lavorando».

«Palle! La verità è che ti sei reso conto di aver tirato su un piano che fa acqua da tutte le parti, e hai paura quanto noi».

Le parole cessano. Il gruppo non si scambia più sguardi né accuse, tutti troppo impegnati a far tacere quella voce dentro alla testa. Intanto il Charlie's continua a guardarli, affamato di carne fresca.

Il rombo di una Harley Davidson perturba l'atmosfera come una salva di mitraglia. Le facce si premono contro i finestrini e tutti intravedono l'uomo che parcheggia la moto a pochi metri dal locale. La banda lo riconosce e Musca sottolinea l'evidenza. «È lui».

Prima che possano tramutare i pensieri in azioni Diego ha già varcato la soglia, inghiottito dal Charlie's. Ritorna lo status quo, e adesso c'è solo puzza di fifa e rumore di nervi tesi.

Bescio apre la portiera. «Basta. Io vado».

«Aspetta un attimo», gli dice Musca. Ma, katana o meno, il Samurai ha brandito il coraggio a due mani e si dirige all'entrata del pub. Gli altri non possono che seguirlo.

«Prendete esempio», dice loro Winston, che ha ritrovato le palle da qualche parte nelle mutande.

Bescio apre la porta e il locale li accoglie nel suo ventre rosso candela. Il pavimento di legno scricchiola, mentre il quartetto penetra nella sala d'ingresso. File di bottiglie vuote in cima alle mensole riflettono il loro passaggio. Se un tempo avessero contenuto veleno al posto di semplici alcolici, non sarebbe stonato per niente. A parte un vecchio juke-box vicino alla porta, l'arredamento ricorda un saloon dei film western, virato alla sua versione più degradata e pericolosa. Il barista, con lo sguardo di chi impallinerebbe volentieri i nuovi arrivati, completa al meglio l'immagine. Il brusio delle chiacchiere dev'essere scappato dalla finestra. Non un salve, né un buonasera, solo gli occhi puntati della feccia che presidia la sala, nascosti sotto bandane, giacche di pelle, tatuaggi e baffi sporchi di schiuma di birra.

I ragazzi prendono posto nel tavolo al centro scrutando l'ambiente e i sei lupi che li circondano.

«Lo stronzo non c'è», sussurra Leo.

«Eppure l'abbiamo visto entrare», risponde Musca.

Winston osserva il bancone, la porta dietro di esso, e quella all'angolo con su scritto "pisciatoio" a pennarello, «Avanzando un'ipotesi, sarà in bagno a farsi una riga».

«Presto o tardi dovrà uscire dal bagno», dice Bescio. «Ci troverà qui ad aspettarlo».

«Sempre che questi tizi non ci sbranino prima di allora», dice Leo.

«Non ci sbranerà proprio nessuno», gli dice Winston alzando un poco la voce, «comportati da uomo e vedrai che tutto filerà liscio». Si gira verso il bancone, «Quattro medie, una rossa». Trova poche differenze tra il barista e un robot omicida, ma si sforza di non pensarci e gli dice ancora: «Magari entro stanotte». Non si vedono volare bottiglie, quindi il suo azzardo dev'essere andato a buon fine. Il gestore lascia le birre sul banco e Musca cerca di non tremare mentre si affretta a recuperarle. Quando torna al tavolo assume l'aria spavalda dei suoi compagni nel teatrino dei tipi tosti. Clint Eastwood sarebbe fiero di loro, anche se ciò che li separa dalla morte è una teca di vetro sottile.

I sei lupi li fissano ancora, quasi fosse sacrilegio ogni loro respiro, poi Bescio e Winston si girano verso i due tizi più minacciosi sostenendo lo sguardo. Loro si voltano e così fanno gli altri. Riprendono a chiacchierare, concedendo ai giovani pistoleri quel poco di gloria. A seguito del miracolo gli amici alzano i bicchieri quasi allo stesso tempo. Il primo sorso lo bevono assieme, come se stessero stipulando un tacito accordo. *Sta andando bene, ma se molliamo siamo spacciati.*

Le birre si svuotano lentamente, di Diego neanche si vede l'ombra. «Si può sapere dov'è andato a cacciarsi?», dice Leo con un filo di voce.

«In bagno c'è entrato anche un altro, poi è uscito tornando al suo posto», dice Musca. «Non credo che Diego sia ancora là dentro. Forse non c'è mai stato».

«E allora dov'è?», dice Leo.

«Magari è sul retro per qualche affare sporco», dice Winston, «facile che si spacci, da queste parti. Io dico che dobbiamo aspettare un altro po'».

«Scordatelo», dice Bescio. «Sono stanco di starmene con le mani in mano. Adesso ci penso io».

«Bescio, non fare caz...». Prima che Winston finisca la frase, il Samurai è già in piedi a pugni serrati.

«Allora, qualcuno sa dirmi dove trovare Diego?». I presenti si voltano all'unisono, neanche avesse spaccato il boccale per terra. «Ripeto, qualcuno sa dirmi dove si sia nascosto quel deficiente?».

Il barista getta lo straccio sporco, alcuni clienti si alzano e rizzano il pelo, mentre altri accennano un passo verso il quartetto senza offrire risposta. I tre amici si alzano a loro volta affiancandosi a Bescio. *Se molliamo siamo spacciati,* di quel pensiero si sente solo la parte finale.

«Mi avete sentito, branco di stronzi? Vi ho chiesto dov'è Diego». Ma i brutti ceffi non dicono nulla e stringono il cerchio attorno alla banda. Winston li osserva, non è la prima volta che gli capita di guardare un avversario negli occhi. Ha imparato a sue spese che l'adrenalina può trasformare la gente in macchine da guerra, ma nel profondo dello sguardo, oltre il riflesso degli istinti, è sempre riuscito a scorgere una persona e la sua paura. Per quei volti il discorso è diverso, se prima avevano qualcosa di umano, adesso l'hanno perduto del tutto.

«Io prendo il tizio a sinistra. Tu, Bescio, il primo che arriva da destra. Musca, Leo, pronti a scappare da quella porta. Dobbiamo andarcene subito».

«Temo che ce l'abbiamo nel culo», dice Musca, notando due uomini pararsi davanti all'uscita.

Winston si mette in guardia, «E va bene, vorrà dire che ci apriremo la strada a suon di nocche nei denti». Così dice, preparandosi al peggio. Poi da una tasca vede uscire un coltello, e capisce che sarà peggio di quello che pensa.

Si apre la porta che dà sul retro, e da quel ritaglio privo di luce appare una sagoma più oscura delle tenebre alle sue spalle. I presenti si bloccano, l'aria diventa di ferro, e nel silenzio che ha pietrificato la sala rimbombano i passi della figura che avanza coperta da un cappello e una lunga giacca nera. I lumi si attenuano passando dal giallo al rosso e le ombre si allungano conquistando l'intero ambiente, mentre l'uomo venuto dal buio si fa avanti passando a lato dei brutti ceffi. Alcuni lo superano per altezza, ma paiono cimici al suo confronto.

Si ferma davanti ai ragazzi, poi solleva il cappello.

Tutti loro hanno avuto modo di identificare il terrore in un'immagine specifica. Ognuno ha la sua. Eppure, per ogni membro della banda, il terrore ha appena assunto un'unica e sola sembianza. Quella di un uomo dalla chioma grigia e corta, l'ustione che deturpa metà del suo volto, e gli occhi glaciali di chi ha guardato la morte in faccia e l'ha fatta scappare urlando.

Schiocca la lingua aprendo quella che pare una cicatrice più che un paio di labbra, e quando la voce attraversa quella fessura gli amici avvertono una stretta al cuore. «Suonerà un po' retorico, ma i bambini non dovrebbero giocare troppo lontano da casa. C'è il rischio che si smarriscano... se capite cosa intendo». Il tono è calmo, ma quel che richiama alla mente è l'immagine di un mondo che muore. «Posso aiutarvi, ragazzi? Mi sembrate un po' spaesati, e avete l'aria di non saper bene che pesci prendere».

Tutto tace, poi Bescio parla in un soffio. «Diego... cerchiamo Diego». Un balbuziente avrebbe fatto di meglio.

L'uomo venuto dal buio fa ancora un passo coprendo quasi ogni fonte di luce, neanche l'avesse fagocitata di sua iniziativa. «Diego non è cosa che vi riguardi».

Il Samurai tenta di farsi forza e continua. «Se l'è presa con un nostro amico rischiando di farlo secco... Dobbiamo fargli capire che se prova ancora a sfiorarlo...». Gli occhi di ghiaccio lo fissano, sente un grido rimbombargli dentro alla testa, e le sue parole si afflosciano come plastica sotto una fiamma.

«Sono certo si sia trattato di un semplice equivoco. Sciocchezze che capitano alla vostra età. Forse dovreste invitare il vostro amico a selezionare con cura le persone di cui circondarsi. Forse potreste convincerlo a sceglersi compagnie meno comprometenti». Sorride, il riflesso dei suoi denti ricorda fin troppo bene un coltello. «Meglio guardarsi da certa gente, credete a me».

A Leo tremano le gambe, a Winston si sono fatte di gelatina. Si volta a fatica, osserva il gruppo dei suoi nemici e i loro occhi iniettati di sangue. Immobili come cani ubbidienti, ma pronti a uccidere al primo comando.

«C'è qualcos'altro che posso fare per voi?», domanda l'uomo venuto dal buio, facendosi più vicino.

«Noi...», dice Musca.

«Noi stavamo giusto andando via. È questo che stavi dicendo?».

Nessuno dei quattro osa pronunciarsi. Quella sentenza ha conquistato le loro menti, come l'avessero formulata autonomamente. Prendono solo quello che resta del loro spirito e lo trascinano fuori dal pub, sperando che, una volta richiusa la porta, quella figura scompaia per sempre.

Barcollano fino alla macchina tenendo segreto ogni loro pensiero. Poi il motore si accende, le ombre del porto si fanno distanti e, quando il lampione del benzinaio torna a brillare sulle loro teste, si destano come da un brutto sogno. Si guardano a lungo, senza spiccicare parola. Conoscono il rischio che si correrebbe nel farlo, descrivere quello che è appena successo, scoprire che nessuno se l'è sognato, che tutti hanno vissuto la stessa scena, le stesse emozioni. Ma infine Leo mette a nudo quell'intuizione primitiva, scaturita dal pozzo della paura. «... Non era di questo mondo».

Gli amici lo fissano in totale silenzio. Purtroppo devono dargli ragione.

14

UN REGALO SPECIALE

Passa la notte, così come buona parte del giorno seguente. L'orologio segna le cinque e mezza del pomeriggio. Un pomeriggio come un altro negli uffici postali del centro. La fine di un'altra tediosa giornata di lavoro per Roberto. Roberto il fallito, Roberto il ciccione stempiato. Così lo chiamano spesso i colleghi senza sforzarsi troppo per non farsi sentire.

Una volta voleva fare il ricercatore. Era stato il suo sogno da quando, al liceo, il professore di chimica gli aveva conferito un voto superiore alla media della classe. Poi, dopo il fallimento universitario, il sogno è svanito e le sue certezze si sono ancorate al lavoro del padre e alla possibilità di succedergli con una banale raccomandazione. Possibilità alquanto meschina, ma che ha dato i suoi frutti, garantendogli un futuro sicuro, noioso e privo di aspirazioni. Un futuro meschino anch'esso, in un certo senso. Ma, del resto, Roberto non ha mai brillato per ambizione e virtù.

Roberto è sempre stato una persona mansueta, fin troppo mansueta. Una di quelle che possono assorbire ogni urto, ogni sconfitta, semplicemente smantellando il rispetto per se stesse e cancellando l'immagine dell'uomo che potevano essere se solo avessero avuto quel minimo di carattere. Carattere per reagire alle angherie dei colleghi, per insultare il caporeparto quando gli ha rifiutato una promozione, o per strangolare sua moglie quando ha tagliato la corda assieme al consulente finanziario.

Roberto quel carattere non l'ha neanche mai immaginato. Mai disubbidito, mai sostenuto uno sguardo, mai preso il coraggio di dichiararsi alla ragazza giusta, mai affrontato le cose di petto. Così da bambino e così da uomo. Se uomo si può chiamare. Per lui ci sono sempre stati solo e soltanto i cofanetti delle serie TV anni ottanta, il giovedì sera al circolo di scacchi, i vinili dei suoi cantautori tedeschi e le riviste di curiosità scientifiche di cui comprendeva poco più della metà dei termini tecnici, ma il solo comprarle dal giornalaio lo faceva sentire una persona migliore, più intelligente. Per non parlare poi della sua collezione di materiale pornografico, che farebbe impallidire persino un adolescente. Il fatto è che Roberto ha passato l'adolescenza da un pezzo, i suoi quattordici anni sono volati via come buona parte dei suoi capelli, alla stessa velocità con cui è aumentato di peso. Ora ha quarantatré anni, ne dimostra cinquantacinque, vive da solo in un appartamento in periferia e una volta a settimana si concede una grigliata mista, a domicilio ovviamente, perché sedersi al ristorante da solo lo farebbe sentire più abbandonato di quanto non sia già. Ed è per queste e altre mille ragioni che la sua vita fa schifo.

Ma poi un giorno era capitato che, salendo le scale del suo condominio e fermandosi quei pochi secondi di più sul terzo pianerottolo, una porta si aprisse e una ragazza lo osservasse, in modo diverso da come l'avevano fatto in molte. Gli aveva detto: «Ho messo su una tisana, però mi spiace berla da sola». Lui si era sistemato gli occhiali e aveva cominciato a sudare freddo. «Ti va di farmi compagnia?». A Roberto era parso come un ordine indiscutibile, così aveva balbettato un assenso. «Coraggio. Non ti mangio mica», aveva insistito lei. L'aveva sicuramente detto a molti altri uomini e avrebbe continuato a ripeterlo in situazioni analoghe, ma questo Roberto non lo sapeva ancora, lui aveva pensato di essere davvero speciale. Allora aveva preso la sua valigetta, i suoi abiti da discount e i suoi chili di troppo ed era entrato nell'appartamento della ragazza. Quella casa sarebbe diventata tappa fissa del suo itinerario, un luogo dove sarebbe affondato tra le gambe di una ragazza vent'anni più giovane e in cui avrebbe gettato buona parte del suo stipendio, giustificando la cosa a se stesso come unico appiglio a salvarlo dal baratro.

Poi, col passare dei giorni, avrebbe investito in quegli incontri qualcosa di più del mero denaro. Avrebbe pensato di essersi innamorato e si sarebbe convinto che anche dall'altra parte stesse accadendo la stessa cosa. Quale persona al modo avrebbe potuto capirlo in quel modo, parlargli come se lo conoscesse da sempre, come se guardasse nella sua anima? Chi se non la ragazza che corrispondeva i suoi sentimenti?

Un mese più tardi sarebbe arrivato a pensare di salvarla dal suo lavoro, di cambiare città e di portarla con sé, di ricominciare assieme e conquistare la loro rivincita sulla vita. Sì, avrebbe pensato anche quello. Ma quella sera fortuita era appena giunto alle porte della magia che lo aspettava. Così aveva attraversato l'ingresso seguendo il profumo dei riccioli neri, e aveva dimenticato i suoi problemi.

Alle sette in punto del giorno corrente, Roberto sta aprendo il portone del condominio di Agata e il cuore gli batte più forte della sera in cui l'ha incontrata. È tutto il giorno che pensa a lei, in realtà è da due mesi che non pensa ad altro, ma solo nell'ultima mezzora l'immagine di loro due insieme si è fatta tanto nitida e luminosa. Solo negli ultimi trenta minuti ha trovato il coraggio di dichiarare tutto il suo amore per convincere quella ragazza a scappare con lui. Non ha idea che un ragazzo di nome Franky, molto più degno di lui, avesse tentato la stessa cosa ventitré ore prima e che la sorte lo avesse ripagato con una lancia nel cuore. Ma se anche lo sapesse, non basterebbe a frenarlo.

Sale in fretta gli scalini mentre il sudore lo insozza da capo a piedi. Arriva di fronte all'appartamento numero 9 e bussa sei volte, come suo solito. «Ehi! Ciao sono io. Ehm... scusa se non ti ho avvisato prima».

Sente il rumore dei passi che lentamente raggiungono la porta, ma senza aprirla. Sente la voce di Agata, è stanca, appena un sibilo. «Roberto?».

Gli fremono le labbra, ma tenta di dominarsi. «Sì, esatto, proprio io! Volevo passare, sai no? per salutarti, magari fare due chiacchiere e...».

«Oggi non posso proprio. Magari un'altra volta».

«È che ci tenevo davvero a vederti, e pensavo che anche a te avrebbe fatto piacere, considerando che...».

«Oggi no, Roberto».

«È che... è tutto il giorno che ti penso, che penso a noi due. Mi era tornata in mente la prima volta che ci siamo conosciuti, tu eri splendida, la cosa più bella che avessi mai... e poi ho ripensato anche ai nostri discorsi, al rapporto che si è creato, a come siamo simili, per certi versi. Insomma, io faccio il lavoro che faccio perché sono costretto, e tu fai quello che fai perché...», la sua voce perde vigore. «Allora ho capito che dovevo dirti alcune cose, cose su cui è un po' che rifletto, cose che magari hai pensato anche tu e che sarebbe bene condividere. E per farlo volevo venire qui di persona, magari con una sorpresa, così ti ho comprato una...».

«Vattene».

«Agata, ti ho portato una cosa e voglio solo...».

«Sparisci».

Roberto per poco non piange. Vorrebbe aprire ancora la bocca, ma si rende subito conto di non avere altro da aggiungere. Nulla che non suoni patetico, perlomeno.

Fa per andarsene, dimenticando giusto per un secondo quello per cui era venuto realmente. Mette una mano in tasca e tira fuori un oggetto scuro, piccolo e soffice. Il suo regalo per Agata. Lo guarda come fosse un amico fidato, dopodiché si accovaccia vicino alla soglia. *"Non deve vederlo adesso. Meglio che lo noti più tardi, quando non sarà più arrabbiata. Chissà per cosa, poi?"*. Così riflette, ascoltando i passi di Agata allontanarsi. Quando non sente più nulla, spinge l'oggetto scuro, piccolo e soffice oltre lo spiraglio sotto la porta. *"Le piacerà di sicuro"*.

Si alza e torna a casa. Sollevato, fiducioso, ma con molto meno entusiasmo di quando era andato a cercarle il regalo.

Un'ora prima, quel tardo pomeriggio, Roberto era uscito dal suo ufficio e fremeva per l'impazienza di rivedere Agata. Voleva fare qualcosa di singolare per lei, mostrarle un segno dei suoi propositi. Un regalo! Un regalo speciale! Era questo che la sua mente semplice aveva realizzato in un batter d'occhio. Doveva trattarsi di un dono azzeccato, che la facesse meravigliare alla sola vista. Una volta era riuscito a sbirciare attraverso la porta della sua cucina e aveva visto tutti quegli strani ninnoli esoterici appesi qua e là come addobbi, così aveva pensato che una cosa del genere le avrebbe fatto sicuramente piacere. Conosceva anche il posto più adatto dove acquistarla.

Stava camminando su una via principale cercando di ricordare dove avesse notato il negozio di incensi, candele e altre cianfrusaglie. Era impacciato come un tricheco, ma sembrava quasi un uomo diverso, più vivo, mentre osservava vetrine e insegne scandagliando entrambi i lati della strada.

D'un tratto l'aveva riconosciuta. Stretta, buia e affollata dalle stranezze, era proprio la vetrina che stava cercando. Si era piegato in avanti scrutando tra le candele, i bracieri, le statuette e gli accessori intarsiati di perle, mentre il suo respiro appannava il vetro. Non sapeva cosa prendere, c'era l'imbarazzo della scelta, ma sembrava tutto così economico, fin troppo economico, e la sua mente semplice reputava che un regalo adeguato dovesse anche costare una certa somma. Che situazione difficile!

Poi, oltre il suo riflesso, se n'era profilato un altro. Quello di un uomo alle sue spalle. Roberto si era alzato come una molla e si era voltato. L'uomo continuava a fissarlo. Era uno sguardo benevolo, che poco si adattava al suo aspetto imponente, completo di anelli, tatuaggi e giacca da motociclista. Elementi più che sufficienti per intimidire Roberto, che con un «Oh, la prego di scusarmi, stavo occupando tutto lo spazio» aveva fatto per defilarsi, con l'intenzione di ritornare in un secondo momento.

Ma l'uomo lo aveva fermato, «Posso aiutarti?». È strano a dirsi, ma sembrava quasi che quella voce non gli appartenesse. «Cercavi qualcosa per quella ragazza?». Roberto era diventato paonazzo. «Non passavi per caso. Volevi comprare un regalo per Agata o sbaglio?». Roberto aveva già girato i tacchi ormai convinto che il regalo lo avrebbe acquistato in un'altra occasione. L'uomo lo aveva richiamato ancora, «Purtroppo, qui non troverai niente di che. Niente che lei non possieda già».

Roberto si era bloccato e aveva pronunciato poche parole strozzate, «Ma che fai? Mi segui?».

L'uomo aveva riso, rilassando quei lineamenti rocciosi che lo facevano sembrare più grande dei suoi trent'anni. A Roberto pareva di averlo già visto, forse lo aveva incrociato alle poste o sulle vie del porto. Se lo ricordava su una Harley Davidson.

«No, non ti seguo, figurati. Sono semplicemente un amico di Agata. Ultimamente mi ha parlato molto di te».

«Sul serio?», si era stupito Roberto, per poi avvicinarsi di mezzo centimetro. «E cosa ti ha detto?».

«Mah... Sostanzialmente, cose buone. Dice che sei diverso dagli altri».

«Quindi, insomma... Tu sai che lei fa... e che io vado da lei per...».

«Sono suo amico. È naturale che sappia».

Roberto aveva allentato il colletto. «Sì, beh, certo. Ma cerca di capire, io...».

«Guarda che nessuno ti sta facendo la predica».

«Ah. Okay».

«Comunque sono contento che le cose tra te e lei... diciamo, oltre l'aspetto professionale... stiano andando bene».

«È lei che ti ha detto così?», aveva chiesto Roberto, avvicinandosi di qualche passo.

«Sì, certo», sorrideva l'altro. «Ma torniamo a noi. Stavi cercando un regalo, giusto?».

«Esatto. Qualcosa del genere, sì. Qualcosa che possa piacerle davvero».

«Allora potrebbe essere il tuo giorno fortunato».

«Credi di potermi aiutare a trovare una cosina speciale? Insomma, da fare jackpot, tanto per capirci».

«Puoi scommetterci». Così dicendo, l'uomo aveva infilato una mano in tasca e aveva tirato fuori un oggettino scuro, piccolo e soffice. L'altro aveva sgranato gli occhi e si era avvicinato per studiarlo meglio. Era un bambolotto di spago intrecciato, con una perla nera per testa. Sembrava fatto in casa, le sue forme sgraziate lo testimoniavano apertamente, ma era carino, anzi, bellissimo, indubbiamente invitante. Eppure, c'era qualcosa di dissonante in quell'oggettino. Nonostante le fattezze innocue, a Roberto era parso come di posare lo sguardo su una pistola. Ma era stato solo un momento.

«Con questo vai sul sicuro». Gli stava porgendo la bambola.

«Pensi che potrebbe essere il regalo ideale?».

«Nessun dubbio. Jackpot! Come dicevi tu».

«È che mi sembra così... così...».

«Perfetto?», aveva completato l'altro, e Roberto stava già annuendo, riformulando i suoi pensieri.

«Sì... perfetto. Hai ragione». Colto dalla fretta, aveva estratto il portafogli. «Dimmi, quanto ti devo?».

«Nulla. È tuo. Puoi portarglielo anche adesso».

«Ma come? Io vorrei perlomeno...».

«Sul serio, tieni», e aveva consegnato il bambolotto tra le mani dell'impiegato. «Conosco Agata e le voglio bene. So che ne ha passate tante, anzi, troppe, e che ha sempre dovuto affrontare le cose da sola. Ma adesso che c'è una brava persona intenzionata a starle accanto, il minimo che possa fare è aiutarla».

«Io non so proprio come ringraziarti».

«Non devi, infatti. Adesso vai. Scommetto che ti sta aspettando».

Senza indugiare oltre, Roberto aveva salutato lo sconosciuto ed era corso via per arrivare al momento che tutti conosciamo. Aveva la gioia in volto e pensava, *"Le piacerà! Le piacerà di sicuro"*.

Anche l'uomo rimasto indietro pensava la stessa cosa.

Ma sul suo volto c'era tutt'altro.

15

LA GEMMA ROSSA

La stessa mattina in cui Roberto fantastica sui suoi sogni di amore eterno, in punti diversi della stessa città c'è chi ha invece tutt'altri pensieri.

Musca, che solitamente non alza il sedere dalla poltrona davanti al computer prima che il pranzo sia pronto, se ne sta in piedi a gironzolare per la sua camera. Il portatile è acceso, così come il programma di foto-ritocco, così come la cartella che contiene le immagini da rielaborare e spedire al committente. Sa di aver già mancato la scadenza da un pezzo, ma il lavoro, in questo momento, è l'ultima delle cose che gli frullano in testa. Ora osserva i profili del porto, e pensa al Charlie's, all'istante in cui il suo cuore si è quasi fermato. Aveva creduto che, radunata la banda e pianificato il da farsi, la questione si sarebbe risolta. Ma dopo quel che è successo e dopo aver ascoltato le parole di Bescio non può che chiedersi se la questione sia appena al principio.

Leo è in cantiere e indossa una tuta fin troppo pulita per una giornata di lavoro intensivo. È più di un'ora che carteggia il cancello della villa in restauro, e ancora non è arrivato a metà. Il capo non ha mai tollerato la mancanza di impegno e ne ha fin sopra i capelli di quella che sta dimostrando il suo dipendente più giovane. Gli arriva alle spalle, tira un pestone per terra e gli urla di muoversi. Il tutto avviene mentre Leo sta pensando all'uomo venuto dal buio e agli occhi glaciali che l'avevano inchiodato come una mensola al muro, così avverte un brivido e il respiro gli viene a mancare. Torna in sé, si scusa e, appena il capo prende il largo, nella sua testa riappare quella figura. "Non era di questo mondo", era la prima cosa che aveva detto. Poi Bescio aveva aggiunto del resto, completando il discorso.

Winston è in facoltà, ha un esame tra qualche giorno, ma non sta prestando attenzione nemmeno a una sillaba di quel che dice il suo professore. Si alza nell'esatto momento in cui tutti gli sguardi si rivolgono a lui. Il docente gli ha appena posto una domanda criptica, sicuro che il suo pupillo avrebbe dato sfoggio del suo intuito nell'azzeccare la risposta. Winston lo ignora, la verità è che quasi non lo sente, e non sente neanche le note di sprezzo che si consumano alle sue spalle mentre esce dall'aula. Accende una sigaretta, ha perso il conto di quella mattina. Probabilmente ha perso anche il rispetto dell'insegnate, rimasto palesemente indignato dalla sua mancanza di educazione. Ma come biasimare il signor Caselli? Quell'uomo non sa nulla di quanto è accaduto la scorsa notte al ragazzo, nulla di quanto ha appreso alla luce di un lampione dopo che un suo amico ha vuotato il sacco su una certa faccenda. E non ha idea di quel che potrebbe succedere se quel suo amico avesse ragione. Winston invece un'idea se l'è fatta. Inutile dire che non gli piaccia per niente.

Bescio è solo, nel magazzino di suo padre, ha con sé una penna, un blocchetto di appunti, e il compito di controllare le giacenze prima dell'ordine mensile. È un lavoro per il quale sarebbe meglio portarsi avanti a meno che non si voglia restare a contare scatole di bulloni fino alle cinque del pomeriggio. Il fatto è che non ha ancora marcato un numero sull'elenco, in magazzino c'è sempre un casino bestiale, e lui è rimasto sommerso dai suoi pensieri quasi per tutto il tempo. Si era portato dietro due canne, ma non ne ha girata nemmeno mezza. Pensa alla volpe, ad Agata, al Charlie's, a Diego, e ogni volta che ricorda l'uomo venuto dal buio sente un vuoto allo stomaco. Riflette sul racconto di Franky e, adesso, quelle storie di poteri paranormali, letture del pensiero e templi segreti e destini incrociati non gli appaiono più come assurde puttanate fantascientifiche. *"«Forse dovreste invitare il vostro amico a selezionare con cura le persone di cui circondarsi. Forse potreste convincerlo a scegliersi compagnie meno comprometenti... Meglio guardarsi da certa gente, credete a me»"*. Ora nella sua testa iniziano a crearsi diversi collegamenti, ma continua a domandarsi se ha fatto bene a dare peso a quelle storie e a snocciolarle ai suoi compagni. Si chiede se anche loro stiano dando peso alle sue parole, se abbiano accolto quell'appello con la medesima serietà. Ma, soprattutto, si chiede cosa stia pensando Franky in quel momento. E prega che non voglia fare nulla di folle.

Bescio però, a differenza di Franky, non ha la certezza che Agata sia scomparsa dalle loro esistenze. Altrimenti saprebbe che l'unico gesto folle di cui il mezzo cuoco sarebbe capace al momento è quello di chiudersi nel congelatore finché morte non sopraggiunga. Chiunque sbirciasse oltre l'oblò della cucina del bar scorgerebbe già il suo fantasma. Perché, a volte, non c'è bisogno di essere morti per assomigliare a uno spettro.

Franky non ha idea di cosa sia accaduto ai suoi amici, né di chi abbiano conosciuto al Charlie's, o di cosa stia ordendo Diego all'insaputa del mondo. Per quanto ne sa, Agata ha salpato l'ancora portandosi via ogni briciola dei suoi sentimenti, e con lei sono sparite anche le forze mistiche che legavano i loro destini. Adesso è solo un ragazzo come tanti, in una città come tante. E la sua vita può anche andare a farsi fottere, come tutto il resto.

Quella mattina Agata è a casa, nel suo santuario. Non ha dormito per tutta la notte perché ha trascorso le ore a dipingere, intenta a trovare delle risposte. Purtroppo i disegni le hanno portato soltanto cattive notizie.

Ha cercato i suoi nemici sperando di intuirne il numero e dove si fossero nascosti. E dire che quella sera lontana, a Dulmire, credeva di essersene sbarazzata per sempre. Uscita da quella cantina, li aveva ammazzati tutti, meno quello più importante. Ma questo l'aveva scoperto più avanti, quand'era già tardi per rimediare. Lui era scampato all'incendio, era sopravvissuto. Poi si è messo sulle sue tracce, e ha fatto presto a raccogliere nuovi accoliti. Agata ha capito che sono tanti, decisamente troppi per lei. Ma, nonostante i suoi poteri le avessero sempre concesso una percezione pulita dei bersagli, la visione di cui può disporre ora è fuorviante quanto un vetro satinato. Per quel che ne sa, potrebbero celarsi a chilometri di distanza come dietro la porta di casa.

Dev'esserci il suo zampino, l'uomo che la insegue starà facendo di tutto per ammantare la loro presenza. È come se avessero sempre addosso le stesse bambole che lei porta al collo. Ipotesi più che sensata. Del resto, è proprio *da lui* che ha imparato a fabbricarle. Seppur con effetti diversi.

Resta il fatto che, se rimane lì, saranno loro a trovarla per primi. Certo, il circolo di protezione che ha eretto sull'appartamento ha fatto il suo sacrosanto dovere fino a quel punto, schermando la sua energia e tenendo lontano il male che la perseguita. Ma l'incantesimo ha una durata limitata. Massimo una settimana, e perderà tutto il suo effetto.

Aveva pensato di erigerne un altro, poi ha rigettato l'idea. Una gabbia sicura rimane pur sempre una gabbia. E i topi in gabbia di solito fanno una sola fine.

Sa di doversene andare al più presto, ormai ne ha preso coscienza. *"«Quella del Vate è una strada tortuosa. Trova il Guardiano, perché da sola non potrai mai affrontarla»"*. Ricorda quelle parole esattamente come le erano state enunciate due mesi prima. Decide di rifuggirle. Questa volta non ci saranno Guardiani a salvarla, non ci sarà più nessuno per lei. Andrà avanti da sola, come sola è sempre stata.

Avrà comunque bisogno di un'arma. Chiunque nella sua situazione farebbe carte false per accaparrasi pistola e proiettili. Chiunque non sapesse che, contro il suo nemico, il piombo può fare ben poco.

Guarda il suo coltello, il pugnale dal manico nero, riponendovi ogni speranza. Sa che non potrà mai trovare nulla di meglio. Afferra l'elsa, mentre i suoi occhi corrono sulla lama. Lo maneggia come fosse un'estensione del suo corpo, anche se sarebbe più corretto dire estensione del suo spirito. Ricorda quando aveva cercato di spiegare a Franky cosa fosse un catalizzatore. Quasi le viene da ridere, deve ammettere che non è mai riuscita a spiegarlo nemmeno a se stessa. Preme l'indice sul filo del metallo. È ancora affilato, ma non è l'attributo che le interessa, non è quello a determinarne l'efficacia. Se vuole che funzioni a dovere dovrà spendere l'intera giornata nel completare il rituale. Solo allora potrà chiamarlo "arma".

Quella parola assume un tono rassicurante nella sua mente. Poi si volta verso la finestra incontrando il suo riflesso. Le sembra una bimba che brandisce uno spillo. Distoglie lo sguardo. Prende il tabacco e si arrotola una sigaretta, vorrebbe che fossero solo le mani del suo riflesso a tremare. Si alza, la fuma veloce e la spegne nel posacenere zeppo di cicche.

Guarda lo zaino sul pavimento. Dentro c'è l'acchiappasogni, un sacchetto di sale, il gomitolo di spago, il diario dei segreti, qualche braciere, due mele, un paio di vestiti, e i soldi guadagnati vendendo il suo corpo. Giusto l'essenziale per viaggiare leggera. Il resto lo lascerà in questa casa e, quando se ne andrà, spera di poterci lasciare anche i suoi dubbi e il ricordo di Franky, il suo Guardiano, l'anima che si sarebbe immolata per lei. Lui rimarrà qui, al sicuro. Questa volta la storia non deve ripetersi, questa volta le cose andranno diversamente. Le viene da piangere e non sa il perché.

Si dirige all'altare, cammina sul tappeto di foglie secche e si inginocchia ai piedi del tavolo nero. Sopra c'è il cofanetto da anello. Lo guarda e giunge le mani. Prega. Nessuno spirito, nessuna entità superiore, quelli li ha già scomodati abbastanza. Prega semplicemente per sé, perché la vita le riservi qualcosa di meglio, perché il perdono giunga anche per le sue azioni, per il male che ha provocato senza rendersene conto.

Avvicina le dita alla scatoletta e la schiude con delicatezza. Un riverbero rosso le tinge il viso. Al suo interno giace un cristallo color rubino, grande come una biglia e bello come un miracolo. Ora sa di cosa si tratta e ha scoperto il perché l'ha rubato. Ora conosce la sua importanza. Va ben oltre quella della sua vita. Lo ammira e pensa, forse, se porterà a termine il compito che le è stato assegnato, forse le cose cambieranno davvero.

Osserva la radio scassata. Ieri l'aveva ascoltata come ogni notte. È uno dei tanti modi per percepire sentieri e intrecci. Ma non quelli ordinari, quelli più chiari e vicini. Bensì quelli che aleggiano ai confini del mondo, dove la realtà si crepa e i sospiri abissali trovano modo di fare breccia. Agata non li aveva mai decifrati con esattezza, erano sempre stati poco più che una eco distante anni luce. Ma, ieri notte, aveva ruotato la manovella su una frequenza errata, fino a quando il brusio non si era trasformato in un sottofondo mentale. Allora la radio le aveva parlato di nuovo, come quando era piccola. «TiEniLo Al siCUro e pOrtAlo da Noi». Subito, Agata non aveva compreso e si era limitata ad annuire, quasi qualcuno la stesse osservando. Poi la risposta era giunta dalle visioni passate e tutto si era fatto chiaro.

Torna a fissare il cristallo nel cofanetto. Infine gli parla come fosse un suo simile. «Non preoccuparti. Farò quello che devo».

La mattina passa, e così il pomeriggio. Come ben sappiamo, qualcuno è uscito dagli uffici postali per cercare un regalo speciale e ha fatto incontri estremamente fortuiti, a suo avviso. Qualcun altro si è levato il grembiule, se n'è andato dal bar senza salutare nessuno ed è tornato a casa strisciando, come il verme che è diventato. La porta di Franky era aperta, se l'era dimenticata persino adagiata. Non che ci fossero beni di lusso da tenere al sicuro, al di fuori del solito schifo. L'orologio segna le otto. La sera prima, alla stessa ora, stava gridando il suo amore a una porta chiusa. Adesso non c'è più alcuna voce che prema per uscire. Le cose che aveva ancora da dire hanno trovato spazio dentro di lui in una piccola grotta dove restare a marcire.

Si sdraia sul suo divano, rimane a guardare il soffitto, e per le tre ore che seguono si chiede se quel che è successo sia stato solo frutto di un sogno.

Il cellulare si illumina, è un messaggio di Bescio. [Ciao fratello. È tutto il giorno che ci penso e credo sia arrivato il momento di fare una chiacchierata. Ci sono cose che devi sapere ed è meglio che te le dica al più presto. Se passo con gli altri ti trovo?].

Franky si limita a scrivere: [Sì]. Non se la sente di dirgli che non gli frega nulla di quel che avrà da riferirgli, né di avvisarlo che al suo arrivo troverà poco più di un sacco di carne imbalsamata tra i cuscini ad attenderlo, e che già sarà un miracolo se abbozzerà una parola per salutarlo. Ma sa che ogni tentativo, fosse anche la presenza di un amico, è ben accetto se ha la possibilità dello zero virgola uno percento di strapparlo al suo strazio. Anzi, forse sarebbe il caso di accoglierlo a braccia aperte, magari alzandosi, dando una sistemata, stappando due birre e preparando una partita al caro vecchio sparatutto online. Tornare alle solide, rassicuranti abitudini e riprendere in mano la propria vita, per quanto insulsa possa sembrare. Non sarebbe una brutta idea, dopo tutto.

Si alza dal divano, e riordina la sala lasciando che gli automatismi prendano il posto dei suoi pensieri. Fino a quando comincia a lavare i piatti e il suo sguardo si posa sul fondo del lavandino dove giace il coltello a cui, il giorno prima, aveva affidato la sua vita. Aveva seriamente intenzione di usarlo, affondarlo nella pancia di un nemico che lo aspettava al di là della porta? Sì, ce l'aveva. In quel momento pareva la soluzione più ovvia. Doveva difendere se stesso ma, più di ogni altra cosa, doveva difendere Agata. "Lei è importante". Era la frase cantata dal coro di echi nella sua testa, l'avevano ripetuta all'infinito diventando un'unica e sola voce. La sua. In quell'istante aveva sentito il suo cuore volgersi in una direzione precisa. Doveva salvarla e doveva sbrigarsi, o tutto sarebbe stato perduto.

"Arriveranno".

Improvvisamente afferra il coltello osservandolo con occhi deliranti, quasi non lo riconoscesse. Sente un brivido lungo la schiena, un'energia che gli rizza i capelli. E avverte di nuovo quella sensazione d'angoscia, l'ago gelato che penetra oltre la

166

nuca, all'interno del suo cervello. L'acqua scorre, lentamente sale, riempie il lavandino, Franky la guarda e lo assale un vuoto allo stomaco, come stesse guardando tutt'altro. Non l'acqua che copre piatti e posate, ma quella del letto di un fiume dalla corrente impetuosa, che si porta via la chioma rossiccia di un volto che non rivedrà mai più. Sull'altra sponda ci sono delle persone. Anche loro stanno guardando quel volto sparire tra i flutti. Gli avrebbero fatto molto di peggio. *"Arriveranno"*.

Chiude il rubinetto, lo fa per istinto, e davanti ai suoi occhi tornano a stazionare stoviglie sporche e non l'immagine di una donna che affoga. Ma la sensazione... quella non se n'è andata. Quella è più forte di prima.

Guarda l'orologio appeso al muro, la lancetta cade sulle undici come una ghigliottina. Quella voce torna a farsi viva. *"Arriveranno a prenderla"*. E sarà come al fiume, come nel campo di grano, sul viadotto dell'autostrada.

Stringe il coltello e schizza fuori dalla porta lasciandola aperta alle sue spalle. È tardi, drasticamente tardi.

Agata si allontana dall'altare, occhi e narici impregnati dal fumo dell'incenso. I bracieri accesi brillano ancora ai bordi del pentacolo tracciato col sale, uno per ogni punta del simbolo. Deve attendere che si spengano da soli, ma per il resto il rituale è completo, anche se l'occhio dell'uomo comune non noterebbe alcun cambiamento nel pugnale al centro del tavolo.

Lo raccoglie, mentre l'oggetto grava come un macigno sulle poche energie che le restano. Che si eseguano per la prima volta o avendo alle spalle anni di esperienza, non fa differenza, quelle pratiche portano via corpo e mente. È il prezzo da pagare, ed è ancora poco. Sprofonda nel divano respirando a pieni polmoni, stringe il pugnale al petto e quello la blocca come un fermacarte. Devono prendere confidenza, al pari di un animale e il suo nuovo padrone. Se tutto è andato come previsto, ora potrà fidarsi di quella lama quanto del bambolotto che ha appeso al collo. Anche se l'ha condensata alla stessa maniera, l'energia che vi ha impresso è più grande, e ha scopi più nobili del facile occultamento.

Quasi non crede a quello che ha fatto, non pensava di esserne in grado, eppure il risultato è evidente. Quando Roberto era venuto a bussare alla sua porta ha dovuto interrompere la cerimonia precedente sul passo finale, affogando nel cesso i suoi sforzi e ricominciando daccapo. Temeva di svenire da un momento all'altro, ma la sua tempra ha retto fino all'ultimo. Gli spiriti sono stati benevoli e le hanno prestato aiuto. La rincuora sapere che c'è ancora qualcuno dalla sua parte.

Sfortunatamente, l'inconveniente ha minato la sua tabella di marcia. Ha perso troppo tempo, e così il treno su cui intendeva salire per levarsi dalla circolazione. Se si sbriga può ancora sperare di prendere quello notturno, la tratta è diversa, ma la direzione è la stessa. Ed è quella che le è stata indicata per raggiungere il posto dove portare a termine il suo compito. *"Allora, e solo allora, le cose potranno cambiare davvero"*. Continua a ripeterselo, convincendosi che sia più di una banale preghiera. Osserva il cofanetto da anello contenente la gemma rossa, quasi fosse il garante del patto.

Tenta di sollevarsi dal divano, per poco le gambe non cedono. Si appoggia a un mobile, poi alla parete, raggiungendo lo zaino nei pressi della finestra. Lo tira a sé, lasciandosi cadere sulla sedia. È ancora a pezzi. *"Fanculo"*, si dice. Non può arrivare in stazione così, non in quello stato, non avanzando sui gomiti. Chiude gli occhi inspirando a fondo. Ha bisogno di nuove forze, purtroppo sa anche come trovarle. Non ne servono molte, giusto quelle per muovere i piedi e resistere fino ai binari, al vagone dove stramazzerà per risvegliarsi poi al capolinea. Ma è il metodo che la disgusta, che rigetta come un tumore maligno. Forse perché, anche quel metodo, l'ha appreso proprio *da lui*.

In realtà non c'è paragone, Agata può solo imitarlo con prestazioni mediocri, lui invece lo applica come fosse il suo istinto primario, la sua natura più autentica. A lui non occorrono condizioni specifiche, la sua fame scavalca ogni barriera e si abbatte come pioggia acida su tutto ciò che ha vita. Lei necessita di un legame più solido, qualcosa che la colleghi alla vittima in maniera diretta. Un'intesa, una devozione profonda, che possa sfruttare a suo vantaggio. La risposta è lampante, coincide con un ragazzo di ventitré anni che morirebbe per lei. Ma non può accettare che l'ultimo contatto con Franky sia perpetrato con l'intenzione di nuocere. Dovrà trovare qualcun altro. Il problema è che è sola al mondo.

Poi la soluzione balena nella sua testa così chiaramente da farla sentire una povera idiota. «Ma certo!», dice ad alta voce, mentre la sua mente si rivolge a Roberto.

«Sì... a lui potrei farlo». In fondo, è solo per questa volta. E poi, era da tanto che quell'uomo voleva farle un regalo.

Spreme le palpebre e stringe le mani sullo zaino, quasi fossero le membra flaccide dell'impiegato, mentre il suo pensiero si cristallizza in un'immagine nitida. È quella di Roberto, precisa e dettagliata, neanche l'avesse davanti agli occhi. Avverte una fiamma, un plasma color acqua torbida, come macchiata da gocce di sangue. È inquinata e debole, ma è la sua energia ed è esattamente quel che le serve. Pulsa, gorgoglia, Agata la vede nel campo nero della sua psiche e sente che può avvicinarvisi. Le passa a fianco, esita un istante. «Scusami», sussurra, poi è come se la respirasse, come se ogni fibra del suo essere la stesse chiamando a sé. Lingue impalpabili si staccano dalla fiamma, che sbiadisce lentamente. Poi Agata blocca il processo e quella torna al suo originario equilibrio. Ora è più piccola. Più trasparente.

In una camera del quinto piano Roberto si è sentito mancare, si è aggrappato alla tovaglia del tavolo e ha fatto volare a terra piatti, posate e bicchieri. È convinto che l'infarto pronosticato dal medico abbia appena deciso di fargli visita. Poi però il suo cuore continua a battere, ma lui rimane bloccato sul pavimento, madido di sudore. Quella notte dormirà poco e male.

Agata si alza, le caviglie la reggono. Ha preso lo stretto necessario che le servirà per affrontare il tragitto, ma la cosa le risuona dentro come un delitto. Potrebbe perdere un po' di tempo a giustificarsi con se stessa, non fosse che il tempo le manca ed è l'unica cosa che non può rubare a nessuno.

Apre lo zaino, fruga tra le sue cose e trova il biglietto del treno che decreta la sua uscita di scena. Ricorda di averlo comprato il giorno prima, e che due ore dopo un ragazzo aveva bussato alla sua porta. Purtroppo, ricorda anche le sue parole. *"«Tu sei DAVVERO importante per me»"*. Era convinta che avrebbe continuato a sentirle solo nei sogni, nelle vite delle altre donne. E invece sono arrivate anche per lei. Nel buio, da dietro una porta, senza uno sguardo a cui collegarle, ma alla fine sono arrivate. La rattrista sapere che saranno le ultime.

Ma adesso deve sbrigarsi, recuperare lo zaino, il cofanetto da anello, il pugnale dal manico nero, e dare un taglio ai rimpianti. Sospira. Prima dovrà sciogliere il circolo sacro che protegge la casa e ringraziare gli spiriti per averlo sostenuto fino a quel punto. Il procedimento è semplice, molto meno complesso di quello che serve per erigerne uno.

Giunge le mani, chiude gli occhi e recita il mantra.

D'un tratto interrompe la formula e schiude le labbra in un fremito. «Dov'è!? Che fine ha fatto il circolo!? Da quanto cazzo è scomparso!?».

Le luci si attenuano, la maniglia gira adagio, la porta della cucina si apre e Agata riconosce l'uomo che l'attraversa. Il volto è quello di Diego, ma la voce appartiene a un'altra persona. Ed è quella a mandarla nel panico.

«Buonasera, mia cara. Ne è passato di tempo».

16

GRID

Franky si precipita giù dalle scale, i suoi piedi quasi non toccano terra. Raggiunge l'androne d'ingresso, si volta verso l'uscita sul retro e salta entrambe le rampe che lo separano dalla soglia. Spalanca la porta, supera il cortiletto e scavalca il cancello catapultandosi nella via sottostante. Vola su passerelle e scalinate come se non avesse peso e rischiando più volte di rompersi il collo. Per la strada non c'è una luce, ma lui potrebbe affrontarla a occhi chiusi. Dimentica di respirare per tutto il tragitto, attirato magneticamente alla fonte della sua angoscia. Sa che il tempo sta per scadere, che la volpe è vicina, e che non è tornata per lui.

Quando arriva a metà del suo vicoletto speciale, un urlo di donna esplode nella sua mente.

"Agata, dove sei!?". Di nuovo quella sensazione, l'ago che si infila nel suo cervello. Questa volta è incandescente e lo obbliga a voltarsi verso il muro di cemento.

Mette il coltello fra i denti, salta e si appende al bordo della parete. Scavalca il muro e ruzzola nel cortile, si alza e osserva il condominio davanti a sé. Gli occhi si puntano su una finestra del terzo piano. Nessuna scala potrà aiutarlo, ma è là che deve andare, e non ha un secondo da perdere. Cerca rapidamente una soluzione, infine inquadra la grondaia in ghisa. Non si era mai arrampicato nemmeno su un albero eppure, adesso, le sue mani si serrano al tubo portandolo in alto, un metro alla volta.

Agata ha appena fatto una scoperta. Risponde a una vecchia curiosità legata alla parola "vertigini". Da piccola si è sempre chiesta cosa dovesse provare una persona che ne soffriva nel precipitare da un'altezza incommensurabile. Ora, davanti a quell'uomo, lo sa, pur avendo i piedi per terra. E, sempre in quello stesso momento, capisce che ha giusto una frazione di secondo prima che quell'uomo faccia di lei quel che vuole. Non è nel suo corpo, quindi il potere che può esercitare avrà di certo i suoi limiti, come quella volta dopo la festa a Villa Castello.

Lo fissa negli occhi, protende una mano verso di lui e fa per imporgli il *limbo*. Chiama a raccolta le sue ultime energie, le concentra su quella lenza invisibile che unisce il cuore alla mente, tende la corda al limite e un attimo dopo scocca la freccia. Lui si scherma all'istante, deviando l'attacco psichico quasi fosse un aereo di carta.

"Merda!", Agata si volta verso il pugnale adagiato sul tavolo. Scatta per prenderlo, ma l'uomo che non è Diego la fissa con le palpebre a filo e contrae le dita ad artiglio. Allora le gambe della ragazza si fanno molli, il resto del corpo sembra riempirsi di piombo e lei stramazza subito al suolo. Cerca ancora di allungare un braccio, il pugnale dista pochi centimetri, ma la sua mano non lo raggiungerà mai. Ora può solo urlare e invocare aiuto. Purtroppo, quel grido è ovattato e distorto, e risuona solo nella sua testa.

L'uomo che non è Diego si avvicina. Rivoli di sudore gli corrono giù dalle tempie. Se avesse dovuto faticare di più, avrebbe perso il controllo del suo fantoccio, glielo si legge in faccia: solo una metà del suo volto assume un'espressione soddisfatta, l'altra rimane immobile, addormentata. Ha accusato lo sforzo, Agata aveva ragione. Agire attraverso una marionetta lo rende debole e, in altri casi, potrebbe resistergli. Il problema è che lei è ancora più debole, è stata colta al momento opportuno, e la sua mente sfiancata non può contrastarlo. Così l'uomo che non è Diego si ferma a pochi passi da lei, la guarda con occhi affamati e gradualmente il suo sguardo va oltre la carne di Agata, si insinua in quel luogo invisibile e lo invade senza trovare ostacoli. Dopodiché viene il marcio, l'osceno, la negazione della vita stessa, come restare cosciente mentre qualcuno divora il tuo corpo. Assale la fiamma vitale della ragazza e la prosciuga un lembo alla volta, riducendola a niente più che un bagliore tremante. Si ferma poco prima di spegnerla, lasciando ad Agata giusto le forze di respirare. Infine si alza, sempre adagio. Ora il suo viso è tornato normale.

«Lo vedi cosa mi costringi a fare?», dice con calma. «Eppure sai che detesto punirti, sai che non sopporto di arrivare a certi mezzi». Strofina la mano che non gli appartiene quasi fosse un coltello sporco di sangue. «Ma tu mi porti all'esasperazione, tu mi porti a reputarli necessari. Tu... tu pensi di poter fare come ti pare. Pensi di potertene andare, ammazzare i miei amici, bruciare casa, tentare persino di uccidermi e avere ancora diritto al perdono, di essere dalla parte del giusto, magari. Perché tutto è lecito, dico bene!? Perché nel tuo piccolo mondo non esiste riconoscenza! Quel briciolo di riconoscenza che credevo di meritare!», un'ombra si allunga sul suo volto, ma lui la sopprime subito.

Distoglie lo sguardo e lo lascia vagare libero per la stanza, mentre Agata si divincola a terra come fosse avvolta nel filo spinato. Lui la ignora, guarda il tavolo e il pugnale dal manico nero. Allunga le dita sull'elsa. «Questo... questo l'hai fatto per me, dico bene?». Le ritrae subito, come si fosse scottato. «Ed è... è fatto bene», sorride, «sì, è fatto molto bene. Complimenti».

Si sfiora il petto, quasi percepisse la lama nella sua carne. «Qual era l'idea? Sgozzarmi come un maiale, pugnalarmi come una... bestia? Un mostro... è così che mi vedi?».

Lei tace.

«Dimmi, che cosa sono per te? Pensi che io non abbia dei sentimenti, che io non soffra come soffri tu? Io sono morto quella sera. Non morto come avresti voluto tu... io sono morto qua dentro. Sanguino, e ho sanguinato ogni giorno. Sanguino ancora adesso. E sai cosa è stato a ferirmi di più?». Il suo sguardo imprigiona Agata più di quanto non sia già. Non sono i suoi autentici occhi, ma penetrano allo stesso modo. «... Il tuo abbandono».

Che siano puramente sincere o talmente false da sembrare vere, quelle parole la trafiggono.

«Perché? Tu devi spiegarmi il perché?», continua lui. «Che cosa avevi per la testa?». Si allontana riempiendo il silenzio con i suoi passi. «Ti confesso che ci ho pensato a lungo. Ero lì, all'alba, disteso nella cenere, e pensavo a te. Era quello il tuo modo di dirmi addio... vedermi bruciare assieme a tutto il resto? Ma io mi chiedo, ci pensavi alle storie che ti raccontavo prima di andare a letto, mentre marchiavi i sigilli per terra? Ci pensavi alle sere in cui mi svegliavi e io ti prendevo per mano e andavamo a guardare le stelle, mentre appiccavi l'incendio?».

Si avvicina di nuovo e si china su di lei. «Pensavi a tutto il bene che ti ho voluto, mentre cercavi di ammazzare tuo padre?».

Le accarezza una guancia con una dolcezza tale da uccidere. «Me lo sono chiesto tante volte, e non sono mai riuscito a rispondermi. Tutto... ti avevo dato tutto. Cos'altro ti mancava ancora? Sei così giovane, così bella. Cosa c'entra tutto quell'odio? Cosa te ne fai di quella rabbia?».

Gli occhi di Agata diventano lucidi. «Tu non sei mio padre».

«Non lo sono? Non lo sono!? Allora dimmi, chi è che ti ha cresciuta? Che si è schierato dalla tua parte quando agli altri facevi paura? Ricordi di tanti anni fa, quando venni all'orfanotrofio? Tu eri piccola piccola, un'unghia del mignolo. Ci siamo guardati a lungo, tu stavi stretta nell'angolo, tutta spaventata. Non volevi saperne di avvicinarti. Poi ti ho teso una mano e ho aspettato. Allora l'hai presa e ti sei lasciata guidare, a piccoli passi. Siamo saliti sul taxi, mi hai chiesto *dove andiamo?* e io ti ho risposto *a casa, bambina, andiamo a casa tua*. E tu hai spalancato quei grandi occhi neri senza dire una parola. Poi ti sei avvicinata, mi hai abbracciato forte, e hai cominciato a piangere, ma in silenzio, perché non volevi che ti sentissi. Però ti ho sentita. E lo sapevo che eri felice. Col tempo avresti imparato a chiamarmi papà. Io invece ti ho amata da subito, appena ti ho visto all'angolo». Un sorriso dipinge il suo volto in un capolavoro di emulazione. «E ti amo ancora. Sei cambiata. Sei cambiata tanto. Ma se ti guardo vedo ancora mia figlia». Le affonda le dita nei riccioli. «Si potrebbe tornare indietro, lo sai? Dimenticare tutto e ricominciare daccapo. Lasciarsi indietro questa stupida rabbia e accettare che siamo simili, due ombre di una stessa persona. Sarebbe bello, non credi?». La bacia in fronte e la sente tremare. «... Sarebbe giusto».

Agata lo osserva smarrita, ma poi non cede alle sue bugie. Poteva incantarla un tempo, prima che scendesse le scale di quella cantina. «Tu non sei mio padre. Non mi ami, non mi hai mai amata. Sapevi semplicemente chi ero! *Che cosa* ero! Hai solo preso quello che ti serviva, niente di più». Parole che escono stanche. Potesse urlarle infrangerebbero i vetri. «Volevi usarmi per trovare gli altri e ci sei riuscito. Sei un mostro, come i Corvi, i padroni che servi. E sei uguale a tutti quelli che ti hanno preceduto. Tu hai solo avuto la fortuna di trovarmi da piccola e mi hai plasmato per evitarti il fastidio di uccidermi. Perché è così che faresti se rifiutassi di assecondarti. Tu hai bisogno del Vate, di quello che ho dentro, hai bisogno dei miei poteri, e non ti importa di chi li usi. Tuo malgrado, sei rimasto a corto *ospiti*, ed è la sola ragione per cui sono ancora viva. È per questo che sei venuto. Vuoi convincermi a finire il lavoro al più presto per evitare il loro giudizio e l'enorme casino che ti aspetta altrimenti. Ma se ora mi tiro indietro andrai avanti lo stesso, mi ucciderai, prenderai ciò che è mio e troverai un'altra bambola da chiamare bambina». Agata si ferma giusto il tempo di veder sgretolarsi la maschera e le bugie di quell'uomo. «Dico bene... papà? O dovrei forse chiamarti Grid? Questo nome ti sta meglio. Mi ricorda che non hai nulla di umano».

«Siamo alle solite. Con te non c'è modo di ragionare».

«Vai all'inferno».

«Su questo ci puoi giurare».

Grid appoggia una mano sulla sua testa.

«Fermo! Che cazzo vuoi fare!?».

«Le cose alla mia maniera, visto che non collabori». Gira gli occhi, la luce nella stanza si affievolisce, una fiamma invisibile trasuda dal corpo di Diego per poi fluire in quello di Agata, e lei si alza come una marionetta, inerte. «Risolviamo subito un punto. Devo andare avanti, o pensi di dirmi dove l'hai nascosta?».

«Vai a farti fottere».

«Agata, per favore. Dove hai messo la gemma?».

La ragazza trema sotto la mano di Grid, mentre un'onda di dolore la percorre da capo a piedi. «Vai a farti fottere».

«D'accordo. Allora lo scoprirò da solo. Farà male».

Agata avverte l'energia del nemico, è come una scarica elettrica che le avvolge la testa e le rizza i capelli. La sente filtrare attraverso la scatola cranica e trasformarsi in uno sciame di tarli pronti a trivellarle la mente. La sofferenza è indicibile, eppure non riesce a gridare. Tanto meno a fermarli.

«Il cofanetto?». Grid si gira inquadrando la scatola nera sopra l'altare. «Bene. Sinceramente, potevi fare di meglio. E adesso raccontami il resto».

«No, ti prego, basta... Smettila!».

«Mi spiace, tesoro. Come ti ho detto, sei tu che mi costringi».

Poi Franky appare oltre la finestra e la sfonda con il coltello da cucina. Grid si volta, ma il ragazzo è già su di lui.

Franky vola sui vetri infranti e precipita addosso all'uomo che non è Diego. Si schiantano a terra, mentre il coltello cade con loro e Agata piomba al suolo. Il ragazzo si erge sul suo nemico inchiodandolo al pavimento e gli assesta un destro. Il sangue spilla, il cranio scricchiola, poi gli altri pugni si alternano come i colpi di una grancassa.

Grid afferra Franky e lo catapulta lontano da sé. Si getta su di lui, lo prende alla gola, striscia una mano fino al coltello e si prepara a finirlo. Agata dà fondo alle poche energie che le restano, osserva l'uomo che gliele ha instillate un minuto prima, e gliele scaglia addosso ancora una volta. L'attacco mentale è debole, ma riesce a prenderlo di sorpresa, Grid si arresta inebetito un istante prima di sferrare il colpo e Franky lo centra con un calcio nello stomaco sparandolo un metro più in là.

Agata collassa a terra subito dopo, mentre i due avversari si tirano in piedi. Grid affila lo sguardo, contrae le dita ad artiglio e cerca di prosciugare la fiamma di Franky, ma il muro che la protegge è forte, sicuro, brilla di una luce accecante come mai aveva visto prima, mentre lui è ancora intontito, intrappolato in un corpo che non gli appartiene. Ora il suo potere è troppo debole per attraversarlo. *"Quella luce!"*, pensa, *"è proprio quella luce!"*. Sorriso isterico, occhi sgranati, sangue che gronda dal sopracciglio. «E così l'hai trovato, Agata... alla fine l'hai trovato davvero!». Al termine della frase un gancio gli spacca il labbro. Lui risponde, e nocche dure come l'acciaio spediscono Franky al tappeto. Il ragazzo si rialza quando l'uomo gli è già addosso. Si bloccano i polsi a vicenda.

«Franky», geme Agata, «il pugnale nero... prendi il pugnale sul tavolo!».

«Franky!?», ripete Grid con un ghigno, «sarebbe questo il nome del tuo Guardiano? È simpatico, mi fa ridere! Cercherò di ricordarmelo dopo averlo ammazzato». L'uomo sovrasta la presa del ragazzo e gli conficca le unghie in faccia. Poi un'energia invisibile striscia fuori dalle sue membra. Tenta di dominarlo, ma il suo potere rimane accecato ancora una volta da quella luce azzurra e si ritrae spontaneamente, come le antenne di una lumaca. Sorride, «Te la cavi! Davvero niente male!». Gli schiaccia la testa sul tavolo. «Ma forse non c'è bisogno di grandi mezzi per spappolarti il cervello».

Franky urla, stringe i denti, la sua mano brancola sul tavolo fino a trovare il pugnale. Lo afferra e pianta la lama nel braccio di Grid. L'uomo si scansa lasciandolo libero, poi spalanca la bocca in un grido muto. Barcolla indietro, estrae l'arma dalla ferita e l'aria intorno allo squarcio sfrigola come nebbia acida.

Crolla sulle ginocchia, mentre un denso miasma sembra staccarsi da ogni centimetro del suo corpo, come se stesse scacciando lo spettro che lo possiede. Spasmi violenti gli digrignano il volto tramutandolo in uno spettacolo orrendo, la sua voce si distorce, alternandosi in due toni distinti. «HaI sCelTo la strAda Più dolORosa, baMbiNa miA. PeNsi che Quel raGAzzEtto possa diFendeRti? Gli Hai deTTo quEllO cHe haI visTO? GLi hai detto coMe è fiNitA le aLTre vOlte?», gli occhi corrono in ogni dove, a tratti diventano bianchi. «DigliELo aDEsso. DigLi pUre che tORnErò pREsto. Anzi, lAScia cHe gliElo DiCa io... Franky... Non ci aRRivi a treNt'anNi, Te lo proMEtto. ToRNerò e ti AmmAZzerò. Ti amMAZzerò cOn le Mie ma...».

Agata prende una pentola e la schianta sulla testa di Grid. Il miasma scompare nel nulla, l'uomo sviene, rovina a terra e torna a essere nient'altro che Diego.

Franky si lascia cadere, Agata fa lo stesso ma non per sua scelta. Cala il silenzio e i due si perdono nei reciproci sguardi. Non un cenno, né una parola, niente di fronte al miracolo che è appena avvenuto. Lo sanno entrambi, anche se in modi diversi, devono solo capacitarsene. La lotta è finita, la storia non si è ripetuta e il circolo è spezzato, almeno per il momento.

Mentre le due coscienze galleggiano in uno spazio che appartiene soltanto a loro, il telefono squilla e la magia si crepa per un secondo. Franky si porta il cellulare all'orecchio. «Scendete immediatamente», dice la voce dall'altro capo.

«... Winston?... Winston, non sono a casa».

«Lo so. Lo sappiamo tutti. Quello che non sappiamo è cosa sia successo nell'appartamento del terzo piano. Probabilmente non lo sa ancora nessuno oltre a voi, ma scommetto le palle che è meglio filarsela prima che qualcuno lo scopra. Da qua sotto si sentono già le sirene. Gli sbirri non tarderanno ancora per molto».

La chiamata si chiude. Franky non crede a quello che sta per dire, ma lo dice ugualmente. «Quello non era Diego...».

«No. Affatto».

«... L'uomo... l'uomo del sogno, quello tra le macerie?».

«Lui... Grid... Mio padre». Franky trasale, Agata continua. «Adesso non più. Adesso è soltanto Diego. Non potrà più controllarlo».

«Che cosa facciamo con lui?».

«Lui resta qui. Noi ce ne andiamo subito».

«Ma lo troveranno. Se si risveglia e dice qualcosa?».

«Non avrà idea di come è finito qui. A dirla tutta, se è come credo, non si ricorderà di parecchie cose».

Di nuovo silenzio, di nuovo sguardi che si cercano.

Suona il cellulare, è sempre Winston, Franky non sta a rispondergli. «Dobbiamo andarcene. Credo stia arrivando la polizia».

«Ce la fai ad aiutarmi?». Il ragazzo le va incontro e la aiuta ad alzarsi. «Lo zaino, mi serve il mio zaino. E il pugnale. E il cofanetto... prendi quel cofanetto». Franky ubbidisce. Poi Agata cerca ancora di zoppicare fino ai bambolotti sul comodino, e il mezzo cuoco ne afferra una manciata per lei.

«Non c'è più tempo», le dice.

«Hai ragione. Andiamo».

Aggrappati l'una all'altro si incamminano verso l'uscita. La porta è già aperta, scassinata. Nel varcarla, notano il pupazzo di spago scuro con la perla nera per testa che giace ai loro piedi. Solo Agata sa di cosa si tratta. Ricorda vagamente i suoi bambolotti, ma emana una radiazione diversa, quella di una carogna infetta. La stessa che ha spazzato via il circolo sacro.

Evita di fissarlo oltre, il solo guardarlo le dà il voltastomaco.

«Quello cos'è?», dice Franky.

«Te lo spiego strada facendo».

Scendono giù dalle scale, nessuna porta si schiude al loro passaggio. Escono dal condominio e si dirigono alle due macchine che li attendono a fari spenti. Salgono a bordo di quella di Winston, sulle facce dei passeggeri si leggono ansia e troppe domande da porre. Parleranno di tutto a momenti. Adesso ripartono nella notte sperando di trovare un luogo sicuro.

Una di loro sa che purtroppo non ne esistono più. Ma sviene sui sedili di dietro prima di confidarlo agli altri.

17

IL SODALIZIO

Franky termina il suo racconto sotto gli occhi sbarrati dei suoi compagni. Per alcuni secondi non vola una mosca, poi Leo scuote il capo e dice: «Cristo santo». Nessun membro della banda avrebbe saputo dire di meglio. Ora, come è già successo una volta, i ragazzi consumano il silenzio sotto un lampione nella notte, alternando occhiate incerte a sguardi persi sul reticolo dell'asfalto. Il panorama deserto del parcheggio sopra la zona industriale fa loro da cornice, mentre le torrette ronzanti della centrale elettrica li studiano in lontananza. Si sono recati là, al monticello, uno dei tanti squallidi paradisi dove erano soliti fare tappa quando la vita si presentava complessa e andava osservata da una buona distanza. Cinque chilometri di periferia inoltrata pareva un raggio adeguato da tenere tra sé e i problemi della città.

«Cristo santo», ripete Leo. «Ma ne sei sicuro?».

Franky si limita a fissarlo, poi si volta verso la macchina di Winston, dove Agata sta riposando. Dorme profondamente. Non respirasse parrebbe morta. Lei avrebbe saputo spiegare le cose in maniera migliore.

Musca prende il cellulare e tenta di leggere le informazioni dell'ultim'ora riportate sul notiziario locale. Ci riuscirebbe con più efficacia se le dita non gli tremassero come rami secchi. «*In seguito alla chiamata di uno dei condomini, la polizia ha fatto irruzione nell'appartamento numero 9 di uno dei palazzi della zona Ovest, ritrovando sulla scena diversi segni di colluttazione e un uomo ferito e privo di sensi. Il soggetto ha ripreso conoscenza poco dopo, anche se in evidente stato di shock. Afferma di non ricordare nulla dell'accaduto, né degli eventi degli ultimi giorni. Per ragioni di sicurezza è stato arrestato e condotto in centrale. Successivi aggiornamenti verranno rilasciati tra poche ore. Restate collegati*». Blocca lo schermo. «Questo è quanto».

«Capiamoci», dice Leo, «per quel che ne sappiamo, Diego potrebbe essere una specie di schizofrenico con manie omicida che andrebbe internato seduta stante. Ma arrivare a pensare che qualcuno si sia infilato nella sua tes...».

«Ti dico che è così», dice Franky, «la persona che ha cercato di accoltellarmi 'sta sera non era lo scaricatore di porto che tutti conosciamo. Non era lui. Non era Diego. Era...», si ferma un istante, poi capisce che non è più il tempo dei mezzi termini, «era posseduto».

L'affermazione non riscatta negli altri alcuna incredulità, avvalora invece le sensazioni orribili che hanno provato la sera prima e che hanno ritenuto frutto di una qualche sorta di allucinazione collettiva. Nessuno domanda chi fosse lo spettro alle spalle di quel teatrino, lo sanno fare tutti due più due. Mostro, diavolo, demone, qualunque sia la natura di quel soggetto, Franky non riesce a decifrarla. Ha rischiato la morte, vissuto esperienze al limite dell'inverosimile e sfidato più volte l'equilibrio della sua psiche. Se adesso si spingesse oltre, la sua mente potrebbe cedere. Allora dice soltanto: «Grid. Agata l'ha chiamato così. È l'uomo che le dà la caccia».

Quel nome cola nel timpano degli amici quasi fosse azoto liquido.

Musca si fa avanti. «Franky, ti sembrerà assurdo... ma è probabile che noi sappiamo di chi stai parlando».

Franky sussulta, «Che cosa significa?».

E Winston: «Significa che l'abbiamo già incontrato. Ieri sera. Al Charlie's». Prende fiato, poi cerca il volto dei suoi compagni, come se riportare il seguito della storia richiedesse la forza di tutti. Va avanti, e Franky trattiene il respiro per tutto il racconto, mentre Winston si impone di descrivere ogni dettaglio. Infine aggiunge: «Quando siamo tornati in centro ci siamo guardati, avevamo raggiunto la stessa conclusione. Non era di questo mondo. Leo è stato il primo a dirlo... Poi Bescio ci ha raccontato tutto».

Franky guarda Bescio. «Te l'avevo detto in confidenza! Tu lo sapevi che era un affare che riguardava solo me. Me e nessun altro!». Il Samurai tace senza scomporsi.

«Franky», continua Musca, «ci stiamo tutti chiedendo... come hai fatto a capire che la ragazza stava per lasciarci le penne?».

«Io... non lo so. È stato come un lampo, un segnale luminoso nel mio cervello. È una specie di intuizione assoluta. Come se...». Le facce dei presenti completano la sua risposta. «E voi? Voi come avete fatto a sapere?».

Gli altri si voltano verso Bescio. Spetta a lui procedere. «Quando siamo venuti a cercarti e abbiamo trovato la porta spalancata e la tua tana deserta, è successa la stessa cosa anche a me». Guarda il gruppo, il gruppo ricambia. «È successa a tutti noi, in realtà. Intuizione assoluta, come dici tu. Richiamo, è quello che direi io. E il richiamo ci ha guidati fino a te, là, sotto casa di Agata. Quelle tue puttanate fantascientifiche, hai presente?», mostra un ghigno, è un ghigno aspro. «Non so se siamo già così fighi da curiosare nelle teste degli altri, ma quella roba, quella *sensazione*, chiamala come vuoi, è stata la stessa che ci ha spinto anche a cercare Diego. A fare qualcosa per aiutarti».

«Io non... Voi non dovreste... Cazzo. Non è possibile». Franky fa per prendere un tiro di sigaretta. Gli cade e non se ne accorge.

Bescio va avanti, «Ascoltami. Io non so cosa stia succedendo, nessuno di noi sa cosa cazzo stia succedendo. Ma il punto è che saremo noi a prenderla in culo, te compreso, mi pare chiaro. Se corri dietro a quella tizia le cose si metteranno male. Per tutti».

«E quindi che vorresti dire!? Guarda, lascia perdere, non serve neanche che sprechi fiato! Tu vuoi che io me ne freghi, che dimentichi Agata e che la metta da parte! Magari suggeriresti di lasciarla qui, svenuta, in balia del pazzo che la cerca, così da facilitargli il lavoro! Almeno si chiuderebbe questa faccenda e potresti metterci una bella pietra sopra, poi con la coscienza è un attimo mettersi a posto per te. Ti calerai una delle tue pasticche viola e tutto sembrerà una bizzarra storiella che ti sei immaginato e niente di più! Beh, io non sono così, puoi scommetterci le palle che non sono così! Io le resto accanto, tu fai come ti pare! Non vi ho chiesto io di immischiarvi, quindi se può farvi star meglio tornatevene pure a casa!».

Winston lo interrompe, «Franky, ascolta, noi...».

«Noi, una sega! Se ti schieri dalla sua parte evita di aggiungere altro».

«Franky!», gli dice Bescio afferrandolo per il bavero. «Noi vogliamo immischiarci, perché noi stiamo dalla TUA parte! Se vogliono ammazzarti, squartarti, spaccarti le ossa, che vengano pure! Noi siamo qui e ci saremo sempre. Siamo fratelli, gli unici quattro stronzi che hai al mondo. Questo varrà pur qualcosa».

Franky ammutolisce. Li guarda tutti, come li aveva guardati

in rare occasioni. «Diavolo, se vale qualcosa».

Bescio sorride al resto del gruppo e quasi tutti gli restituiscono una strizzata d'occhio. Chi non lo fa avrà di certo le sue ragioni. Ma questa è una delle tante cose che non si confessano nemmeno a se stessi.

Poi il Samurai riprende: «D'accordo, d'accordo! Adesso diamoci un taglio, ché qua il testosterone ha raggiunto i minimi storici. Vediamo invece di ragionare sul da farsi».

«Giusto», dice Musca, «per prima cosa, la ragazza come sta?».

«È svenuta appena ha toccato il sedile», dice Franky. «Grid... quel tizio... deve averle fatto qualcosa di strano. Io ne capisco quanto voi di questa roba però, insomma, è come se una parte di lui fosse ancora qui con noi, anzi no, con lei. Come se non se ne fosse andato del tutto. È un casino da spiegare, ma lo sento. Qualcosa di me lo sente». Si volta a fissare Agata. «Credo che le ci vorrà un po' per riprendersi».

«Beh, ma allora che cosa aspettiamo!?», dice Bescio, «portiamola in ospedale, al pronto-soccorso, ovunque le possano dare una mano».

Franky si volta incerto, Winston parla per lui. «Quello che Franky vorrebbe dire è che forse in ospedale non hanno quello che serve per aiutarla».

«Cioè?».

«Cioè che... se effettivamente quel tizio *non fosse di questo mondo*, allora è probabile che nel *nostro mondo* -oddio che cazzo sto dicendo- non ci sia una medicina adatta al problema. Ho centrato il punto?».

«Il fatto non è solo quello», precisa Franky. «Prima di salire in macchina, Agata mi ha supplicato di non portarla in nessun posto dove ci fosse altra gente. Nel senso, gente che non conosciamo o che non conosca lei. In realtà, credo mi stesse dicendo di non fidarmi di nessuno».

«In effetti», dice Musca, «se quel tizio, quel Grid, è in grado di *possedere* la gente, allora è meglio stare alla larga dalle persone».

«E come diavolo si fa a stare alla larga dalle persone in una città?», dice Leo.

«Questo non lo so».

«La portiamo a casa mia», dice Franky. «Non sarà un bunker, ma ci abito solo io».

«Questa sarebbe una bella stronzata», dice Bescio.

«Perché?».

«Anche un ignorante del mio calibro capirebbe che così la butteresti in pasto agli squali. Pensaci un attimo, fré. Se quel tizio è riuscito a scovare casa di Agata solo dopo che sei stato a dormire da lei, non pensi che abbia fatto in modo di seguirti o roba del genere? Magari non nei suoi panni, ma in quelli di Diego. E se l'ha fatto nei panni di Diego...».

«Allora magari», completa Winston, «ha reperito anche qualche dettaglio dalla tua cara ex fidanzata. Bescio ha ragione, casa tua non è più un posto sicuro».

Franky si accascia contro la macchina. «E allora dove la porto?».

«Non lo so. Pare che siamo in un bel casino».

D'un tratto Leo sbuffa, poi bofonchia qualcosa. «... Io un'idea ce l'avrei». Gli altri lo guardano con la luce negli occhi. Lui deglutisce e va avanti. «Io... cioè, il mio capo... recentemente ha preso in carico un lavoro di ristrutturazione. Si tratta di una villetta un po' fuori mano, ma nemmeno troppo, poco più lontana dal centro di quanto lo sia casa tua, Franky. È solo sul lato opposto della città, nel quartiere residenziale». Sospira. «Oggi siamo andati sul posto con la squadra per dare una sistemata preliminare, il grosso del lavoro si farà poi tra un paio di settimane, una volta chiuso l'altro cantiere in corso... Ora, vuoi che la ditta sia ben fornita di dipendenti, e vuoi che io non sia proprio quello più adatto al primo dei due lavori, le chiavi della villetta sono rimaste a me. Assieme al compito di portare avanti le sistemate preliminari».

Si stropiccia la fronte. Gli amici sanno a cosa sta pensando. Probabilmente al fatto che se permettesse a una vagabonda di accasarsi in quel posto e il suo capo dovesse scoprirlo, del suo contratto a tempo indeterminato verrebbero fatti tanti bellissimi coriandoli. «Quindi, per farla breve, se serve un posto dove nasconderla credo che quello sia il posto giusto».

Franky lo stritola in un abbraccio. Non fosse stato lui il primo, l'avrebbe fatto uno degli altri. «E adesso come faccio a ringraziarti?».

Leo rimane spiazzato, ma poi gli dà tre pacche sulle spalle. «Non devi, non ora. Se perdo il lavoro mi dai il tuo grembiulino da cuoco e te ne vai in piazza a chiedere l'elemosina».

«Leo», dice Bescio, «non credevo che avrei mai detto una cosa simile ma... sei un idolo!».

«Possiamo portarcela già stasera?», dice Winston.

«Suppongo di sì. Devo solo passare a casa e recuperare le chiavi».

«Se dai uno strappo anche a me», dice Musca, «posso far sparire un paio di coperte dall'armadio dei miei. Quel rudere non sembrerà un quattro stelle, ma almeno non morirà assiderata».

«È senz'altro il meglio che abbiamo a disposizione», dice Winston. «Allora voi due prendete la vostra macchina, fate tappa dove dovete e dirigetevi alla villa senza fretta, cerchiamo di non dare troppo nell'occhio. Noi vi seguiamo».

La banda si mette in moto e procede sulla tabella di marcia. La notte sta dalla loro e offre i suoi puntuali servigi, congela il sonno dei genitori di Leo, poi quello dei genitori di Musca, e infine sgombra le strade che conducono alla villa in collina. Traghetta gli amici a destinazione e non lascia che occhi indiscreti si posino sul loro passaggio.

Il quartiere residenziale è una zona incantevole, a cento metri sul livello del mare, dove l'asfalto cede il passo al selciato e la strada si biforca in tante vie costellate da aiuole, siepi e portici. Si inoltrano in tutta la zona come tralci di vite abbracciando i cortili che circondano le ville, fiore all'occhiello della città, nonché proprietà immobiliari di chi ha il conto in banca più lungo del proprio nome.

Da lì si gode di un'ottima vista della metropoli, delle migliaia di luci del centro, dei palazzoni degli uffici amministrativi, del campus universitario, e ovviamente dell'area del porto. Quella è la sola parte che tutti i membri della banda escluderebbero volentieri dal panorama.

Superata un'arcata di pietra e gli infissi di un ristorante di lusso, Leo mette la freccia a destra e svolta per il viale dei cipressi al fondo del quale li attende la villa in restauro. I ragazzi parcheggiano le macchine, aspettano che Leo apra il cancello arrugginito e trasportano Agata oltre l'entrata. Procedono a passo felpato, occultati dalle siepi che cingono il praticello antistante il portone. Di tanto in tanto gettano uno sguardo alle finestre delle case vicine, ma regna il buio tutt'attorno e oltre quei vetri l'oscurità si fa ancora più fitta. Messo piede al di là della soglia, Leo accende una lampada a muro e la luce irradia il salotto pervaso di polvere, calcinacci, cavi scoperti e mobili impacchettati nel nylon, riflettendosi sui cristalli del lampadario che domina la stanza. Agata dorme ancora e non si accorge di nulla, né della braccia che la traslocano dentro, né di quelle che allestiscono la sala con materassi e coperte. Nei suoi sogni è da un'altra parte, nascosta in un pozzo e nelle vesti di un'altra ragazza, ma questo agli amici non è dato saperlo.

Leo le posa lo zaino accanto, poi si avvicina a Franky. «Le chiavi le lascio a te. Immagino che non tornerai a casa 'sta notte. Immagino che non tornerai neanche domani».

«Immagini bene. Ma voi non vi preoccupate. Andate a dormire e cercate di stare tranquilli. Per oggi avete già fatto abbastanza».

«Vuoi restare qua da solo?», gli dice Bescio.

«Sì. Ci ho pensato e ho capito che è la cosa migliore».

«Sei matto? Vuoi che ce ne andiamo dopo quel che è successo poche ore fa?».

«*Cerchiamo di non dare troppo nell'occhio*. Winston non ha tutti i torti. Due persone, di cui una incosciente, sono più facili da tenere nascoste rispetto a sei scalmanati».

«Va bene, Franky», dice Winston, «ma tentiamo di rimanere in contatto. Qualunque cosa ti serva, fai un fischio e noi arriviamo. Poi a turno potremmo passare a dare una controllata. Magari la sera».

«Mi pare giusto e prudente», dice Musca. «Ma come la metti con il lavoro? Tuo cugino ti ammazza se smetti di fare lo sguattero di punto in bianco».

«Gio sta passando un brutto periodo, se gli dico che ho dei casini è facile che la prenda come scusa per chiudere un paio di giorni».

«Ho capito. Allora potremmo anche portarti la spesa, qualcosa da mangiare. Così non stai a uscire di casa».

«Magari anche due cerotti. Mi hanno dato più schiaffi stasera, che mia madre in tutta l'infanzia».

Gli amici abbozzano una risata e il Samurai sogghigna a sua volta reggendo il gioco, ma poi i pensieri di cui è stato preda prima e durante il viaggio tornano a farsi sentire. «Fratello, io ti voglio un gran bene. Te ne vogliamo tutti. Ed è per questo che devo avvisarti. Stai correndo un gravissimo rischio, e il fatto è che non so se te ne rendi conto completamente. Questa storia ti ha catturato anima e corpo e ho paura che potrebbe portarti via anche qualcosa di più». I sorrisi si spengono e gli sguardi riflettono le parole del Samurai. «Io sono con te. NOI siamo con te. Quello che cerco di capire è... sei sicuro di quello che stai facendo?».

«Sì. Ora più che mai».

«Lei è importante... non è vero?».

«Più di tutti noi messi assieme». Franky guarda gli amici e loro restano in silenzio, ognuno coi propri dubbi. Qualcuno ne ha più degli altri, e per validi motivi, purtroppo. «Il motivo ancora non l'ho capito bene. Ma so che è così».

Bescio sorride di nuovo. «Quando l'avrai capito, spera che sia convincente. Non mi piace rischiare il culo per niente».

«Nemmeno a me».

Il resto della banda si scambia occhiate di intesa e si avvicina alla soglia.

«Fermi!», dice ancora Franky. Apre lo zaino, ci fruga dentro e tira fuori una decina di bambolotti, alcuni sgraziati e scuciti, altri squisitamente confezionati. «Agata mi ha chiesto di darveli assolutamente. Lei ne ha uno uguale al collo, non se lo leva nemmeno per sbaglio e lo maneggia in maniera quasi rituale, quasi ne dipendesse la sua vita. Fidatevi, sono più che semplici bambolotti».

Il gruppo lo osserva, perplesso.

«Prendetene uno ciascuno e tenetelo sempre al collo. Sembro pazzo, quello che volete, ma promettetemi di farlo. Dovrebbero... dovrebbero tenere lontano quel tizio, o qualcosa di simile». Seleziona i pupazzi meglio riusciti e li assegna ai compagni, che senza chiedere altro li legano al collo.

«Bene», dice Bescio, «adesso sì che sembriamo dei fricchettoni da quattro soldi».

«Lo sembri comunque», gli dice Winston, «nascondilo sotto il colletto e non fare tante storie».

Musca e Leo fanno uguale e Franky li ringrazia.

«Okay», dice Winston, «immagino che questo sia tutto. Mi sembra che ci siamo organizzati a dovere, per il momento. Per qualunque altra cosa, scriviamoci». Gli altri annuiscono. «Franky, per l'amor di Dio, stai lontano dai guai, se non vengono loro a cercarti. Noi penseremo a... qualcosa». Le parole gli escono poco decise. Lo sanno tutti quanto detesti non avere in pugno la situazione. «Poi, appena la tua amica si sarà svegliata, avrà da spiegarci un paio di cose».

«Puoi contarci».

«Lo spero».

Il quartetto esce dal salotto, attraversa il cortile e varca il cancello d'ingresso. Franky lo richiude alle loro spalle, torna al portone, ma prima di entrare rimane a guardare le sagome dei compagni che lentamente si dileguano tra le tenebre.

Adesso è solo, solo nella notte.

Rincasa, serra la porta e dopo aver spento la luce si accovaccia tra le lenzuola vicino ad Agata. Avverte il profumo e il calore del suo corpo a pochi centimetri. Ripensa alla notte in cui avevano dormito assieme. Ricorda di quando si era svegliato nel buio e l'aveva sentita piangere. In quel momento l'aveva abbracciata e lei aveva smesso un minuto dopo. Adesso riposa serenamente, senza uno spasmo, senza una lacrima, ma Franky la abbraccia lo stesso. Forse è lui a cercare conforto.

Prima di addormentarsi indossa il bambolotto che aveva tenuto per sé. Lo stringe in pugno sperando che possa davvero aiutarlo, e prega che lo stesso si possa dire anche degli altri fantocci.

Ne aveva consegnati quattro.

Non sa che soltanto tre giungeranno a destinazione.

18

LE PERSONE INTERESSANTI

Da piccoli ci viene spiegato che il buio non è altro che assenza di luce. Ci viene detto che l'oscurità non ha corpo né forma, che è solo una parte di spazio che non si riesce a vedere e che è stupido averne paura. Franky, come tutti, ha ricevuto la stessa lezione, ma ora non può fare a meno di pensare che le tenebre che lo circondano siano più forma e più corpo di qualunque altra cosa al mondo. Guarda le esili spire nere attorcigliarsi tra le sue dita, poi il buio raddensarsi davanti ai suoi occhi, e poi i vortici e le onde di oscurità in lontananza, che si accavallano coprendo ogni cosa nel cuore di un crepuscolo eterno. Urlano e gorgogliano come giganti sgozzati, e reclamano a gran voce la fine del cosmo, l'annientamento del tutto.

«Agata!?», grida Franky, muovendo un passo su quello stagno ribollente, e il liquame sussulta come avesse avvertito dolore. «Agata!?», grida ancora. Poi la ragazza appare in mezzo alle ombre, quasi fosse un miraggio. Franky le corre incontro, lei piange con le mani a coprirle il viso, mentre matasse di alghe color della pece le strisciano addosso come vermi su una carcassa. Franky le strappa neanche fossero erbacce, poi afferra Agata e la trascina lontano da loro. Lei sembra non accorgersene, come se stesse vivendo una scena di gran lunga più spaventosa. «Agata!», la chiama Franky. Non ottiene risposta. Un lamento titanico si leva dall'orizzonte sovrastando il fragore di un pianeta che va in pezzi. «Agata, maledizione, riprenditi! Dobbiamo andarcene subito!». Tenta di sollevarla mentre si volta a cercare un'uscita. Agata continua a fissare il buio, poi le gambe le cedono, e Franky la stringe a sé. «Ti prego! Ti supplico! Devi reagire! Provaci, almeno!».

«Non posso».

«Sì che puoi! Forza, andiamocene!».

«Non si può scappare. Non da loro».

«Non dire stronzate! Avanti, appoggiati a me. Credo di aver visto un'usci...».

«Non si può. Loro sono già qui. Riesci a vederli, Franky?».

Il ragazzo alza lo sguardo. «Chi diavolo siete?!», domanda alle persone apparse davanti a lui. Sagome bianche, quasi trasparenti. Sono giovani, vecchi, bambini, e sono tanti. Si avvicinano con il vuoto negli occhi. «State lontani, bastardi! Non fate un metro di più!», le sue parole non hanno effetto. «Agata, Cristo santo, andiamo via!», la strattona, ma lei si accascia subito dopo. «AGATA!».

«Io... io non lo sapevo. Perdonatemi, vi prego, perdonatemi».

Le sagome bianche continuano ad avvicinarsi.

Franky si lancia a capofitto sui suoi nemici, sferra pugni, calci, ma il meglio che riesce a fare è attraversarli come fossero spettri. Loro lo ignorano, passano oltre, e avanzano verso il vero bersaglio.

«Ehi! Fermi! Fermi, vi ho detto! Lasciatela stare!».

Franky li supera, prende Agata e la trascina con sé, lei continua a vaneggiare, «Mi dispiace... mi dispiace per tutto. Io non lo sapevo».

D'un tratto Franky si ferma, Agata si è fatta improvvisamente pesante. Si gira e vede il resto di quei fantasmi emergere dal suolo di tenebra e cingere le gambe della ragazza con le loro mani cadaveriche. La prendono, la graffiano e la tirano giù, sotto il marciume ribollente. «NO!», Franky fa forza a sua volta, ma loro sono troppi, e la loro presa incontrastabile. «No, vi prego, non portatela via da me! Agata, resisti!».

Lei lo osserva impassibile, «Non si può, Franky... non si può scappare», e così dicendo scivola giù, oltre il buio. Il ragazzo le tiene una mano, ma poi le dita si staccano una a una e svaniscono, come lo stuolo di spettri.

Franky si alza dalle coperte, nella penombra della sala centrale. Potrebbe essere mezzogiorno, come le tre, come le quattro, le persiane abbassate non glielo lasciano intendere.

Agata è già sveglia al suo fianco e guarda il lampadario di cristallo appeso a un soffitto che non conosce. «Era soltanto un incubo», gli dice. «Adesso è passato». Non assomiglia affatto alla ragazza sconvolta del sogno o della sera prima, quella maschera di porcellana sembra non aver mai vissuto emozioni.

Franky si strofina la faccia, «Dio... è stato orribile».

«Lo so. Per me lo sono tutte le notti. Lo è stata anche questa». Fatica ad alzarsi sui gomiti. «Ma penso che sia la pena da scontare. Ed è ancora poco rispetto a quello che ho fatto a loro».

«Loro?».

«Sì, i tizi bianchi. Eri lì con me. Li hai visti anche tu».

«Vuoi dire i fantasmi? Sì, certo, ero lì con te. Ma tu come fai a saperlo?».

«Di chi credi che fosse quel sogno?».

«Vorresti farmi credere che mi sono appena fatto un giro nella tua testa?».

«Ti stupisce così tanto?».

Franky non sa risponderle.

«Non ti riesce proprio di farti gli affari tuoi, vero?», continua Agata.

«Ma è assurdo».

«No, non lo è. Non più di tante altre cose».

«... E come darti torto?», riflette il ragazzo con la stessa ironia. «Chi sono quelle persone?».

Agata fissa il vuoto.

«Pensi davvero sia meglio non dirmi niente?».

«Non è quello il fatto».

«E quale sarebbe!?».

«Non è facile parlarne a te. Non è facile parlarne nemmeno a me stessa».

«Non è facile parlarne nemmeno a me stessa? Ti sembra una scusa decente?! E a te sembra facile che io affronti prima un pazzo omicida con una spranga di ferro e poi lo stesso matto che tenta di accoltellarmi?! Ti sembra facile che io rischi la vita e che altre quattro persone ci vadano di mezzo per salvarti da qualcosa più grande di tutti noi?!». Franky si alza di scatto pronto a esplodere, ma si frena e modera il tono, «Ti rendi conto di quello che sto... di quello che stiamo facendo per te? Sei importante, e questo l'ho capito. C'è una voce che me lo ricorda in continuazione e mi limito a fare quello che dice, so che è il mio dovere e che non posso evitarlo, e NON VOGLIO evitarlo. Ma tu dovresti avere più rispetto, darmi almeno delle risposte, qualcosa a cui possa aggrapparmi per non credere di essere semplicemente uscito di testa. Siamo legati, è vero. Però non puoi approfittarti di questa cosa. Io ho bisogno di sapere».

«Tu hai bisogno di ben altro. Non certo di questo».

«Possibile che tu abbia ancora dei dubbi su di me?».

«Quando ne avevo, temevo di raccontarti la mia storia. Ora che non ne ho più, ho paura di spiccicare anche una sola parola».

«Perché!?».

«Perché ho sbagliato fin dal principio. Non avrei mai dovuto venire al bar, non avrei mai dovuto cercarti o spiegarti nulla. Quando ho capito di aver combinato un casino ho cercato di allontanarti, più volte, ma tu non hai voluto ascoltare un cazzo e ti sei buttato in questa faccenda a piè pari».

«Saresti morta se io avessi fatto altrimenti».

«Sarebbe meglio se tu avessi fatto altrimenti».

«Piantala con queste stronzate. Ormai ci son dentro quanto te, e che ti piaccia o no, è anche per colpa tua. Quindi parla!».

«... Non ti ho chiesto io di immischiarti».

«Vaffanculo!».

Franky si allontana a lunghe falcate. Vaga per la casa finché non trova la strada del bagno. Spalanca la porta bollente di rabbia, apre il rubinetto e si lava la faccia, sorpreso che l'acqua non stia evaporando al solo contatto. Alza la testa e si riflette nello specchio polveroso. Ecco la sua solita faccia da sfigato, adesso deturpata da tagli e graffi. Qualche mattina prima, al bar, non se l'era sentita, ma adesso può prenderla a pugni come gli pare e piace. Schianta le nocche sul vetro e quello si crepa come il suo volto. Le mano sanguina ma lui se ne frega, in fondo, ferita più ferita meno, non sono certo quelle visibili a bruciare di più.

Si appoggia al muro davanti al riflesso venato. *Che cazzo sto facendo?*. Magari sapesse rispondersi. Magari sapesse a cosa si riferisce quella domanda.

Respira a fondo. Si lava la mano dal sangue. Il solco è superficiale e il flusso si arresta in fretta, ma lui lascia ugualmente che l'acqua scorra. Così come il tempo.

Un'ora dopo torna in salotto. Agata non c'è più. La cerca per le stanze della villetta e, prima che lo prenda un colpo, la trova in cucina appoggiata al bordo del lavandino mentre allunga a fatica le dita a una mensola poco più in alto. «Aspetta, aspetta», la fa sedere, «lascia stare, ci penso io», e afferra la brocca vuota, la riempie fino all'orlo, poi gliela porge. Lei dice grazie, se la sgola quasi in un sorso, appoggia la caraffa sul tavolo e tiene gli occhi ben bassi, come se la conversazione avesse già avuto termine.

Tacciono entrambi, entrambi a disagio. Curioso come quel tipo di sensazione ristagni spesso nelle cucine, in un posto vuoto vicino a coloro che siedono al tavolo. Del resto, è sempre in cucina che accadono le cose peggiori, genitori che litigano, facce che non si parlano, problemi che gridano anche quando non si discute. Ce n'è per tutti i gusti, Franky lo sa bene, e fa per voltare le spalle.

«Ascolta», lo blocca Agata. «Ci sono delle cose nel mio zaino. Se hai voglia di prenderlo, possiamo partire da lì».

Lui annuisce senza dir nulla, ma il silenzio ha assunto un peso del tutto diverso.

Dopo poco torna in cucina, consegna lo zaino alla sua proprietaria e si siede vicino a lei. Agata tira fuori un libretto di cuoio, slega il cinturino che lo chiude e lo posa sul tavolo come avesse paura di aprirlo oltre.

«Che cos'è?».

«Guarda tu stesso».

Franky prende il diario neanche fosse una mina antiuomo, lo schiude, e legge sul frontespizio. "Diario dei segreti, se vai avanti i guai son tanti", una frasetta infantile, come la mano che l'ha scritta. Guarda Agata, lei gli fa cenno di proseguire. Volta pagina e si ritrova su un pensierino sbiadito, appena leggibile.

"Tommaso ha 12 anni porta gli occhiali e vive con mamma e papà nella casa al mare. Prima di addormentarsi guarda i binari della stazione perché gli piace il rumore del treno che parte. Tommaso non ha molti amici, in classe parla poco con gli altri e da quando si è trasferito non è più felice. Ma c'è una persona che lo fa sorridere che si chiama Lucia e ha i capelli lunghi e biondi e siede nei banchi davanti. Vorrebbe chiederle di uscire dopo scuola però ha paura di quello che può succedere. Sa che se il cuore gli batte troppo forte succede sempre qualcosa di brutto a tutti quelli che gli stanno vicino. E lui non vuole fare male a Lucia".

Sotto c'è un disegno dettagliato, fin troppo per la matita di una bambina. È il ritratto di un ragazzo smilzo circondato da tante spirali nere. Franky lo osserva a lungo, poi lo riconosce. Alza lo sguardo incredulo e Agata gli fa segno di andare avanti. Lui gira alcune pagine in cui si alternano paragrafi sgangherati e molte facce diverse. Si ferma dove il segno si fa più nitido e legge ancora.

"Carlo ha 33 anni, abita nella quarta casa dietro il ponte e vive da solo, ma conosce un mucchio di gente. Esce spesso, incontra persone nuove e si fa sempre un sacco di amici. Va alle feste, ai concerti, nelle discoteche, nei posti affollati e carichi di rumore. Non ama parlare o stare al centro dell'attenzione, però parla tantissimo, ma è simpatico e intelligente e tutti lo stanno a sentire. Quando è da solo canta continuamente. Quando non canta suona la batteria. Ha iniziato quando era giovane, anche se a lui non piaceva. Si era obbligato a farlo perché ne aveva bisogno, come aveva bisogno di tutti gli altri rumori. Se c'era rumore era più facile ignorare la voce dell'altro tizio, quello invisibile, che non smette mai di seguirlo. Non gli aveva mai dato fastidio, anzi spesso gli dava dei consigli e lo aiutava. Poi una volta a sedici anni, quando era stato picchiato da un altro ragazzo, il tizio gli aveva detto: «*Se hai paura di fargli male, posso pensarci io. Non se ne accorgerà nessuno. Devi solo darmi il permesso*»".

A lato c'è il ritratto di un uomo coi capelli tirati all'indietro. Una grande macchia nera si staglia alle sue spalle. A Franky viene la pelle d'oca, Agata lo fissa aspettando che passi oltre.

Scorre le pagine incrociando lo sguardo con volti che ha già conosciuto, anche se di sfuggita.

"Susanna ha 26 anni, studia lingue e divide la casa con un'amica. Lavora al bar per pagarsi l'affitto e la sua amica la va a trovare quasi ogni sera e le racconta sempre di un uomo con cui esce. Susanna non lo ha mai visto, ma è quasi uno di famiglia per quante volte ne ha sentito parlare. L'amica le dice che è affascinante, che la copre di mille regali e che sembra proprio quello giusto. Poi però un giorno scopre che l'uomo dice un sacco di palle, che è un tizio pericoloso e che ruba e ammazza la gente, allora lui la picchia e le dice che se si azzarda a lasciarlo le farà ancora di peggio. Susanna lo viene a sapere e supplica la sua amica di dirlo alla polizia. L'amica però non vuole, ha troppa paura, e anche Susanna comincia ad averne. La stessa sera Susanna non prende sonno e prega per tutta la notte, prega che quell'uomo lasci stare la sua amica, che se ne vada per sempre e che non possa mai più vederla. Una settimana più tardi l'amica si confida di nuovo e dice a Susanna che non c'è più nulla di cui preoccuparsi. Quell'uomo adesso è cieco".

L'immagine che segue al racconto sarebbe quella di una ragazza graziosa, non fosse per i suoi occhi, lasciati completamente bianchi. Anche Franky li ricorda così.

Volta pagina, poi un'altra e un'altra ancora, sorpassando la metà degli scritti.

"Marta vive in un appartamento vicino alla vecchia fabbrica di mattoni, una zona grigia e malinconica a cui lei aveva dato un cuore variopinto con i fiori del proprio giardino, fiori che crescevano a suon di musica di vinili francesi. L'acqua era giusto un vizio rispetto alla voce di chi li curava. Marta è una donna gentile, ha 64 anni, e per trenta di questi ha lavorato come infermiera nell'ospedale di città. Per i pazienti del suo reparto Marta era come acqua fresca, la sua sola presenza dava forza ai malati e faceva venire voglia di vivere. Dove la medicina falliva, lei trovava rimedio. In alcuni casi bastava un suo tocco, altre volte soltanto la voce, e lei aveva una voce bellissima, che faceva miracoli, anche se nessuno se ne accorgeva. Parlava ai malati, e quelli guarivano come le piante accarezzate dalle sue dita. Poi si ammalò suo marito, ricoverato nello stesso ospedale. Lei insistette per stargli accanto, per operare in segreto i suoi miracoli, ma né la sua voce, né le sue mani poterono nulla contro la sorte. Si è dimessa la mattina dopo, quando è tornata a casa coperta da un velo nero. Da quel giorno non cresce più un fiore nel suo giardino, e quelli che c'erano sono seccati nell'istante in cui ha varcato la soglia".

La donna è raffigurata nel foglio a fianco, con una mano bianca e l'altra nera. Tutt'attorno ci sono alberi e piante. Alcune vive, altre morte.

Franky scorre ancora le pagine fermandosi sull'immagine di un ragazzo. È rannicchiato in mezzo a una stanza, sullo sfondo ci sono fiamme ovunque.

Alza gli occhi incrociando lo sguardo con Agata. «Sono loro», le dice, «sono loro i fantasmi del sogno».

«Sì, sono proprio loro».

«E... ed è vero? È tutto vero?».

«Intendi quello che sono in grado di fare? Sì. Ogni parola».

«Io... Buon Dio... è assurdo».

«Come ti ho detto prima, no, non lo è. Non più di tante altre cose».

«Chi, anzi, che cosa sono?».

«Nella maggior parte dei casi la gente li chiama mostri. Anche se sono ben altre le cose che fanno di una persona un mostro. Il più delle volte non c'è bisogno di straordinari poteri. Profeti, prescelti, prodigi, miracoli... puoi chiamarli in tanti modi. Per me sono sempre state le Persone Interessanti».

«Persone Interessanti...», Franky torna a sorvolare le linee del testo inciampandosi nelle frasi più bizzarre, quelle che l'uomo della strada prenderebbe come deliri di un disturbato cronico per poi vincolarle alla sfera dell'impossibile. Il problema è che, Franky, in quella sfera c'è dentro. «Li conosci? Voglio dire, li hai conosciuti uno a uno?».

«In un certo senso, sì. Non in quello ordinario, si intende. Ricordi quando ti ho detto che potevo scovare sentieri, seguire intrecci o captare persone, a volte anche senza volerlo? Bene. Loro riesco a vederli fin da quando son piccola. Capitava che li sognassi, che mi apparissero nella tazza del latte, o mentre disegnavo, quando sbucciavo una mela, alle volte comparivano nello specchio al posto del mio riflesso. Con alcuni ci ho pure parlato. Sai, da bambini si da poco peso a certe cose. Sfido il migliore degli psicologi a trovarmi un moccioso che non abbia mai avuto un amico immaginario. Poi però si suppone che quel moccioso cresca e che con la crescita le illusioni scompaiano. Io sono cresciuta, ma le illusioni sono rimaste, facendosi ancora più nitide. Sapevo che erano veri e che se solo mi fossi trovata vicino a loro avrei potuto toccarli. Potevo sentirli, capito? C'era come un filo che ci univa. Tuttavia li ho sempre considerati un gioco. Il mio piccolo gioco segreto. Qualcosa che non avrei condiviso con nessun altro, perché nessuno avrebbe potuto comprendere o credere a ciò che quel gioco poteva portare».

Agata si ferma, sogghigna, «Del resto non era nemmeno possibile comprendere o credere che una bambina di dieci anni avesse ammazzato un altro bambino soltanto guardandolo, ma questo non ha impedito alla gente di additarmi come un lebbroso e sussurrare le peggio cose». Franky sussulta quasi avesse ingoiato una mosca, lei va avanti e fa finta di niente. «Lo facevano senza farsi vedere, avevano paura di me. Una paura senza senso, perché in fondo non avevano prove, non avevano visto nulla. Ciononostante sono stati crudeli, crudeli in un modo sottile, che te ne accorgi più tardi, col passare dei giorni, quando non c'è la fila se ci sei tu all'altalena, quando le brande del dormitorio si fanno prima distanti, poi vuote. E infine ti ritrovi da sola, a piangere in una stanza, e il cortile lo vedi giusto dalla finestra». Distoglie lo sguardo. «Cercate dei mostri? Guardatevi in faccia».

«Agata...».

«Sì, scusa. Lascia stare. È che ogni tanto mi consolo pensando che non ero l'unica a passarsela male».

Per alcuni secondi tacciono entrambi. Poi Franky continua, «Ma da dove salta fuori questa roba? Insomma, non posso semplicemente credere che c'è chi nasce così e basta. Ci dev'essere qualcosa di più, una spiegazione, un motivo per questi tuoi, loro... poteri».

«Mi rendo conto che per te non sia facile da accettare, che vedi tutto tipo scherzo della natura. Ma prova a metterti nei miei panni, nei loro panni. In un certo senso è come se mi stessi chiedendo di spiegarti perché sorge il sole, perché la terra è tonda e non piatta. Chiunque ti risponderebbe che è così e basta».

«Quindi è davvero così. Ne esistono altri come te. Io... io ero convinto che fossi l'unica».

«No, non lo sono. Anche se c'è qualcuno che sta facendo di tutto perché sia così».

«Che vorresti dire?».

«È da tempo che non ho più il coraggio di aprire quel diario. Oramai, voltare le pagine e guardare quella gente negli occhi è come leggere una trafila di necrologi».

«C-cosa?».

«Franky, le Persone Interessanti che hai davanti, uomini, donne, bambini... sono morti. Tutti morti».

«Grid».

«Sì».

«... Tuo padre».

«Lui non è il mio vero padre, mi ha solo adottata. No, non per amore o stronzate del genere. Mi ha adottata perché gli servivo».

«Ma perché?».

«Per trovare tutti gli altri. È stato lui a ucciderli. Ma la colpa di tutto questo è mia, mia e basta».

«Non è vero, non dire così».

«Ne hai la prova tra le tue mani».

«Che cosa c'entra il diario?».

«Se io non fossi mai stata in grado di vederli, lui non li avrebbe trovati così facilmente. È stata una mattanza, ed è cominciato tutto da lì. Dallo stupido gioco di una bambina. Un gioco in cui lui mi ha addestrata affinché diventassi brava».

«Ma è impossibile! Non posso credere che tu ti sia messa a cercare delle persone sapendo che le avresti mandate al macello!».

«Difatti, non lo sapevo. Non l'ho mai saputo. Semplicemente, ciò che era sempre stato il mio passatempo segreto era diventato il nostro gioco comune. E, per me, non era mai stato altro che quello, un gioco, che ho condiviso con lui perché era l'unico che riuscisse a capirmi. L'unico che, mentre gli raccontavo di eventi tanto straordinari quanto agghiaccianti, continuava rivolgermi uno sguardo complice, divertito. Uno sguardo ipocrita, a conti fatti. Ma cosa vuoi che ne capisse, una bambina». Agata si blocca un istante, pietrificando il suo volto in un'espressione neutra.

Franky la cerca, ma lei fissa il vuoto.

«Lui aveva un gran bel nome. Un nome che ho voluto rimuovere», quella parola assume un tono esplicitamente chirurgico, «e viveva in una villa isolata, nel mezzo di una radura ai piedi dei monti, nascosta dagli alberi. E tu, adesso, dovresti sapere a quale mi riferisco. La villa si chiamava Dulmire, era proprio la sua identità, camminavi per i corridoi e ti sembrava di sentirlo, quel nome. Lui era uno scrittore. O almeno, così diceva. Aveva un grande successo all'estero, ma lavorava sotto pseudonimo, con molta umiltà. Diceva che i riflettori dovevano essere puntati sull'opera e non sull'autore. Ora capisco perché. Un sacco di gente veniva a trovarlo. Io immaginavo si trattasse di ammiratori, editori, o agenti, lui diceva che erano colleghi. Solo dopo ho capito di che genere di lavoro. Adorava i miei racconti, le storie sulle Persone Interessanti, è stato lui a chiamarle così, diceva che gli erano estremamente utili, materiale per i suoi romanzi, e non vedeva l'ora che gliene portassi di nuove, sempre più articolate. Io mi sforzavo di essere più dettagliata possibile, ci tenevo ad aiutarlo, volevo essergli indispensabile. Lui per premiarmi mi iniziava alle sue pratiche, alle arti e ai rituali magici che, stando alle sue parole, dovevano restare un segreto tra noi».

Agata estrae dallo zaino un pupazzo di spago. Lo accarezza. «Così io crescevo, tra due vite parallele. Era sempre stata la mia strada, ma per la prima volta non ero sola ad affrontarla». Torna a fissare Franky, ma solo per un momento. «Il problema è che, sull'altro lato della medaglia, stavo aiutando un pazzo ad ammazzare della gente. Il problema è che, fino a pochi mesi fa, non sapevo cosa nascondesse la cantina di Dulmire. Non avevo idea che ognuna di quelle persone sarebbe stata trovata, rapita e portata là sotto per andare a morire».

«Non potevi sapere. Sei stata vittima. Tu quanto gli altri».

«Sarebbe bello vedersi così». Stringe le dita sulle braccia del bambolotto. «La verità è che sono stata sua complice, che lo sapessi o meno, cambia poco». Strappa il fantoccio e lo lascia cadere ai suoi piedi, poi lo guarda senza lasciar trasparire emozioni.

«Quindi, tu intercettavi questa gente e lui faceva il resto a tua insaputa».

«Il succo è quello».

«Ma perché li uccideva?».

«Se li avesse semplicemente uccisi, sarebbe stato sicuramente meglio...».

«Okay, aspetta. Adesso fatico a seguirti».

«No, Franky, è diverso. Adesso rischierai di impazzire sul serio. Non lo dico per scherzo».

«Ora come ora, penso di essere pronto un po' a tutto. E se non sono impazzito prima, credo di poter ascoltare anche il resto. Avanti, che cosa intendevi con *sarebbe stato sicuramente meglio?*».

«Che ci sono cose peggiori della morte...». Torna a fissare Franky e lo smarrimento che va allargandosi sul suo volto. «Spero di non sconvolgerti troppo ma, giusto perché tu lo sappia, la morte non è la fine di tutte le cose. C'è una parte di noi che è immortale. Io non sono mai stata in grado di darle un nome però, se ti viene più facile, chiamiamola pure *anima*. Per lei la morte rappresenta solo un passaggio. Anche se questo non vale per tutte».

Franky trema, quasi ci vede doppio. Le religioni non hanno fatto altro che ripeterle in mille salse, ma solo adesso quelle parole lo colpiscono come un pugno allo stomaco. «C-che succede dopo? Dopo la morte...?».

«Se loro non ti prendono, l'anima fa il suo corso, passa allo stadio successivo e si fortifica».

«... E se loro ti prendono?».

«Allora le cose cambiano. Il circolo si interrompe. E questa è la fine che fai». Franky la vede riaprire lo zaino, infilarci una mano ed estrarre il cofanetto da anello. Lo posa adagio sul tavolo e lo spinge fin sotto il suo naso.

Lui lo solleva e infine lo schiude. Poi sente il cuore esplodergli in petto. Bagliori rossi si stagliano sul suo viso, mentre gli occhi si perdono nel cristallo color rubino che giace all'interno della piccola scatola. Sembra un sogno, sembra parli, sembra vivo. «Che cos'è?», chiede in un fiato.

«Quella è un'anima», risponde Agata.

19

TUTTO TORNA

Non esiste una reazione giusta o sbagliata quando il mistero della vita viene depositato tra le tue mani. C'è chi ha rinnegato il proprio passato votandosi a un cammino di redenzione, chi si è spogliato di ogni bene e ha cominciato a parlare con gli animali, e chi ha preso in mano un bastone per dispensare miracoli e guidare popoli verso terre promesse. E poi c'è Franky, che non è pronto a nulla di simile, che ora guarda la gemma rossa e il massimo che può fare è cercare di non crepare di infarto.

«Questa... questa cosa è davvero... insomma, è davvero un... un...».

«Sì, Franky. Spirito, essenza, anima... chiamala come ti pare. È esattamente quello».

«Non stai scherzando?».

«Se ti dicessi che pesa ventun grammi, aiuterebbe?».

«No».

«Da levare il fiato, vero?».

«Quindi... questo è... è quello che ho dentro? Quello che abbiamo dentro tutti? Io... Io non pensavo che fosse, diciamo, così...», il tono si assottiglia mentre i suoi occhi si perdono nella gemma.

«Pensavi bene. Quella è solo una delle sue tante forme. In particolare, è quella che assume dopo il rituale», dice Agata. Ma si ferma subito rendendosi conto che non c'è più differenza tra discutere con Franky e uno dei mobili nella stanza. *"Era decisamente troppo per lui"*, sapeva che non avrebbe retto.

Poi una parola risuona in Franky salvandolo dalla stasi mentale. «Che rituale?».

«Il loro rituale. Lo stesso che ha ammazzato un sacco di gente. Lo stesso che vogliono fare anche a me».

«Loro... loro sono in grado di strapparti via l'anima?».

«Sì. Grid può fare anche questo. L'ha fatto a tutti gli altri. E quando avrà preso anche me, potrà farlo ancora e ancora».

«Okay, frena un secondo», le dice Franky togliendo la gemma dal proprio campo visivo. «Lui dà la caccia alle Persone Interessanti, giusto? Ha paura, le teme, sono un ostacolo per... qualunque cosa voglia fare, giusto?».

«Ci stai andando vicino. Continua».

«Ma allora perché dovrebbe far loro una cosa del genere? Cosa se ne fa di 'sta roba? È osceno da dire, ma perché non ammazza e basta quelle persone?».

«Perché ucciderle non basta. Per lui e per quelli come lui, non è la persona in sé il vero pericolo. Come ti ho spiegato, *la morte non è la fine di tutte le cose*».

«Spiegati meglio».

«Se la persona muore, viene uccisa, o quello che vuoi, l'anima persiste, va avanti...».

«Si fortifica, okay».

«E cambia ospite».

«Cambia ospite? No, aspetta un attimo...».

«Sì, hai capito bene, *cambia ospite*. La morte è il passaggio, Franky! Segna la fine del corpo, ma non la fine dell'anima».

Agata attende una sua reazione, purtroppo lui sembra ben lontano dal vedere il quadro completo. «L'anima procede nel suo percorso scegliendo l'ospite successivo, uno tra quelli più adatti ad accoglierla. Ci sei? È questo che la rende immortale, eterna. È il corso naturale delle cose, ed è proprio quello che loro intendono spezzare». Recupera il cofanetto dalle dita ibernate di Franky. «Ma se viene catturata, se viene fossilizzata in questa forma, allora perde ogni volontà, ogni possibilità di scelta». Guarda il gioiello e i suoi occhi si riempono di qualcosa che è più grande della costernazione e del lutto. «Immagina di poter decidere a chi assegnarle. Immagina di poter decidere a chi apparterranno. Immagina un mondo dove la nascita di una Persona Interessante non è più solo frutto del caso... ma qualcosa di organizzato, prestabilito».

«No, seriamente, aspetta! Hai detto *sceglie un ospite successivo?*».

«Davvero non ci arrivi? È proprio quello a cui stiamo girando intorno. E lo stiamo facendo da tanto, tanto tempo, ormai. Più di quanto potresti ricordare».

Gli occhi di Agata si piantano in quelli di Franky. C'è una luce che li accomuna. Brilla anche dentro di lui, nel baratro della sua coscienza, dove l'eco di mille voci lo richiama alle sue origini e alla ragione della sua esistenza. Sono le voci che l'hanno portato ad arrampicarsi su una grondaia per affrontare il suo nemico, che gli hanno fatto impugnare un coltello quando qualcuno bussava alla porta, che l'hanno costretto a fronteggiare un folle vestito da volpe lungo una strada deserta, che l'hanno spinto a seguire una sconosciuta dicendogli che sarebbe stata la strada giusta. Le sente adesso, le aveva sentite allora, ma gli erano accanto ancora prima che lui nascesse.

«Reincarnazione, Franky», gli dice Agata, ed è una puntura

delicata, come quella che si fa a un bambino. «Ora cominci a capire? Il lago nero, la stazione abbandonata, le rovine della chiesa...».

Franky quasi non respira, «Il chilometro quarantanove. La casa nel campo di grano... Bruce e Clare. Hélène, Jerome».

«Brigitte, Gustav, Nadira, Asif, e poi gli altri, molti altri. Ma sempre noi. Sempre e soltanto noi. Un Vate e un Guardiano».

Cala il silenzio, uno di quelli che aleggiano dopo il fragore di un'esplosione. Per Franky ci vuole del tempo, tempo per assorbire il colpo. Tempo per realizzare l'inevitabile conclusione di un disegno tanto crudele, che poco dopo sgorga come sangue da una ferita.

«Io... io non sono mai riuscito a salvarti?».

Agata non dice nulla. Perché sa che nulla potrebbe arrestare l'emorragia.

«Io ti ho lasciata morire ogni volta. Ogni volta. Non sono mai stato in grado di cambiare le cose. Ho fallito. Ho sempre fallito».

«Franky, non è come pensi. Non è stata colpa tua. So che è difficile da capire, ma erano altri tempi, altre storie, altre persone».

«Ma l'anima era la stessa. La volontà era la stessa. Quello che ho dentro adesso è quello che c'era anche prima». La guarda e le legge dentro, questa volta non c'è bisogno di alcun potere. «Ed è questo che ti spaventa. Tu già lo sai. Tu l'hai visto meglio di me. E hai paura che tutto si ripeta, dico bene? Hai paura che le cose vadano nello stesso modo e che non farò nulla per impedirlo. È per questo che mi hai allontanato... Non vuoi più fidarti di me».

«Su questo ti sbagli».

«No, non mi sbaglio».

«E invece sì. Io mi fido di te. Non esiste persona al mondo di cui potrei fidarmi di più.».

«E allora perché!? Perché vuoi tenermi fuori!?».

«... Perché la coscienza comincia a pesare. Perché ho già lasciato abbastanza cadaveri sulla mia strada. E non voglio che un altro uomo muoia per me. Non ho scelto io di essere un Vate, come tu non hai scelto di essere il mio Guardiano, come le altre Persone Interessanti non hanno mai scelto di essere diverse dal resto del mondo e attirare l'attenzione di un pluriomicida cacciatore di anime. Ci sono cose che ti piovono semplicemente addosso e se ne sbattono di quello che avevi in mente per il tuo futuro, dei progetti che ti eri fatto o della vita che avresti voluto vivere. Ma c'è una scelta che posso ancora fare, è la sola che mi sia stata concessa. Fosse anche la più stupida, quella che mi porterebbe prima ancora alla tomba... è l'unica libertà che ho. E non intendo rinunciarci».

Infila il cofanetto nello zaino. «Hai fatto tanto, troppo per me. I tuoi amici hanno trovato un posto sicuro dove nascondermi, e di questo non posso che essere grata. Ma appena avrò ripreso le forze taglierò la corda. Da sola. Ti chiederei di andartene subito, ma so già che non lo faresti. Però ti avverto... quando sarà il momento di uscire da qui, ognuno andrà per la sua strada. Ficcatelo bene in testa».

Detto questo, Agata si alza e si allontana sulle sue gambe tremanti oltrepassando la porta della cucina. Franky rimane seduto al tavolo, solo coi suoi pensieri e con il coro di voci nella sua testa, che lottano per sovrastarsi l'un l'altra. Finché una non grida più forte zittendole tutte. Allora si alza, entra in salotto, e si china di fronte alla ragazza distesa sul materasso.

«Son ventitré anni che mi chiedo che cosa ci son venuto a fare a questo mondo. Me lo son chiesto da piccolo e mi son detto che era per far tornare il sorriso ai miei genitori, ma poi io giocavo in giardino e loro urlavano in cucina. Me lo son chiesto quando ho cominciato la scuola e mi son detto che era per renderli fieri, ma poi, che i voti fossero buoni o uno schifo, tornavo a casa ed erano solo schiaffi. Me lo son chiesto quando finalmente si son separati e mi son detto che era per farli arrivare a quel punto ed essere più felici ognuno per conto proprio, ma poi per mio padre è arrivata la bottiglia e per mia madre il suo caro analista. Me lo son chiesto quando ho cominciato a pensare a me stesso e mi son detto che era perché diventassi qualcuno, ma poi al liceo venivo sospeso e in giro gli sbirri aspettavano solo me. Ma poi sei arrivata tu... e ho smesso di farmi quella domanda. Ora mi parli di anime condannate, di mostri che vogliono ucciderci, di un destino che non si può cambiare. Ma pensi che a me importi qualcosa? Pensi che faccia la differenza? Adesso ficcatela tu una cosa in testa, Agata. Hai detto che a te è stata concessa una scelta, giusto? Beh, io invece una scelta non ce l'ho, non mi interessa nemmeno averla, e non mi importa nulla di quello che dovrò affrontare, non me ne frega un cazzo di come sia andata in passato, né di cosa potrebbe succedere adesso. Tu sei importante per me. Sei la cosa più importante che esista al mondo. E se ora ti perdo, se solo ci penso...».

Agata trattiene il fiato e poche parole cruciali pronte a bombardare quel piccolo, fragile e vero momento. *"Mi hai già perso... da quando sei nato, da quando hai aperto gli occhi in questa vita. E se continuiamo a cercarci, mi perderai anche nella prossima"*, è questo che pensa, è questo che dovrebbe dire. Ma poi si perde nello sguardo di Franky, che è quello di Azif, di Gustav, di Bruce, di Jerome, e vede il suo soldato, il suo fabbro, il suo architetto, il suo pittore, vede la chiatta sul Nilo, la candela in mezzo al bosco, i coniglietti appesi allo specchietto retrovisore, e sente quella canzone improvvisata in un giorno di pioggia, e pensa che non è giusto, che non c'è nulla di giusto, che lei è debole, che è una vigliacca, che non dipendeva da lei, ma che la colpa è sua, o loro, o del mondo intero, o forse di nessuno, ma che tanto il fiume scorrerà e si macchierà di sangue e che sarà sangue puro, e che poco le resta, che il suo dovere è grande, più grande di lei, e la trascinerà via, anche se non avrebbe voluto, anche se avrebbe dovuto cercare di amare ed esser felice, magari di amare se stessa, magari di cambiare quello che pensava fosse impossibile, e che ormai e troppo tardi per farlo, e qualcuno ancora canta quella canzone, e la canta a lei, come le ha detto quelle parole che mai si sarebbe aspettata, ed è lì ancora adesso, e per quanto buono e puro e giusto, morirà per causa sua, quando lei vorrebbe solo dirgli scappa via e vivi ché per te qui non c'è niente, e nello stesso istante baciarlo e dirgli grazie fino alla fine del tempo, mentre la terra scivola, il cielo si gonfia e il mondo guarda in rispettoso silenzio.

Poi il cellulare di Franky squilla e tutto si rompe.

«Rispondi. Potrebbe essere importante».

Lui non si muove, mentre la terra si ferma, il cielo si sgonfia, il silenzio svanisce, e dice soltanto: «Sì».

«Franky», lo chiama Musca, dall'altra parte della cornetta, «sono qui fuori. Ti ho portato un po' di scorte».

«Arrivo subito», risponde lui, poi butta giù. «C'è Musca. Dovrei andare un secondo a...».

«Vai. Vai pure. Io... sono parecchio stanca. È meglio che dorma un po'».

«D'accordo. Faccio in un attimo».

«Okay».

Franky si alza, recupera giacca, chiavi, e si avvicina alla porta. Prima di attraversarla getta uno sguardo su Agata. Si è addormentata subito. O forse fa solo finta.

Sono le sei di sera e fuori è già buio da un pezzo. Sono passate meno di ventiquattr'ore da quando Franky è entrato nella villetta, ma quando varca la soglia per tornare all'esterno, lo fa come un uomo diverso.

Apre il cancello che dà sulla via dei cipressi e sul quartiere residenziale deserto, dove si allungano le ombre degli alberi. Solo il lampione all'angolo sembra guardare la scena. C'è una macchina parcheggiata a pochi metri, è quella di Musca, gli fa i fari e Franky si sbriga a salire. Subito i due non parlano, limitandosi a osservare il viale. Poi Musca si gira e vede una persona che non assomiglia al suo amico, che quasi stenta a riconoscere e a cui si rivolge con un imbarazzo che non gli appartiene.

«Come stai, vecchio mio?».

«Non lo so. Non saprei. Non lo so se ci sono parole adatte a dirlo».

«... Sì. Capisco».

«No, non credo. Non credo proprio».

Musca tace, lo guarda. Gli passa un sacchetto ingombrante. «Non essendo un mezzo cuoco come te, non sapevo bene cosa scegliere. Ma ho fatto del mio meglio. Credo dovrebbe bastarti per oggi e domani. Ci sono anche cerotti, garze e cose così».

«Quanto ti devo?».

«Niente, Franky. Non mi devi niente».

Franky prende il sacchetto senza indagare cosa contiene, i suoi occhi sono ancora incollati alla strada. Musca invece guarda proprio lui, ma vede un ragazzo più grande, reduce da esperienze che lui, un fotografo dilettante cresciuto in periferia, non sarebbe mai in grado di sostenere. «Tutto bene?», gli chiede, ma è come se quelle parole nemmeno sfiorassero le orecchie di

Franky. E allora rimane in silenzio per qualche istante. «Ti sta consumando. Questa cosa, dico».

«Degli altri che mi dici, invece?».

Musca sospira. «Ho sentito Winston. Si sta dando da fare per pensare a un piano, credo stia anche perdendo parecchi capelli. Lo sai com'è fatto». Sorride, ma il sorriso gli emerge falso, inadeguato. Franky neanche l'ha visto. «Ho sentito anche Bescio. Ha cercato di sembrare sereno per quanto possibile, ma sappiamo benissimo che è quello più preoccupato».

«Leo?».

«Leo... Leo non siamo riusciti a sentirlo. Non ha più scritto nulla da ieri sera. Però aveva detto che sarebbe passato domani. Probabilmente sarai tu il primo a vederlo». Franky si volta a fissarlo. Musca continua, «Senti, adesso cerca di stare tranquillo. È abbastanza grande da saper badare a se stesso. E poi ci hai dato questi, no?», indica il bambolotto di spago. «A qualcosa dovranno pur servire».

«Sì. Suppongo di sì».

«Lei sta bene? Si è ripresa? Ti ha detto qualcosa di più?».

«Sta bene, sta bene. Deve solo... rimettersi in sesto».

«Okay, ma ti ha detto qualcosa?».

«... Poco e niente. Vuole andarsene appena possibile».

«Beh, sì. Lo immagino».

Franky non risponde e Musca non aggiunge altro.

«Devo andare».

«Va bene. Sappi che noi ci siamo. E per qualunque cosa...».

Ma Franky è già uscito dall'auto sollevando l'amico da promesse che potrebbe non mantenere. Musca attende qualche minuto prima di girare la chiave e uscire di scena. Osserva il ragazzo che varca il cancello, e si domanda sinceramente se sia la stessa persona che conosce da quasi dieci anni. Attende ancora, perché la risposta continua a sfuggirgli.

Franky rincasa, chiude la porta e passa a lato del materasso. Agata dorme, ora per davvero, respiro profondo e sonno tranquillo, libero da quegli incubi che troppo spesso lo straziano. Franky aveva ancora tanto da dire, ma svegliarla adesso, qualunque fosse il motivo, sarebbe un peccato mortale.

Entra in cucina, posa il sacchetto di spesa sul tavolo e trova quel che gli occorre per medicarsi. Una volta applicati disinfettanti e cerotti, passa in rassegna le scorte di cibo che, presumibilmente, sono state ripescate dal bancale delle offerte. C'è anche del pollo, ovviamente preconfezionato. Non sarà il massimo della vita, ma se non altro dovrebbe sfamarli. Con un po' di fortuna potrebbe anche dargli un sapore accettabile. È pur sempre un mezzo cuoco, qualcosa l'avrà imparato.

Agata si sveglia qualche ora dopo, richiamata da un profumo che non sentiva da tanto tempo. Si avvicina alla cucina in punta di piedi, poi sbircia dall'anta socchiusa e nota il tavolo apparecchiato e lo chef indaffarato ai fornelli. Non osa parlare, né disturbare, gode semplicemente di quella scena che in qualche modo la riporta al passato, quando era ancora piccola e trascorreva la vita in una bolla felice dove visioni, poteri e presagi non erano più che un gioco. Se ora Franky la sorprendesse dicendole "fai pure la furba, ché tanto ti ho vista", il quadro sarebbe quasi completo. Mancherebbe giusto la pennellata finale. Quella in cui lei prevede il futuro.

«Posso?».

Franky trasale e per poco la cena non scivola a terra. «Certo, entra pure. Ormai è quasi pronto».

«Sembra buono. Che cos'è?».

«A bruciapelo non mi vengono nomi allettanti, quindi ti dirò pollo, fagioli, cipolle e curry, anche se non è certo la migliore delle presentazioni».

«L'odore basta e avanza».

«Dici sul serio?».

«Credimi».

Lui annuisce, gira il cucchiaio e sorride tra sé e sé, mentre guarda la crema addensarsi e la carne acquisire colore. Improvvisato, arrangiato, ma indubbiamente un buon piatto. L'ha cucinato a dovere, e si è divertito nel farlo. Aveva dimenticato quanto piacere potesse dargli. «Okay, direi che ci siamo». Divide in due porzioni e serve la pietanza fumante, poi l'appetito scalza via le parole finché il pasto non è terminato.

«Niente male, davvero», dice Agata arrotolando una sigaretta. «Allora lo sai fare il tuo lavoro».

«Temevo che l'avresti snobbato come le mie insalate».

«No, non avrei potuto. Sembrava squisito e lo era a tutti gli effetti».

«Dalla faccia però mi sembra che tu non sia proprio sazia».

«Farò schifo, me ne rendo conto, ma giuro che potrei mangiarmi ancora di tutto».

«Se ti va posso prepararti qualcos'altro».

«Meglio tenere un po' di roba per domani. Purtroppo dipendiamo dagli altri per la spesa. Però potresti farmi un favore, questo sì. Ci sono due o tre mele nel mio zaino. Ti scoccia prenderle?».

«No, figurati». Franky esce dalla cucina e ritorna con quanto richiesto. «Me lo dai in cambio un po' di tabacco?».

«Serviti pure».

Mentre Franky recupera anche filtri e cartine, lei mette mano a mela e coltello. Nessun pennello, nessun colore, ma sta completando il quadro. Incide la scorza e asporta la buccia descrivendo una spirale perfetta senza mai staccare la lama, poi, terminato il primo passaggio, affonda il coltello all'altezza del torsolo, ricava un foro dentro alla polpa e, prima che Franky torni a fissarla, guarda quel buco nero e la sua mente ci scivola dentro, a fondo, sempre più a fondo, fino a trovarsi in quella vastissima prateria di tenebra dove c'è sempre odore di cenere. Lì vede le orme dei suoi stivali procedere su sentieri che non ha mai percorso. Le segue e vede il fulmine viola che le scivola lentamente accanto, le saette azzurre che le fluttuano sopra la testa, i lampi verdi che galleggiano vicino a quelle che sembrano nuvole, formando una rete, formando gli *intrecci*. Aspetta la scarica che le appartiene, la tocca e si lascia condurre agli eventi futuri. Del loro futuro. Un futuro molto prossimo.

Franky solleva lo sguardo incrociando i suoi occhi sbarrati. «Agata? Che ti succede?», le domanda, ma lei è ancora da tutt'altra parte, testimone di cose che devono ancora accadere. «Agata, ci sei?».

«Sì, scusa. Stavo solo pensando».

«Tutto bene?».

«Sì, certo».

«Sembri strana».

«Tranquillo, tranquillo. Mi è solo passata la fame».

«... D'accordo».

Passano gli attimi, diversi per l'uno, diversi per l'altra, pieni di vuoto e di cose non dette. Cose che forse sarebbe meglio non domandare, salvo per una vitale eccezione, che Agata esprime in un sospiro veloce. «Era vero... quello che hai detto prima?».

«Ogni parola. Dalla prima all'ultima».

Lei si alza, si avvicina e gli prende la mano stringendola appena. L'aveva fatto decine di volte con altrettante decine di uomini, esercitando la seduzione come una sarta rammenda gli orli. Adesso trema come una bimba, che di esperienze non ne ha avute affatto. Franky non se ne accorge, forse perché trema anche più di lei. La vede voltarsi verso la stanza buia, e allora si lascia semplicemente guidare.

Si fermano in mezzo al salotto. Poi le labbra si fondono in un unico impasto, i vestiti si staccano soffiati via come cenere, e le dita scivolano sopra i due corpi elettrizzando la pelle nuda. Si gettano sul materasso, con baci sul collo e mani che esplorano tra le cosce sudate. Franky la fissa senza vederla, e lentamente le penetra dentro. Agata lo accoglie in un gemito e lo stringe con tutta se stessa. Muore e rinasce in ogni secondo, mentre lui la possiede riempiendo ogni vuoto, sia esso del corpo, sia esso dell'anima.

Chi più chi meno, il sesso lo conoscevano entrambi. Ma questo è tutt'altra cosa, e col sesso ha ben poco a che fare.

Quando tutto termina a metà della notte, Franky si volta verso Agata e l'abbraccia forte, come fosse quel sogno che non ha più paura di rompere. Sprofonda la faccia nei riccioli neri, chiude gli occhi senza un pensiero, e si mette a cercare il sonno.

Anche Agata chiude gli occhi, ma il sonno proprio non riesce a trovarlo. Non ne è in grado, non quella notte. Non dopo quello che ha visto durante il rituale delle bucce di mela.

Attende che Franky si sia addormentato, e sguscia fuori dalle lenzuola. In punta di piedi raggiunge il bagno, adagio adagio chiude la porta. Poi scoppia in lacrime subito dopo.

20

L'ULTIMO RITO

«Frank? Franky, svegliati». Il ragazzo apre gli occhi a filo, incapace di associare quelle parole a un volto preciso. A tratti è quello di Agata, ma al contempo sembra cambiare, assumere le fattezze di donne diverse. Donne che ha già conosciuto, magari solo nei sogni. «Franky, ci sei? Devi svegliarti adesso».

Poi tutto torna alla norma. «Sono sveglio, lo giuro».

«Bene. Allora alzati in fretta. Dobbiamo fare una cosa».

«Di che si tratta?».

«È più facile se lo vedi. Ora vestiti, mangia qualcosa e raggiungimi nella cantina».

«C'è una cantina?».

«Sì, ci si arriva dal sottoscala attraverso una botola. È lì che devi venire. Mi sono svegliata presto e ho dato un'occhiata in giro. Ho trovato la chiave in una cassettiera, lì vicino».

«Che ore sono?».

«Tipo le undici, o giù di lì. In ogni caso tardi, quindi datti una mossa».

Agata lascia il salotto, zaino in spalla e già vestita di tutto punto. Lui invece è ancora semi-incosciente, nel tepore del letto dove l'aveva fatta sua. Adesso la guarda allontanarsi e gli pare già un'altra persona.

Franky fa come richiesto e in circa mezzora si veste, si lava la faccia e mangia uno yogurt ai frutti di bosco molto prossimo alla scadenza. Poi si avvicina al sottoscala, vede la cassettiera e la botola aperta sul pavimento dalla quale proviene una luce di lampadina. Avverte una sensazione di cui aveva già fatto esperienza, la stessa di quando era entrato nell'appartamento numero 9 e si era fermato di fronte alla porta della cucina che in un primo momento gli era stata preclusa.

Mentre scende la scala di legno osserva quanto è stato disposto nella piccola stanza, interrogandosi scalino dopo scalino sul quadro che va profilandosi sotto i suoi occhi. Non riesce a trovargli un senso immediato, per ora ha solo il presentimento di star entrando in un territorio proibito.

«Fermati lì», gli dice Agata, quando raggiunge le assi del pavimento.

«Devo preoccuparmi? Che diavolo stai combinando?».

«Adesso vedrai. L'importante è che non tocchi il circolo».

A un metro da lui c'è un cerchio marcato con il sale, al cui interno è stato inscritto un pentacolo riprodotto alla stessa maniera. Al vertice di ogni punta brilla un braciere caratterizzato da un suo colore specifico, verde, giallo, rosso, azzurro, l'ultimo è bianco ed è quello che Agata sta accendendo. Il simbolo nel suo complesso ritaglia quasi tutto lo spazio, lasciando al centro della scenografia il cofanetto da anello che contiene la gemma rossa. Franky la fissa quasi si aspetti di sentirla parlare, poi Agata si avvicina, scavalca il perimetro e gli si para davanti.

«Che vuoi che faccia?», domanda Franky.

«Due cose. La prima non sarà bella, ma ti chiedo scusa in anticipo. Purtroppo non ho alternative».

«Qualunque cosa, non c'è problema».

"Lo dici adesso...", riflette Agata, ma poi si limita a un «Meglio così». Lo fa sedere, si china a sua volta e gli stringe le mani. «Cercherò di essere più delicata possibile, ma ho bisogno che tu stia concentrato. Guarda qui, al centro della mia fronte, e non distogliere lo sguardo per nessuna ragione, d'accordo?».

«Cominci a farmi paura».

«Stammi a sentire e fa come ti dico. Okay?».

«Okay».

«Continua a tenere gli occhi puntati sulla mia fronte, e immagina una spirale, o roba simile, qualunque figura tu voglia, basta che ruoti attorno a questo punto».

Franky non vede altro che la sua pelle bianca, però si sforza di assecondarla. «Okay, fatto».

«Bene, continua così e credici intensamente, fino a quando non ti sembrerà di poterla vedere».

«Ma a che ti serve?».

«A facilitarmi il lavoro ed evitare spiacevoli inconvenienti».

Dopo i primi quattro minuti di silenzio e sguardi incrociati, quella spirale si vede davvero.

«Ora preparati».

«A cosa?», domanda Franky, ma nemmeno riesce a finire di dirlo ché il processo è già in atto. Sente caldo e poi freddo, un freddo glaciale, come se le fiamme del falò che lo tiene in vita stessero fluttuando in direzione di Agata, assorbite in quel punto in mezzo alla fronte che non potrebbe più ignorare nemmeno volendo. Mentre il suo fuoco azzurro si prosciuga lentamente, per lui è come passare dal sonno alla veglia, tornare indietro più volte, precipitare da un grattacielo e galleggiare in acque densissime. Lei continua a fissarlo tenendo la presa sulle sue dita, e quando avverte la forza abbandonare il ragazzo per lasciarlo alla beata incoscienza, lo richiama a sé strattonandolo appena.

D'un tratto lo molla allontanandosi di pochi centimetri. Lui resta immobile e madido di sudore. «Franky, sei ancora tra noi?».

«Che cosa mi hai fatto?».

«Una cosa di cui mi vergogno. Scusa, di nuovo. Ho preso quanto potesse servirmi. Mi rendo conto che è tanto, ma era il minimo indispensabile».

«Sento che sto per svenire».

«No, non puoi. Devi restare sveglio, e questa è la seconda cosa che ti chiedo. Vieni, appoggiati qui contro il muro, respira a fondo e a breve dovresti star meglio, te lo prometto».

«Mi viene da vomitare».

«Lo so, è normale, ma passa, fidati. Se proprio non riesci a trattenerti, fa' pure. L'importante è che non lo fai sul circolo. Adesso stai lì, io vado a prenderti acqua e zucchero».

Sale le scale lasciandosi Franky alle spalle, in quell'invisibile vasca di ghiaccio, come un invalido a cui hanno asportato gli organi.

«Agata stai qui, non andare via. Di sopra ci sono i morti, ti prenderanno, ti porteranno con loro».

«Franky, calmati, per la miseria. Stai vaneggiando, non c'è nessuno di sopra, sei solo mezzo rincoglionito, ma ora ti passa, lo giuro. Adesso arrivo con l'acqua».

«D-d-d'accordo».

«Bravo».

Agata riappare un minuto dopo con la caraffa piena e qualche schifezza dolce recuperata dal fondo della spesa, che Franky spazzola in quattro e quattr'otto. «Vedi? Stai già riprendendo colore. Ci sono andata piano, davvero».

«L'avevi fatto altre volte?».

«Solo un paio. Ma avevo imparato da chi ne sapeva di più». Si alza, va verso lo zaino nell'angolo, lo apre ed estrae il pugnale dal manico nero.

«Vuoi darmi il colpo di grazia?».

«Puoi star certo che lo farò se ti azzardi a svenire».

«Vai tranquilla, resto sveglio, ma dubito che alzerò le chiappe da qui per i prossimi venti minuti».

«Non c'è problema, perché ci vorrà qualche ora».

«Qualche ora!?».

«Esatto, ma tu non dovrai fare nulla. Ti chiedo solo di guardare. Guardare e ascoltare, senza farti sfuggire nulla, nemmeno un dettaglio».

«La fai facile. Guardare cosa, se posso chiedere?».

«Tutto. Adesso sta' zitto e lasciami fare. Come ti ho detto, ci vorrà del tempo. Parecchio tempo. Ma ti prego di portare pazienza». Col pugnale alzato di fronte a sé, entra di nuovo nel circolo a pochi passi da Franky. Lui la vede ben più distante, quasi avesse varcato quel mondo dove a lui non è dato raggiungerla.

Agata cammina fino al braciere dal colore verde, si ferma, chiude gli occhi e recita ad alta voce, «Signori della terra, custodi della potenza, che mai avete visto forza in grado di mettervi a freno, io invoco il vostro favore affinché proteggiate il mio spirito».

Appoggia le labbra sulla lama e si inchina.

Dopo alcuni minuti, che a Franky paiono ere, procede sul percorso segnato dal sale. Si ferma di nuovo, raggiunto il braciere giallo.

«Signori dell'aria, custodi del tempo, che mai avete visto materia sopravvivere al vostro volere, io invoco il vostro favore affinché mi prestiate saggezza».

Franky la guarda inchinarsi e ricalcare i gesti di prima, mentre quelle movenze si fanno pian piano ipnotiche. Agata va avanti arrivando al terzo braciere, quello dal colore rosso.

«Signori del fuoco, custodi della conoscenza, che mai avete visto segreti instillarvi dubbi e paure, io invoco il vostro favore affinché mi sveliate l'ignoto».

Abbassa le palpebre, ripete il procedimento, dopodiché passa oltre. Giunta al braciere azzurro respira a fondo. Rivoli di sudore le scendono sulle tempie.

«Signori dell'acqua, custodi della vita, che mai avete visto argini così alti da potervi arrestare, io invoco il vostro favore affinché mi instilliate potenza».

Effettuati i soliti passaggi, si dirige alla tappa seguente dove l'attende il braciere bianco. Brilla in maniera diversa rispetto agli altri.

«Signori del vuoto, custodi di tutti i mondi, che mai avete visto regno allontanarsi dal vostro dominio, io invoco il vostro favore affinché mi mostriate la via».

Franky la osserva con gli occhi sbarrati e il cuore che si riempe di un sentore crescente: alla luce dei ninnoli, tra le mura di quella cantina, non è più il solo a presenziare al rituale.

Agata chiude il circolo e ritorna al braciere verde. Ripete l'intero processo per venti volte senza più aprire gli occhi, come se il percorso dettato dal sale si fosse fatto mappa mentale.

Terminato l'ultimo giro, torna sui suoi passi e compie il rito al contrario. Dunque raggiunge di nuovo il centro avvicinandosi alla gemma rossa. Si concentra e recita il mantra all'infinito, fino a quando le frasi si fondono in un suono perpetuo. Franky non si accorge del tempo che passa, mentre quello scivola via, leggero, non visto.

Agata posa il coltello vicino alla gemma e si volta. «Ora puoi entrare».

Franky trasale, come fosse appena uscito dal coma. Si alza e oltrepassa il circolo. «Agata... loro sono qui. Sussurrano. Riesco a sentirli».

«Lo so, sono intorno a noi. Ma stai tranquillo, li ho solo chiamati perché ci aiutassero».

«In cosa?».

«In tante cose che ora non occorre spiegarti. Principalmente perché tu possa parlare con lui». Solleva la gemma da terra portandola sotto il naso di Franky. Emana una luce pulsante. «Ora concentrati sul cristallo e immagina la spirale esattamente come hai fatto prima con me. Il resto verrà da solo».

«Cosa? Tu... tu vuoi che io parli con lui? Perché?».

«Se c'è una cosa che ho imparato sul tuo conto, è che sei un'irrimediabile testa di cazzo e che non sarò mai in grado di convincerti a darmi retta. La mia speranza è che lui possa riuscire dove io fallisco costantemente».

«No, aspetta, insomma, quella è un'anima, lo spirito di una, anzi, più persone morte. Io... non so se sono pronto. Non credo di poter fare una cosa del genere».

«Non importa che tu sia pronto. Devi, punto e basta».

«Ma non so nemmeno chi sia, o che cosa sia».

«Ti basti sapere che è il centro di tutto questo casino, e anche l'unica speranza di risolverlo. La sola ragione per cui riesco ancora a guardarmi allo specchio, dopo aver mandato al macello tante Persone Interessanti, è aver salvato almeno quella più importante. Mi hai chiesto di non lasciarti fuori dalle mie cose, okay, allora questo è l'ultimo passo da fare per entrarci del tutto. Quindi concentrati e parla con lui».

«Tu l'hai già fatto?».

«Una volta soltanto. Circa due mesi fa».

«E cosa ti aveva detto?».

«Mi aveva detto di cercare il Guardiano. Perché da sola non ce l'avrei mai fatta».

«E... a me che cosa dirà?».

«Quello che serve perché tu capisca».

Tacciono entrambi, poi Franky si volta a guardare il cristallo concentrandosi come mai in vita sua. «La spirale, ricordati la spirale», continua a ripetergli Agata. Ma la spirale lui già la vede, e poco dopo non vede nient'altro. Tutto diventa grigio e bianco, come uno schermo a cui manca il segnale, attraversato da un'interferenza di fondo. «*CrTCrt-cRtCrT-crRRRrcRt*», è il suono che sente al momento il ragazzo. «*CrTCrt-cRtCrT-crrrrrctc*». Poi mano a mano cambia, «*cAvctrrrrrrrVE-GUrrrrrc-trrrDrrrrrNctrrrr*», quasi volesse adattarsi al suo orecchio, «*CrrrrArrrLvctrrrrr-gUAtrrrrrDctrrrrrNOctrrrr*».

Infine si articola in una frase di senso compiuto.

«*Ccrrrr-SaLvE-Ctrrrrrrrr-GuaRDiaNO-ctrrrrrr*».

21

I CORVI STANNO VINCENDO

Quando mezzora è passata e Franky è ancora disteso sul pavimento in preda agli spasmi, Agata inizia a credere di avergli dato *quel* colpo di grazia. «Franky!? Mi senti!? Devi tornare in te!», gli grida, mentre vede i suoi occhi spegnersi come i bracieri del circolo. «Franky, devi tornare indietro! Ascoltami, porca puttana!». Ma le sue palpebre lentamente si chiudono, e gli spasmi si attenuano fino a cessare del tutto. «Merda... Merda! Merda! Merda! Torna qui, santo Dio! Torna qui!». Poi cala il silenzio nella cantina, e ad Agata sembra di tornare a quel giorno lontano, nel cortile dell'orfanotrofio.

Quando le lacrime spingono per uscire, vede un fremito attraversare le labbra di Franky.

«Stanno vincendo. I Corvi... stanno vincendo».

«Franky! Franky, sono qui! Parlami, sono qui con te!».

Franky rinviene di soprassalto, con la fine del mondo negli occhi. «I Corvi... i Corvi stanno vincendo».

«Tranquillo, riprenditi. Mettiti seduto e respira». Lo aiuta ad alzarsi e gli sfiora una guancia, con gesti grezzi, di chi di rado ha mostrato affetto. La gemma li guarda dal pavimento e riflette il volto di Franky. Sta piangendo.

«Agata. Io l'ho visto. Ho visto il Re. Gli ero davanti e... sembravo polvere al suo confronto». Le lacrime sgorgano inarrestabili, lui nemmeno ne è consapevole. «Era... era... era fuoco, e luce, e granito. E non era umano, era qualcosa di più. Però parlava! Parlava la mia stessa lingua, sentivo la sua voce nella mia testa. Non avevo segreti per lui. Non avevo la forza... non riuscivo a non guardarlo. Era... era pura potenza, era volontà in forma solida. E io... io ero niente».

«Va tutto bene, Franky. So che può essere traumatizzante, ma non hai nulla da temere da lu...».

«L'ho chiamato Padre, Maestà, Mio Signore. E l'ho detto subito, senza pensarci, come fosse qualcosa di indiscutibile. Sentivo che dovevo servirlo, a qualunque costo, qualsiasi cosa mi avesse chiesto».

«Che cosa ti ha detto?».

«Mi ha detto... Mi ha detto che i Corvi stanno vincendo, che non c'è più tempo e che lui deve andare *dall'altra parte* al più presto possibile, o tutto sarà perduto. Mi ha detto che l'Angelo non deve trovarlo, che dobbiamo aiutarlo e che tu conosci il modo per farlo. Che quando il Va...».

«*Quando il Vate chiamerà il Sodalizio, e i Guardiani serviranno la causa, allora il Re sorgerà dalle tenebre*».

«Sì, proprio così. Sembra una specie di predizione».

«La sola che spero si avveri».

«Agata... Chi sono i Corvi?».

La ragazza lo osserva, ma è come se guardasse altrove. «Purtroppo non ho una risposta precisa, non sono in grado di dirti chi o cosa siano o che faccia abbiano. Ma sono quelli di cui Grid, come altri, tanti altri, è il servo. E per quanto possa sembrare scontato, sono il male, Franky. Il male vero, quello che inghiotte ogni cosa».

«Lui ha detto che stanno vincendo, che presto o tardi arriveranno anche qui, che mangeranno... ha detto che mangeranno quello che resta del mondo».

«Sì. È così. Il Re l'ha detto anche a me. E se ora non lo aiutiamo e lasciamo che Grid lo prenda, allora tutto sarà perduto sul serio». Gli va più vicino. «Quello che stiamo vivendo noi non è che una briciola rispetto al tutto. Nemmeno io riesco a vedere bene l'insieme. Ma quel che so è che si tratta di una questione che va al di là di noi e della nostra importanza. E quando dico *noi*, non intendo me o te, né gli altri Vate o gli altri Guardiani, o le altre centinaia di Persone Interessanti... Io intendo un campo un pochino più vasto».

Agata tace per qualche secondo.

«Adesso capisci perché volevo che tu lo vedessi?».

«Perché volevi che servissi la causa».

«Sì. Io ho già giurato di farlo, e ho cercato di andare avanti da sola. Ma ora ho bisogno che tu faccia altrettanto».

«Io...».

Agata non lo lascia finire. Afferra lo zaino e tira fuori il biglietto del treno su cui non era riuscita a salire. «Intercity 440012, capolinea, sentiero del pino spezzato, chiesa dei martiri ardenti. Quello è il luogo dove portare il Re ed erigere questo circolo, l'ultima tappa prima del varco».

«Il varco? Il varco per dove?».

«Per andare *dall'altra parte*». Estrae la gemma rossa dal cofanetto e la consegna a Franky assieme al biglietto.

«Che significa?».

«È meglio che la tenga tu. Sei forte. Molto più forte di me. Sono certa che con te resterà al sicuro».

«Seriamente, Agata. Non ti sto seguendo».

«Promettimi solo che, qualsiasi cosa succeda, porterai a termine il compito, che salirai su quel treno e andrai dove ti ho detto».

«Smettila, per favore. Basta con queste cazzate. Se tu sei il Vate e io il tuo Guardiano, allora non ti succederà nulla. Saliremo su quel treno e lo faremo assieme, hai capito?».

Lei non risponde.

«Hai capito!?».

«Sì, ho capito. Ma fallo per me, non ti chiedo altro, solo di promettermi questo».

«Agata...».

«Ti prego».

Franky scandaglia quell'espressione di supplica, poi si arrende ai suoi immensi occhi neri. «D'accordo, te lo prometto».

La bacia, come non aveva mai baciato nessuno. Vorrebbe prenderla, possederla, farla sua ancora una volta sulle assi di quella cantina, purtroppo ha lasciato che la ragazza lo asciugasse di ogni goccia della sua forza e ora è già tanto se riesce a reggersi in piedi. D'altro canto, lei non versa in condizioni migliori, il rituale l'ha consumata. Allora rimangono abbracciati sotto lo sguardo di entità ultraterrene, fin quando Agata non gli dice che è giunto il momento di tornare di sopra, fosse anche solo per preparare la cena. E lo fa con un tono pacato, per mascherare qualcosa che ha dentro, qualcosa che, a Dio piacendo, Franky potrà non vedere, limitandosi ad annuire, ad accompagnarla in cima alle scale. Lì si separeranno per qualche minuto, chi per far del suo meglio ai fornelli, chi per assecondare segretamente i suoi intenti.

Poi, sempre con un po' di fortuna, Franky non noterà la ragazza allontanarsi in salotto, svitare un cristallo dal lampadario appeso al soffitto e riporlo accuratamente nel cofanetto da anello. Infine, se il destino vorrà essere tanto magnanimo, sorvolerà sullo sguardo ambiguo di Agata quando ritornerà in cucina, crederà alle sue parole quando dirà di essere andata in bagno, e sarà troppo occupato a controllare il telefono mentre lei già sapeva che sarebbe suonato.

«È Leo, devo andare ad aprirgli», le dice Franky abbandonando la padella sul fuoco.

«Fa' pure, alla cena ci penso io», risponde Agata in un sorriso. Ma quando Franky le dà le spalle per andare in salotto, quel sorriso scompare, e Agata spegne il gas lasciando la cena così com'è.

Cinque minuti più tardi, Leo attraversa la soglia portando con sé la spesa e sollevando Franky dal dubbio che gli fosse successo qualcosa.

«Allora... come te la passi?», domanda Leo.

«Diciamo che ho visto tempi migliori».

«La ragazza? Non è con te?».

«Sì, è di là in cucina. Bada alla cena».

«Ah, okay, okay».

«Ti va di fermarti?».

«No, Franky, figurati, ci mancherebbe».

«Guarda che dico sul serio».

«Senti, rilassati, non mi devi nulla. E non c'è bisogno che mi inviti a cena per sdebitarti».

«Grazie Leo. Per la spesa, per la casa. Per tutto».

«Nessun problema, fratello. È il minimo che possa fare». Posa il sacchetto sul materasso. «Qui hai un po' di tutto. Cibo, acqua, qualche medicina. Ti ho portato anche un paio di birre, magari ti tirano su di morale». Lo studia un attimo, «Tutto bene?».

«Più o meno. Sono sfinito e stavo pensando che se ne bevessi una adesso rischierei di restarci secco».

«In effetti non hai una bella cera».

«Passerà. Ancora un giorno o due per recuperare le forze, dopodiché leviamo il disturbo».

«Franky, te l'ho detto, nessun problema, nessun disturbo». Gli offre un sorriso stentato. «Solo la disoccupazione imminente, se il mio superiore dovesse scoprirlo».

«Non avrei dovuto ficcarvi in mezzo a questa faccenda. Voi non dovevate c'entrarci nulla. È un casino molto più grosso di quanto avrei mai potuto immaginare, e se dovesse succedervi qualcosa io...».

«Per adesso sto solo rischiando il lavoro. Alla fine non è così tanto».

«Ieri mi ha quasi preso un infarto. Musca mi ha detto che non ti eri più fatto sentire. Credevo avessi avuto problemi... di quelli seri, intendo».

«Stai tranquillo, so cavarmela anche senza di voi. Nessun incontro del terzo tipo. È che a lavoro c'è molto da fare e sono stato impegnato per tutto il tempo».

«Il bambolotto lo tieni sempre addosso?».

Il sorriso di Leo si fa più nervoso, «Certo, ce l'ho qui in tasca».

«Vi avevo detto di metterlo al collo, come faceva Agata. Perché diavolo ce l'hai in tasca!?».

«Ma niente, è solo che mi dava fastidio, così l'ho ficcato in tasca. In ogni caso ce l'ho sempre addosso».

«Cristo, Leo! Tiralo fuori e mettilo subito al collo».

«Ma...».

«Cazzo, fa' come ti dico!».

«Va bene, d'accordo, basta che ti dai una calmata».

Esita appena un secondo, poi in tutta fretta prende il pupazzo dalla tasca, lo mette al collo e lo nasconde sotto la maglia.

«Cos'era quello?».

«Il bambolotto, appunto».

«Fa' vedere».

«Franky, per favore, controllati. Stai esagerando».

«Fa' vedere, Leo!».

Franky allunga una mano e gli estrae il fantoccio da sotto il colletto. È di spago scuro e al posto della testolina svetta una perla lucida e nera. Lo guarda allibito. Forse perché non assomiglia per niente a quello che gli aveva donato due sere prima. O forse perché ricorda di averne visto uno uguale durante quella terribile notte, sulla soglia dell'appartamento numero 9. Da quanto aveva potuto capire da Agata, se Grid fosse un cancro, il fantoccio nero sarebbe la sua metastasi.

Alza gli occhi sul suo vecchio compare, e vede il terrore cambiargli espressione. «Franky... ascolta, penso sia il caso che ne parliamo un secondo», continua a ripetere Leo, «ci prendiamo cinque minuti e ti spiego». Ma Franky non riesce quasi a sentirlo, ogni suono è ovattato e le immagini paiono andare a rallentatore, mentre incastra i tasselli nell'unica conclusione possibile.

«Franky, ti prego, devi ascoltarmi. Ho parlato con lui e ha detto che se facciamo come dice non abbiamo nulla da temere».

La verità è che Franky non potrebbe in alcun modo ascoltarlo. Tutta l'attenzione di cui dispone si è focalizzata sul suo stesso braccio e sul pugno che si è appena formato alla sua estremità, che sembra muoversi per volontà propria e con ferocia inaudita verso il muso di Leo. Ne è praticamente certo, con tutta probabilità, quel destro gli spappolerà il cervello.

Ma prima che il missile arrivi a destinazione le sue poche forze si ibernano e il suo braccio si fa di pietra come il resto di tutto il corpo. Franky cade a terra un secondo dopo, e lì rimane, come un pezzo d'arredamento.

Agata è alle sue spalle, sulla soglia della cucina, gambe trementi, sudore sulle tempie, e mano protesa per infliggere il *limbo*. Da quel che vede, ha ottenuto l'effetto completo.

«Che cosa gli hai fatto!?», le dice Leo, indietreggiando di qualche passo. Agata non risponde, avanza verso di loro come uno scheletro emerso dal suolo. «Ehi! Ehi! Ferma dove sei! È inutile che cerchi di fare cazzate con me, e lo sai bene!», le punta contro il suo bambolotto nero. «Fermati, maledizione, non costringermi a farti del male!». Lei gli arriva a meno di un metro.

«Dacci un taglio, bastardo», e Leo ingoia la lingua all'istante, «so già tutto e meglio di te. Rispondi solo a quel che ti chiedo. Quanto manca prima che arrivino?».

«Non... non molto».

«Sii più preciso».

«Una decina di minuti. Anche meno, se faccio loro un segno. Comunque, senti, mi dispiace, io...».

«*Io* un cazzo, spregevole pezzo di merda», lo liquida Agata senza guardarlo. Si avvicina a Franky, sa che il ragazzo non può muoversi né parlarle, ma i suoi occhi la fissano con uno sguardo fin troppo eloquente.

Leo fa un passo avanti e si rivolge al suo amico. «Franky... Ti prego, perdonami, l'ho fatto per noi. Odiami, insultami, ammazzami di botte quando sarà il momento, ma cerca di capire che ho solo voluto proteggerci entram...». Si spenderebbe in scuse ben più toccanti, ma lo sguardo di Franky stronca sul nascere ogni sua confessione. In qualsiasi caso, Agata l'avrebbe spento un istante più tardi.

«Stai zitto idiota, perché non hai protetto proprio un bel niente».

«Lui ha detto che ci avrebbe lasciati in pace, che non gli interessava altro che te e la gemma».

«Vi ammazzerà tutti. Sei solo stato tanto vigliacco da credergli».

«Ascolta...».

«Stai zitto e aiutami».

«Che vuoi fare?».

«Lo nascondiamo di sotto. Tu dirai che l'ho convinto a scappare e che non hai idea di dove possa trovarsi. Devi portarlo giù dalle scale da solo, perché altrimenti io svengo. Ora seguimi». Leo tentenna ma poi ubbidisce. Ed è tanto, considerando che se Agata ci fosse andata giù più pesante se la starebbe facendo nei pantaloni. Afferra Franky sotto le ascelle e lo trascina fino alla botola del sottoscala. «Questa è la chiave, la lascio nella cassettiera. Scrivi a Bescio e agli altri e informali su come trovarlo, inventati una scusa qualsiasi, basta che non arrivino prima di domani mattina. Chiaro?».

«Perché così tardi?».

«Perché a quell'ora dovrò già essere morta».

Leo sente un tuffo al cuore, ma dopo prende comunque il telefono e inizia scrivere. Poi Agata gli fa strada e lui trasporta il suo amico fino in cantina, lasciandolo in mezzo al circolo, come indicato dalla ragazza. Lo guarda ancora, ma questa volta non si giustifica.

Prima di tornare di sopra, quando Leo è già in cima alle scale, Agata si china su Franky premendo la mano sulla tasca della sua felpa, quella in cui aveva infilato il biglietto e la gemma rossa. «Non fare lo stupido. Non fare niente di stupido. Non ne vale la pena per me. Sali su quel treno, ricordati che mi hai fatto una promessa».

Franky non può che guardarla, immobile. E così resterà anche dopo, quando la vedrà allontanarsi e serrare la botola, quando sentirà gli uomini di Grid entrare dalla porta, chiedere della gemma e accontentarsi di un pezzo di vetro, e anche quando li sentirà frugare per tutta la casa e picchiare Agata per strapparle di bocca la posizione del suo Guardiano.

Sarà ancora immobile quando la porteranno via dalla villa e lei sparirà nella notte.

E come in tutte le vite passate, ancora una volta non potrà fare niente.

22

PATIBOLO

"Non si sfugge al destino". È l'assioma che Agata ha combattuto per anni. L'ha combattuto con ogni suo mezzo, e alla fine ha perso. Se n'è resa conto la sera prima, a cena, quando il rituale delle bucce di mela le ha concesso uno scorcio degli eventi futuri. Era una visione contorta, nebulosa, ma che si è avverata immagine per immagine. Come tutte le altre, del resto. Ora viaggia sul suo carro funebre, seduta nei posti dietro, con i lividi a coprirle il viso, prigioniera dei servi del suo nemico e del codardo che ha tradito gli amici. Tutto coincide, tutto come le era stato predetto dal suo ultimo rito. L'anima del Vate per l'anima del Re e la vita del suo Guardiano. Tutto sommato, uno scambio assai vantaggioso nell'economia del Fato. C'è da dire che nessuno l'ha interpellata nella trattativa, e avesse avuto un'opinione discorde a nessuno sarebbe importato, al Fato tanto meno. Per lui Agata è solo una ragazza come tante, che ha svolto il suo compito e che adesso può uscire di scena, scartata come la pelle di un serpente. Certo, poteva fare le cose meglio, trovare il modo di finirsi da sola, evitando di regalare ai Corvi una risorsa così indispensabile. Le altre donne lo avevano fatto, onore alla loro virtù. Per Agata non era possibile, spegnersi con le sue mani sarebbe stato chiederle troppo. In fondo, si sta parlando della sua vita, la sua breve, ingiusta, sciagurata, piccola vita. E per quanto al Fato possa sembrare patetico, lei ci teneva a quella vita. Ma questo è un discorso assodato da tempo.

Guarda Leo, il verme che ha firmato la sua condanna. Sa che Grid non poteva prenderlo, non come ha fatto con Diego, era troppo diverso da lui, nessun istinto omicida represso, nessuna voragine nera nell'anima, niente a cui potesse avvinghiarsi il suo potere diabolico. La possessione non avrebbe servito lo scopo, ma ha trovato subito un sostituto ottimale. Si chiama paura, le persone ne hanno da vendere. Le persone come Leo, più di tutte.

Lo osserva, già al corrente di quello che sta per dire.

«Non avevo altra scelta», confessa lui, incapace di sostenere lo sguardo.

«Una scelta l'avevi, miserabile stronzo! Ti rendi conto di quello che hai fatto!? Mi hai uccisa! Mi hai uccisa, lo capisci!? Pensavi che fosse l'unica soluzione, dico bene!? Che così facendo avresti salvato i tuoi quattro fratelli, al ragionevole prezzo di una vita soltanto!? Sacrificio necessario, è questo il modo che troverai per giustificare te stesso quando sentirai il marcio salirti dentro!? Vuoi sapere come la penso io? Tu mi hai uccisa perché sei un vigliacco, perché volevi salvare la tua pellaccia, punto e basta! E prego Dio che tu te ne possa pentire per sempre, anche quando arriverà il tuo momento e sarai solo in un letto, fradicio dal tuo piscio, dimenticato dal mondo, perché non meriti altro che questo!».

Ma non una di quelle parole attraversa le labbra di Agata, mentre osserva il ragazzo divenuto ormai l'ombra di se stesso. Se tutto era scritto, si può davvero parlare di scelta? Si può davvero incolparlo di debolezza? Dovrebbe odiarlo con tutta se stessa e vomitare per il semplice fatto di averlo vicino. Eppure avverte un sentimento opposto, quasi una specie di compassione. Quel ragazzo è già morto, dentro, e porterà il peso di un'onta immensa fino alla fine dei suoi giorni. Se la fortuna vorrà, quei giorni saranno pochi. Agata questo non può saperlo, e nemmeno le importa. Guarda fuori dal finestrino e pensa che a lei ne resta uno solo.

Scorge le luci del porto, al di là del vetro. In qualche modo capisce che manca poco alla meta. È allora che tutto cambia, che ogni sua percezione viene avvertita in maniera diversa. Hanno passato il quartiere delle case popolari, superato il palazzo in costruzione e imboccato la sopraelevata. È una zona desolata, di lampioni scassati, prostitute, supermercati di mezza tacca e muri imbrattati di graffiti. Una parte della città che non le è mai piaciuta e che ha sempre evitato di bazzicare. Adesso la osserva con occhi rapiti posando lo sguardo sulle strade sporche, i barboni a lato dei cassonetti, le aiuole lasciate alle erbacce, e quando uno di quegli elementi scompare dalla sua vista prova come una fitta al cuore. Avverte il dolore dei lividi, l'aria pesante che si respira nell'abitacolo, gli spifferi gelidi che penetrano attraverso la lamiera dell'auto, sensazioni di un corpo ancora capace di sentire il mondo, per quei minuti, quei secondi, istanti del breve tempo che le appartiene. Sembrano tutti importanti. E pensare che tanti, nella sua vita, li ha lasciati passare senza prestarvi attenzione.

Cosa dovrebbe farne di quegli istanti, adesso? C'è un modo giusto secondo cui spenderli? Se esiste, lei non lo vede, e questa è la cosa peggiore. Quando persino i pensieri devono entrare nel misurino, contando che pochi ne saranno concessi.

Alcuni vanno a se stessa. Sono cupi, infelici, e non c'è bisogno di spiegarli oltre. Altri vanno a Franky, e fosse solo per il fatto che emanano un'aura più pura, magari vale la pena espanderli. Fare luce su quelle giornate in cui lui la spiava così ingenuamente dalla cucina, sul bernoccolo che gli ha inferto, sui suoi occhi da imbecille incantato, sul coraggio mostrato di fronte alla volpe, sul suo imbarazzo nel tenerla per mano o nel dormire nello stesso letto, sul desiderio di una sua serenata, sulle sue parole attraverso la porta, sull'entrata trionfale dalla finestra, e sul momento in cui si unirono al buio, come due ragazzini alle prima esperienza.

Che storia strana, pensa. Che storia magica.

La storia di un uomo buffo, da ricordare con un sorriso, un sorriso pieno di lacrime. Tutto sommato, un sorriso felice. Peccato si guasti subito dopo, al pensiero che Franky è rimasto indietro, tradito e abbandonato in una cantina.

Forse avrebbe potuto comportarsi in maniera diversa, trovare il modo di assicurare a entrambi un futuro, o anche solo un giorno in più assieme. Ipotesi che si inseguono nell'uragano della sua testa. Poi ecco il porto, l'insegna spenta del Charlie's, e il ripresentarsi di quella certezza: "non si sfugge al destino". Ed ecco che quei pochi minuti residui volano via, scalciando ricordi e pensieri per fare spazio a un unico grido, *"No, aspettate, vi prego, aspettate! È troppo presto, è ancora troppo presto! Non voglio andare, non voglio vederlo, non voglio entrare là dentro! Vi prego, non voglio morire!"*.

Ma la macchina si ferma, gli uomini di Grid tirano fuori lei e Leo, e li conducono a forza nel Charlie's.

Il bar li accoglie nel suo ventre dai lumi rossi, dove altre quattro figure, più simili a bestie che a uomini, osservano il loro passaggio in religioso silenzio. Raggiunto il centro della sala, rimangono tutti immobili, rivolti alla porta dietro al bancone e alle scale che scendono. C'è un'aria densa, che sa di ruggine, che va appesantendosi man mano che il tempo scorre, scandito dai passi che risalgono adagio i gradini.

Quando l'attesa si fa insopportabile, i respiri si freddano, le luci si attenuano, e l'uomo venuto dal buio emerge dall'ombra più fitta.

I suoi servi trascinano Agata al suo cospetto. Leo li segue in secondo piano, ricordando la prima volta in cui ha guardato quegli occhi glaciali e l'ustione che li incornicia. Ora quel viso gli appare ancora più spaventoso.

Per Agata invece è sempre lo stesso: quello che ha anche il demonio.

Grid si avvicina ad Agata come un'ombra fattasi solida. Le gira intorno con scatti da serpe, allungando la mano sinistra quel tanto che basta a sfiorarla. L'altro braccio è inutilizzabile, zavorra costretto a portarsi appresso, sintomo che il pugnale dal manico nero era stato incantato a regola d'arte. Le stringe il viso tra i suoi artigli. «Pagherai anche questo, tranquilla».

Lei vorrebbe sputargli in faccia, non sapesse che il poco coraggio che le è rimasto dovrà tenerlo tutto per dopo.

Grid si volta trafiggendo Leo con lo sguardo. «Sei stato bravo, fin qui. Ora dimmi, dov'è la gemma?».

Il ragazzo trasale, guarda gli altri uomini, e quello più grosso estrae il cofanetto da anello dalla tasca del suo gilet.

Grid glielo strappa di mano e lo schiude millimetro per millimetro, quasi temesse di rimanere accecato dai riflessi scarlatti. Ma poi scorge solo la superficie opaca di un comunissimo pezzo di vetro svitato da un lampadario qualsiasi. Allora i suoi occhi diventano grandi e si puntano sull'espressione vacua del servitore.

«Che cosa non hai capito di *portatemi la gemma rossa?*».

Il tizio grosso fa per aprire la bocca ma, al posto di una qualsiasi scusa, sputa il rantolo di chi ha un cappio serrato alla gola.

«Non era poi così difficile, dico bene?», continua Grid, «Gemma rossa. Ho detto gemma rossa. Tutti sanno cos'è una gemma e tutti sanno cos'è il rosso. Sbaglio? Sto forse sbagliando?». Il tizio cade a terra e prende a contorcersi come un insetto arrostito, mentre quel cappio invisibile va stringendosi sempre più. Grid non aggiunge altro, limitandosi a contrarre le dita. Nessuno osa muovere un muscolo alla vista di quello spettacolo che, dopo sussulti strozzati e dolori lancinanti, si chiude con un uomo disteso al suolo e privo di vita.

«Oddio!», dice Leo. «Ma che cazzo... che cazzo gli hai fatto!?».

Grid lo guarda e lui ammutolisce. Poi schiarisce la voce, ricomponendosi quel tanto che basta ad assomigliare a un essere umano. «Agata, bambina, dove si trova adesso la gemma?».

Agata fissa il cadavere che giace ai suoi piedi, poi torna a guardare Grid, e fa fede a quel poco coraggio. «Trovatela da solo».

Lui la prende per i capelli, «DOVE L'HAI NASCOSTA!?».

«Non mi hai sentito? Trovatela da solo».

«DOVE?!».

«Ti ho detto...», prima che possa ripeterlo ancora, un ceffone la scaraventa al suolo.

«DOVE!?».

«Vai a farti f...». Ed ecco il primo di una serie di calci che la centrano nello stomaco. Tossisce bile, lacrime, infine sangue, ma non una parola di più. Poi Grid la solleva per una ciocca e vede il suo viso che è un livido unico. Sembra quasi contrito.

«Sai che ci sono due modi in cui questa cosa può finire. Vuoi davvero scegliere quello peggiore? No. Non lo vuoi. E non lo voglio nemmeno io. Quindi cerchiamo di comportarci come persone civili. Ragionevoli, perlomeno».

Agata sputa fuori un grumo di sangue. «Pensi di essere a un passo dalla vittoria, giusto? Pensi di aver fatto tutto come da protocollo ed essere arrivato allo scacco matto perché sei e sarai sempre più furbo di chi osa mettersi contro di te». Si volta a guardarlo. «Ma la verità è che sei solo un burattino esaltato, troppo pieno di sé per rendersi conto di quanto sfugge al suo controllo. Sei riuscito a prendermi, bravo! eccoti il premio di consolazione. Ma scordati già da adesso la gemma. Il Re non è più negoziabile, ormai». Sfodera il suo sorriso migliore, peccato che sia imbrattato di lacrime e chiazze rosse. «Scendi dal piedistallo, sei tu quello che ha perso. Purtroppo per te, devi ancora capirlo».

Grid fa per sferrarle uno schiaffo, ma si ferma di fronte a quella smorfia trionfante. E per la prima volta realizza che, forse, non aveva fatto i conti precisi. Medita per qualche secondo con gli occhi ricolmi di angoscia.

Infine comprende. «L'hai data a lui... Hai dato la gemma al Guardiano».

Agata sostiene il suo sguardo.

«Dove si trova Franky?».

«Quattro passi avanti a te. Otto, se non ti sbrighi a effettuare il rituale e a consegnare la mia anima a chi di dovere. Il problema è che non hai l'ospite adatto ad accoglierla. Ho paura che dovrai sbrigarti a cercare anche quello».

«Conosco mezzi ben più veloci per arrivare a quello che voglio». Appoggia il palmo sulla fronte della ragazza, concentra la sua energia in un cuneo e tenta di trivellarle la mente. Ma poi arriva al velo sottile che protegge le informazioni di cui ha bisogno e avverte una sensazione insolita. Quella di aver sfiorato il cavo sbagliato tra i due che potrebbero disinnescare la bomba. Si ferma istantaneamente, perché capisce che una pressione maggiore farebbe esplodere tutto.

«Ti è chiara la situazione?», sussurra Agata.

Grid non accenna risposta, ma la situazione gli è chiarissima. La sua bambina è cresciuta e ha imparato a fare le cose per bene: la corda con cui tiene stretti i suoi pensieri non è fatta di sola forza psichica, ma di spirito, anima e linfa vitale. In questo momento, tagliarla di netto e violare le sue difese equivarrebbe a ucciderla. E, allora, non ci sarà più alcun pensiero da portarle via.

Grid se ne accorge e capisce subito di star sprecando il suo tempo. Brancola nel dubbio cercando un'alternativa. Poi, finalmente, comincia a guardare più in là del suo naso. Si volta verso di Leo. «Dov'è il tuo amichetto?».

Il ragazzo tace, mentre il suo cuore triplica i battiti.

«Coraggio, non deludermi proprio adesso, manca giusto un ultimo sforzo e poi sarà tutto finito. Devi solo dirmi dove trovare Franky?». Lui ancora non risponde, osserva il corpo del tizio sdraiato a terra. «Dimmelo!».

Agata cerca lo sguardo di Leo temendo di intravedere lo stesso verme che quella sera era entrato nella villetta pronto a tradirli tutti.

Ma quando i loro occhi si incrociano, oltre il manto della paura scorge il bagliore di un sentimento puro, di quelli contro cui Grid può fare ben poco.

«Io... io non ne ho idea», dice Leo.

Grid gli sorride. «Stai mentendo».

«No, non è vero».

«Te lo si legge in faccia. Non ho bisogno di andare più a fondo».

«Avevi detto che ci avresti lasciato stare, che una volta consegnata la ragazza e la gemma non avremo più avuto nulla a che fare».

«Te lo ripeto, dimmi dove si è nascosto quell'avanzo di riformatorio. Sappiamo entrambi che sei un vigliacco, quindi comportati come tale. Dov'è Franky?».

«Questo non era nei patti».

«Decido io cosa c'era nei patti!». Grid indirizza la mano sul nuovo bersaglio. «Adesso parla!».

Leo crolla sulle ginocchia, schiacciato da un peso invisibile. Sente il potere comprimergli il cranio, premere per far breccia dentro alla gabbia dove nasconde l'immagine del suo amico. I timpani fischiano, la testa grida, le viscere si rivoltano, ma ciononostante la gabbia regge. È allora che Grid la vede, che riconosce la luce in cui è avvolta ogni singola sbarra. È la stessa che due sere prima aveva protetto anche Franky. «Allora è così. Persino uno scarto come te può entrare a far parte del Sodalizio. Questa è davvero buona». Stringe con più violenza la morsa. Leo si rannicchia, come se un plotone di hooligans lo stesse linciando a suon di sprangate. «Vuoi difenderlo fino a questo punto? È per questo che non riesco a entrare!? Assurdo... E io che credevo fossi solo un codardo».

«Non lo so dov'è! Non lo so! Non lo so! Ti prego, smettila!».

Agata si aggiunge a sua volta, «Finiscila! Non vedi che è inutile!? Basta, lascialo stare!».

E Grid decide di lasciarlo libero. «Hai ragione, tesoro, non è proprio da me. Basta così». Si avvicina a Leo, infila una mano sotto l'impermeabile ed estrae un pugnale molto simile a quello di Agata. La lama attraversa il ragazzo tre volte, rubandogli il fiato e l'espressione di chi non ha pienamente capito quel che gli è appena successo.

Agata vorrebbe urlare, e invece rimane semplicemente a fissarlo, mentre Leo a poco a poco si accascia riservandole quello sguardo perso. Non lo so... non lo so, si legge ancora nel suo labiale. Aiuto... Mi dispiace... Ragazzi... Ragazzi, aiuto. Tutto si mischia, tutto si lega, come il suo sangue alle assi del pavimento.

Infine le labbra si fermano, da leggere non resta più nulla, e che sapesse qualcosa o meno smette di avere importanza.

Grid sembra aver riacquistato una sorta di calma. Si alza assaporando un lungo respiro. «Pulite tutto», ordina ai suoi sicari, «poi buttate i cadaveri in mare e fate in modo che affondino».

Raggiunge la soglia dietro al bancone e scende le scale che conducono alla cantina.

«Che il rito abbia inizio», annuncia, prima di svanire nel buio.

23

ARTIGLIERIA PESANTE

"«A quell'ora dovrò già essere morta»". È da circa tre ore che Franky non pensa ad altro. L'effetto del *limbo* è ormai scomparso, permettendogli di nuovo di muoversi, ma senza cambiare di molto la sua condizione. È ancora laggiù, sul fondo di una cantina, mentre la testa della sua donna sta sotto una ghigliottina pronta a cadere in qualunque momento.

Si lancia su dalle scale e tenta di sollevare la botola, accorgendosi troppo presto che una serratura chiusa ha di per sé una precisa funzione, alla quale non si può ovviare senza una certa esperienza e un paio di grimaldelli. Lui non ha né l'una né gli altri, dispone solo di una rabbia profonda che, tuttavia, non gli consente di rompere il legno o sciogliere il ferro, e allora la sfoga nell'unico modo che gli passa per logico, affondando pugni su pugni e dipingendo la porta con il sangue delle sue nocche. Forse nel legno ci vede il volto di Leo. «Perché!? Perché l'hai fatto!? Dimmi perché l'hai fatto! Noi eravamo amici! Eravamo amici! Io mi fidavo di te!». Poi forse nel legno ci vede dell'altro. «Agata! AGATA! NO! NON DOVEVI FARLO! SEI UNA STUPIDA! UNA STUPIDA!». Spinge la botola con tutto se stesso supplicandola di aprirsi, ma quella non cede alle sue preghiere né tanto meno ai suoi sforzi. Se qualcuno avesse evitato di appesantirla con settanta chili di mobile, il risultato sarebbe stato diverso.

Estrae il cellulare, il suo solo collegamento col mondo. Le sue mani tremano troppo e il telefono cade giù dalla scala. Per poco non si ammazza a recuperarlo e, quando vede la batteria dare gli ultimi segni di vita, le sue dita si spostano febbrili sui tasti sbagliando più volte nel cercare i numeri degli amici. Riesce a cliccare su quello di Bescio e a portarsi il dispositivo all'orecchio. Il cellulare si spegne un secondo dopo e lui lo spara sul muro disintegrandolo in mille pezzi. Grida fortissimo, lacerandosi le corde vocali, rivolgendosi dapprima a una qualsiasi presenza umana, poi alle entità ultraterrene che aleggiano in tutta la stanza. «Aiutatemi! Vi prego, aiutatemi! Devo uscire da qui o Agata morirà!».

Loro lo sentono fin troppo bene, ma restano mute e invisibili, al confine di due realtà parallele, incapaci di prestargli soccorso.

«Vi scongiuro, ascoltatemi! Fate qualcosa! Cazzo, ora voi dovete fare qualcosa! Vi prego... vi prego... devo uscire da qui. Non lasciatela sola, adesso. Ha bisogno di voi. Ha bisogno di me. Non può finire davvero così. Non posso perderla un'altra volta». Crolla in ginocchio al centro del circolo. «Aiuto... vi scongiuro, aiuto».

Infila una mano in tasca e tira fuori la gemma rossa, l'anima del Re. Qualche ora prima l'aveva osservata come fosse il più grande miracolo del creato, adesso sembra che guardi suo padre, sua madre o, ancora peggio, se stesso. «Fai qualcosa, dannato bastardo, perché altrimenti giuro che troverò il modo di farti a pezzi, giuro che rimarrai qui a prendere polvere finché i Corvi non verranno a prenderti. Ho promesso che ti avrei aiutato, ma scordati che io muova un dito se non mi dai una mano a salvarla. Lei credeva nella tua guerra. È andata a morire per la tua guerra! La tua cazzo di guerra di cui nessuno sa nulla. E ora vuoi dirmi che resterai qui a guardare? No. Io non ci sto, brutto figlio di puttana. È stata colpa tua. È stata tutta colpa tua. Lei si è sacrificata per te, solo e soltanto per te, lo capisci!?»».

Ma come è normale che sia, la gemma non parla, e gli risponde nell'unico modo possibile. Rivolgendogli il suo riflesso. Curioso che una parte di Franky lo prenda come un indizio, ma è proprio lì che il disegno prende forma, che i tasselli si uniscono. Guarda se stesso dentro al riflesso e solo allora capisce. Capisce che se Agata ha speso la vita, l'ha fatto principalmente per lui. Perché non c'era scampo, non c'era mai stato scampo, e lei l'aveva compreso anzitempo e aveva agito di conseguenza fin dall'inizio, da quando gli aveva mostrato il rituale, da quando gli aveva dato il biglietto e fatto fare quella promessa, e il minimo che dovrebbe fare è assecondare la sua richiesta, scortare il Re fino al punto indicato, portarlo *dall'altra parte*, ma soprattutto restare vivo, perché era ciò che più le importava. E sempre in quel momento capisce che, a cominciare dalla notte di fuga, dall'arrivo alla villa, dalla sera in cui si amarono, dalla visione del Re, per poi finire col tradimento di Leo, il Fato aveva già preso una decisione. E se lui avesse avuto un'opinione discorde, a nessuno sarebbe importato. Al Fato tanto meno.

Si alza chiedendosi se l'immagine della donna che ama possa ancora abbinarsi a una persona che respira. A ogni lacrima che scivola, a ogni secondo che passa, quell'immagine perde di consistenza.

"Va avanti, rispetta il voto", sembra ordinargli un sussurro, "prendi quel treno, e dimentica il resto, ché una missione più alta ti attende". Quante volte aveva sognato che quel momento arrivasse, quante volte aveva desiderato che le stelle gli inviassero un segno. Non era mai stato più che quello, un sogno, una fantasia. Adesso invece è pura realtà e ha preso forma in un suono crescente, che mano a mano si fa più intenso tramutandosi in un coro angelico, dove si alternano le voci di uomini, donne, Persone Interessanti, Vati, Guardiani, Re, e popoli di altri mondi venuti a chiamarlo per condurlo al suo fine ultimo, al destino che da una vita lo attende.

"No! Io non ci sto! Ve lo potete scordare, ve lo assicuro!"

Cammina fino al centro del circolo, chiude gli occhi e si concentra. Non ha idea di come avverrà il processo, né di come asseconderà i suoi propositi, ma sa di poterci riuscire. Ne è certo, e tanto basta. Allora il suo corpo viene meno e la sua mente sprofonda nell'oscurità. Raggiunge la prateria di tenebra sotto un cielo di nubi e scariche elettriche, cavalloni di fuliggine spazzano l'orizzonte, il vento solleva mulinelli di cenere dal sentiero che striscia nel buio. Qualcosa si illumina di fronte a lui, come una fiamma in fondo alla via. Dista chilometri, ma gli basta pensare di raggiungerla perché quei chilometri si riducano a un pugno di metri. Allora lo vede, vede il bersaglio, la sagoma coricata su un divano invisibile. Franky si focalizza sul volto dormiente e immagina la spirale al centro della sua fronte. *"Bescio, svegliati, lui ci ha trovati, ho bisogno di voi adesso"*.

Vede Bescio, vede davvero il suo amico dormire a un passo da lui. Lo vede talmente bene che potrebbe contare ogni singolo pelo della sua barba. Ma poi apre gli occhi e torna a vedere nient'altro che una cantina. Allora segue il silenzio di un povero illuso, in lacrime, che una prateria di tenebra, un sentiero, una luce e un samurai addormentato se li era solo immaginati. Sempre in lacrime, quel povero illuso, si chiede cosa diavolo avesse pensato di fare.

***

Franky si accascia a terra, mentre il suo spirito va in pezzi, e la sua forza di Guardiano si sgretola alla stessa maniera.

C'è un altro Franky che lo sta guardando, è quello che sere prima aveva trovato qualcosa da dire per riportarlo alla realtà dei fatti. Adesso non si fa avanti, non se la sente di dire nulla, anche se le parole più consone le ha sulla punta della sua lingua. "Se n'è andata, vecchio mio. Questa volta se n'è andata davvero". Ma chi troverebbe il coraggio di pronunciarle? Non lui, non ora. In quel momento vorrebbe solo sederglisi accanto e sussurrargli che è stato bravo, fin troppo bravo, che ha fatto quanto gli fosse possibile, e che se esistessero altri uomini come lui il mondo sarebbe un posto migliore, magari un po' meno ingiusto. Il fatto è che sta piangendo a sua volta e non è più in grado di consolare nessuno. Allora rimane in disparte, accovacciato in un angolo d'ombra, e piano piano svanisce lasciando Franky alla sua solitudine.

Ma poi, un'ora più tardi, il mobile viene spostato da sopra la botola e quel passaggio si schiude rivelando una sagoma ben conosciuta. È quella di un ragazzo sul metro e novanta, completa di chignon, giubbotto rosso, e katana agganciata dietro la schiena. «Sentivo puzza di leccapalle, qua sotto», dice scendendo i primi gradini.

Franky la vede e il suo volto si accende, quasi non credesse ai suoi occhi, per quanto oramai dovrebbero essersi abituati ai miracoli.

Seguito da Winston e Musca, Bescio affronta la rampa e lo raggiunge al centro del circolo descritto dal sale, prestando poca attenzione agli elementi bizzarri che lo compongono. «Non ho idea di come tu abbia fatto, ma sappi che non è carino svegliare un uomo nel bel mezzo di un sogno erotico. La prossima volta vengo a salvarti, però dopo ti spacco di botte».

Franky tace con le lacrime agli occhi, poi lo stritola in un abbraccio, segno che non ha ascoltato niente di ciò che ha detto.

«Senti, fré, anch'io sono felice di vederti, ma adesso calmati e spiegaci bene che cosa succede».

Franky si asciuga le lacrime senza riuscire a trovar le parole. D'un tratto si calma e dice: «Leo ci ha venduti».

«Che cosa!?», esclamano gli altri all'unisono.

«Ci ha venduti. Grid deve essersi messo in contatto con lui, costringendolo a dirgli dove trovarci. Poche ore fa sono arrivati i suoi uomini e hanno rapito Agata. Io sono vivo solo perché lei aveva previsto tutto. Mi ha bloccato e mi ha nascosto qua sotto perché voleva che portassi avanti la sua missione. Sapeva che l'avrebbero presa, e proprio perché immaginava che avrei fatto di tutto per impedirlo, ha voluto tenermi fuori. Ha detto a Leo di convincervi a non passare prima di domani mattina perché... perché...».

Winston gli va vicino, lo vede tremare. «Perché? Franky, va' avanti».

«Perché entro domani dovrà già essere morta».

Silenzio di marmo.

«Voleva che andassi avanti e... e che servissi la causa, perché in gioco c'è una posta più alta... Ma io non posso, non voglio. Non posso lasciare che lei... Io devo fare qualcosa».

Li guarda uno a uno. Nessuno gli chiede dove pensa che possano averla portata, i loro pensieri vertono subito al Charlie's. Per alcuni, un covo di lupi assassini. Per altri, l'infame bocca del diavolo. Per tutti, un viaggio di sola andata.

È il Samurai a parlare per primo. «Che cosa aspettiamo a rompergli il culo?».

«Ci serve un piano», gli dice Winston.

«Eccoti il piano», risponde Bescio, estraendo la katana dal fodero dietro la schiena. La lama ammicca sotto la luce di lampadina, mentre il Samurai la tende di fronte ai presenti.

«Vuoi assaltare il covo nemico con un giocattolo comprato su Amazon?», chiede Winston.

«Porta rispetto, fratello. Questa è la spada di Katsumoto, capitano dell'ordine samurai al servizio dell'imperatore, arma che ha combattuto innumerevoli battaglie, spillato il sangue di centomila orgogliosi guerrieri, e preso parte a un film che è una figata pazzesca». Leva la lama al cielo. «Cristo, è una vita che aspetto di usarla!».

«Dimmi che abbiamo qualcosa di meglio», lo implora Winston.

«Quando Franky mi ha svegliato, ho capito che ci sarebbero state grane di un certo livello, così ho informato subito Musca e lui ha pensato al resto».

Musca apre la borsa a tracolla e tira fuori l'armamentario. «Grazie al lavoro da fotografo e a una buona dose di parlantina, ho le mani in pasta un po' dappertutto nel settore. Questi li ho recuperati tempo fa da un paio di amici che lavorano per la sicurezza di grossi eventi. È una coppia di avanzi di galera, ma hanno saputo rendersi utili». Così dicendo, fa bella mostra di due taser elettrici e una bomboletta di spray urticante. «Servitevi pure. Sono carichi e pronti a colpire».

Winston e Musca prendono un taser a testa, mentre Franky squadra quel che rimane da scegliere e pensa che sta per opporsi al male con una soluzione al peperoncino.

«Tranquillo, fré», dice Bescio, prima che il ragazzo prenda lo spray, «per te abbiamo lasciato l'artiglieria pesante».

Slaccia il giubbotto rovistando in una tasca interna, ed estrae un oggetto il cui solo ricordo basta a far trasalire l'amico. È la pistola che trovarono a sedici anni in un cassonetto, ed è sporca, imbrattata di terra, come un residuo bellico che ha già fatto quel che doveva. Eppure conserva ancora la sua aura di onnipotenza. Franky sgrana gli occhi, come il resto della banda. «Sei... sei andato a dissotterrarla?».

«Ho deciso di farlo la stessa sera in cui vi abbiamo portato qui. Dopo che ci siamo lasciati, sono andato al parchetto e l'ho riportata alla luce. Sapevo che sarebbe tornata comoda». Consegna la pistola nelle mani di Franky. «Ora spetta a te farla cantare».

Franky la solleva saggiandone il peso. Fino a una settimana prima, avrebbe tremato semplicemente a impugnarla. Adesso invece la sente leggera, appena un paio di chili, quelli che occorrono a un uomo per ucciderne un altro. «Canterà questa sera. Te lo assicuro». Parole che turbano il resto dei suoi compagni. Non si aspettavano uscissero tanto sincere.

«È ora. Siete con me?». Guarda le facce dei suoi amici e non trova cenni di esitazione. «Allora sbrighiamoci».

Il gruppo risale le scale, ma prima di lasciarsi alle spalle la cantina e gli spiriti che la affollano, Franky si volta verso il centro del circolo e il pugnale dal manico nero che già una volta l'aveva salvato da morte certa. Lo raccoglie e lo infila tra jeans e cintura, qualcosa gli dice che ne avrà ancora bisogno. Poi, convinto che sarà più al sicuro lì che con lui, posa la gemma rossa in quello stesso punto. Spera di poterla trovare al suo posto per quello che verrà in seguito. Ovviamente *se* ci sarà un seguito. Ma quello è un momento che vede sfumato, distante anni luce. Ora per lui e per il suo Sodalizio contano solo tre cose: salvare Agata, uccidere Grid, e chiudere quella storia una volta per tutte.

24

IL RITO DEI CORVI

«Reggetevi forte», comanda Winston ai suoi passeggeri. Poi gira la chiave nel quadro e la macchina parte a velocità pressoché supersonica.

In meno di cinquanta secondi escono dal quartiere residenziale, discendono la collina e si inoltrano nel gomitolo delle vie cittadine, un labirinto che per il pilota non ha più alcun segreto, cosa che gli permette di evitare semafori rossi, possibili posti di blocco, e sgasare come un dannato facendo il pelo agli angoli dei palazzi. La tratta fino al porto richiederebbe circa mezzora, lui impiega meno di dieci minuti. È un tempo da record, ma agli amici pare comunque un secolo. A Franky forse di più. Osserva la pistola tra le sue mani, sgancia il caricatore e controlla il numero di proiettili. Cinque. Mai aveva abbinato a quella cifra un'importanza tanto vitale. Mentre li sfiora col polpastrello può già sentire il fragore degli spari. Sovrastano ogni altro suono, sebbene i colpi stiano esplodendo solo nella sua testa. Poi alza il capo, intravede i magazzini, le gru e le strade deserte del porto, e tutto tace dentro di lui. Sente il rombo del motore sotto sforzo, il respiro assente dei suoi compagni e capisce che tutto sta cominciando e che non sarà propriamente lui a vivere gli istanti seguenti.

Le ruote stridono sull'asfalto, mentre la macchina scivola tra i capannoni di legno, colpendo di sbieco cassonetti e montagne di cartoni da imballaggio. Infine Winston inchioda in mezzo al piazzale del Charlie's, i ragazzi abbandonano la macchina lasciando le portiere aperte e si dirigono all'entrata del pub, che li squadra dagli occhi rossi delle sue tapparelle abbassate.

Franky fa per aprire la porta. Purtroppo è bloccata. Musca ci tira un calcio, Bescio una spallata, Winston si guarda attorno alla ricerca di una via secondaria. Poi il mezzo cuoco alza il cane della pistola, preme il grilletto e manda in frantumi pomello, serratura e buona parte dell'anta di legno. Gli amici sussultano, credevano che una scena del genere avrebbero continuato a vederla soltanto nei film.

Franky dà un calcio alla porta soffiando via la nube di schegge e rivelando la sala principale dai lumi soffusi e vermigli. È sgombra di presenze umane ma densa di un'aura malevola che salta alla gola rubando il fiato. Entrano, sorpassano i tavoli, e si dirigono al passaggio dietro al bancone.

Prima che possano attraversare metà della stanza, dal cunicolo emergono tre figure massicce che si parano mute davanti a loro. Winston, Musca e Bescio hanno già avuto modo di guardarle negli occhi una volta, quello sguardo non è cambiato di nulla, è ancora iniettato di sangue e desideroso di uccidere.

Franky alza la pistola, «Fuori dal cazzo, o sparo». Il branco di lupi non sembra scosso. Avanzano sfoggiando coltelli di svariate misure, mentre Franky prepara il colpo, il Samurai sguaina la spada e Musca e Winston accendono i taser. «Levatevi, ho detto!». Dalla porta d'ingresso entrano altri due brutti ceffi che, assieme ai primi, circondano il gruppo di amici. Il cerchio lentamente si stringe. «Fermi, maledizione!», li intima ancora

Franky.

Bescio tenta di apparire deciso per tutti. «Spara, fratello. Quelli non hanno intenzione di darci retta».

Franky tentenna, i lupi avanzano.

«Spara, Franky», gli dice Musca, «ci saranno addosso comunque. Tu apriti un varco e corri di sotto. Noi ce la caveremo».

Quando il cerchio è ormai prossimo a chiudersi, Winston esclama: «Spara, Cristo santo! O saremo morti ancor prima di Agata!».

Il colpo parte, Franky non sembra nemmeno accorgersene, vede il fiotto di sangue, il buco nero nel cranio nemico e la salma cadere a terra subito dopo. Ha appena il tempo di scorgere gli altri uomini saltargli addosso. Poi tutto diventa caos e immagini frammentate.

Un tizio lo placca schiantandolo contro un tavolo, l'arma ancora fumante striscia sul pavimento. Musca riceve un pugno che gli spacca il naso e cade a terra sovrastato dal suo avversario. Winston evita la lama che gli recide metà della giacca, pianta il taser sotto il braccio del nemico, ma quello resiste alla scarica e lo centra con un gomito sullo zigomo. Bescio devia una pugnalata e risponde con la katana, tagliando di netto due dita del brutto ceffo. Franky cerca di rialzarsi, ma l'uomo che lo fronteggia è più svelto, gli assesta un calcio nel petto rispedendolo a terra e si butta sulla pistola. Musca sente il naso sfrigolare di un dolore indecente, poi vede il coltello piombargli sulla faccia e rotola appena in tempo per schivare l'attacco. Tira un calcio alla caviglia dell'avversario e quello gli precipita addosso. Winston barcolla intontito fin quando non sente la lama penetrargli nel braccio sinistro. Subito non riesce nemmeno a gridare, poi la lama esce come è entrata e si prepara a centrargli il collo. Bescio alza la katana, pronto a dividere in due qualunque cosa respiri, purtroppo il tizio azzecca il tempismo, gli spara un calcio in mezzo alle gambe e una testata dritta in fronte. Il Samurai vacilla, mentre l'altro recupera il pugnale con la mano munita ancora di cinque dita. Franky intercetta l'uomo diretto alla pistola e lo afferra per una gamba facendolo crollare al suolo, lui gli risponde con una pedata in faccia e allunga una mano sul calcio dell'arma da fuoco. Musca sente le dita del nemico stringersi sulla sua gola, allora le luci della stanza si attenuano e piano piano tutto diventa nero e puntinato da stelle dorate. Ormai prossimo a perdere i sensi, estrae dalla tasca lo spray urticante, schiaccia il pulsante e libera una nube di gas che investe tanto lui quanto il suo avversario. Colto da un istinto provvidenziale, Winston si abbassa schivando la lama, concentra la foga in un unico colpo e pianta il taser sotto il mento del brutto ceffo, poi vede i suoi occhi virare al bianco e il suo corpo cedere sotto le scariche. Il coltello attraversa la giacca di Bescio e lacera la sua carne. Il Samurai vede il sangue che spilla, ma è un taglio superficiale, che non gli impedisce di restituire il favore aprendo uno squarcio nel petto dell'altro tizio. Franky osserva il foro della canna puntata sulla sua faccia, ma prima che l'uomo spari Winston gli sferra un calcio alla tempia e la pistola scivola sotto gli occhi del mezzo cuoco. «Vai adesso!», urla l'amico con il braccio che gronda sangue, «Vai a salvarla, cazzo!», e questa volta Franky non ci riflette nemmeno un secondo. Recupera l'arma e si getta nella soglia dietro al bancone, lasciandosi la bolgia alle spalle.

Attraversa il corridoio ignorando due porte laterali, in cuor suo sa che la tragedia si sta consumano in cantina, sottoterra, più vicino possibile all'inferno. Scende le scale e arriva a una porta socchiusa da cui proviene una luce scarlatta. Entra nella tana del diavolo, e il diavolo è lì che lo attende.

Candele rosse distribuite in ogni dove gettano luci sinistre sull'incubo apparso di fronte ai suoi occhi. Vede le bambole con la perla nera per testa che pendono dal soffitto agganciate a fili invisibili. Vede simboli enormi tracciati sulle pareti, sembrano uguali a quello descritto sul pavimento col sale, ma spiccano di un colore rossastro che non può essere altro che sangue. Vede Agata, al centro di quel delirio, distesa su una cassa di legno come un agnello sacrificale, con gli occhi chiusi e l'aria serena. E pochi metri davanti a sé vede un uomo girato di spalle. Impugna un cristallo, simile a una gemma ben conosciuta, che mano a mano che il tempo passa va colorandosi di uno splendido giallo ambra. Luccica più dell'oro, più di un gioiello, più di una stella. Forse perché il suo valore supera ognuna di quelle cose.

«Non preoccuparti, Guardiano. Presto sarà tutto finito. E allora toccherà a te».

Franky solleva il cannone, mira alla testa del suo nemico, e preme il grilletto che chiuderà quella storia per sempre.

Il suo dito si blocca un secondo prima, quando Grid lascia cadere la gemma e punta la mano nella sua direzione. Allora Franky sente il peso del mondo, la morsa del gelo artico e il volere del male che grava sopra di lui. Il braccio gli trema, quasi non fosse più di sua proprietà, e la pistola si abbassa di qualche grado. Grid si avvicina divertito, «Dovresti crollare a terra, contorcerti come un verme e supplicare pietà. E invece te ne stai lì a sfidarmi. Formidabile. Semplicemente formidabile. Peccato che questa tua forza debba sprecarsi così per nulla».

Franky fa fede a tutto quello che ha dentro, e concentra ogni lembo della sua fiamma azzurra nel dito indice della mano destra. Preme il grilletto, la cartuccia esplode, la pistola ruggisce, e il proiettile attraversa la pancia di Grid spargendo altro sangue nel circolo demoniaco.

L'uomo si blocca, soffoca un rantolo, ma poi prosegue tenendo sempre la mano protesa. «Bel colpo, Franky», sputa un grumo catramoso. «Ma se non mi ha ammazzato un incendio, dubito potrà farlo un pezzo di piombo».

Franky solleva la canna della pistola, guadagnando un centimetro al prezzo di uno strappo di muscolo. Spara il secondo colpo centrando il nemico nel petto. Grid barcolla, poi tira dritto, imperterrito. «Vicino al cuore!», sorride, «credi che faccia la differenza?».

Franky non gli dà corda, nella sua testa rimbomba solo l'ultimo sparo, e prega che possa spazzarlo via come una statua di vetro esplosa. Contrasta la morsa psichica sforzandosi quasi a svenire e alza la canna quel tanto che basta ad allineare il mirino e la faccia del mostro. Lui si avvicina. Ancora un paio di metri, e potrebbe ucciderlo a bruciapelo. Preme il grilletto. Il fragore riempie tutta la stanza, mentre il proiettile attraversa metà della bocca di Grid portandosi via una guancia, qualche dente, e donandogli un ghigno eterno, degno del padre di tutti gli orrori.

«Adesso basta», sentenzia Grid. Agguanta la testa di Franky e il suo potere si abbatte come una folgore. Lui getta un grido straziato, mentre la fiamma del Guardiano si polverizza poco alla volta spegnendosi quasi del tutto. Infine collassa a terra, come fosse già carne per corvi. Il peggio è che è ancora cosciente.

«Sei stato gentile a farti vivo da solo. Mi hai risparmiato parecchi fastidi», dice Grid, toccandosi le ossa scoperte con la stessa preoccupazione di una lucertola che ha perso la coda. «Quasi mi dispiace per il tuo amico. Alla fine l'ho ammazzato per niente. Anche se devo ammettere che vederlo agonizzare ai miei piedi, mentre cercava di difenderti, mi ha procurato un piacere impagabile».

Franky spalanca le palpebre, sono le uniche cose che è in grado di muovere, anche se tutto dentro di lui è appena piombato nel caos più totale.

«Oh, giusto, scusami. Non lo sapevi. Sì, Guardiano. Leo è morto. L'ho torturato personalmente. Poi, con questa stessa mano, gli ho conficcato un coltello nello stomaco per ben tre volte. Avresti dovuto vedere la sua faccia, sembrava non se lo fosse aspettato per niente. Anche dopo, quando è cascato a terra, aveva ancora la stessa espressione. Un po' stupida, se capisci quello che intendo. Assomigliava molto alla tua di adesso». Sogghigna. «L'ho convinto a portarmi Agata facendo leva sulla sua paura. Era un codardo, non c'è dubbio. Però bisogna riconoscergli una certa virtù. In fondo, aveva fatto tutto con l'intenzione di salvare te e il tuo patetico Sodalizio. Buffo che sia andata a finire così. Nonostante i suoi sforzi, ti sei infilato nella merda da solo. E, giusto per fare le cose per bene, ci hai trascinato anche il resto dei tuoi amici». Getta uno sguardo al soffitto. «Ora come ora, dovrebbero essere già tutti morti, in una pozza di piscio e sangue. È un peccato non poter assistere. Ma almeno posso consolarmi con te, guardarti mentre ti accorgi che questo casino l'hai combinato tu stesso. Perché è così, lo sai? Sei stato tu a ucciderli. Quando sapevi che questa storia avrebbe potuto richiedere solo una vita. Una vita e basta. Devo confessarti che ho conosciuto Guardiani più furbi». Gli scompiglia i capelli. «Tanto meglio per me».

Si volta verso di Agata. «Adesso abbi un attimo di pazienza, devo finire quel che ho iniziato. Poi tornerò a occuparmi di te, come promesso».

Franky lo guarda allontanarsi, recuperare la gemma caduta e torreggiare sul corpo della sua donna priva di sensi, mentre lui resta a terra paralizzato. Nella sua mente non c'è altro che un urlo, un grido gigante che copre ogni cosa, ma che non riesce a uscire dalla sua bocca.

Grid si concentra, mormora alcune parole che Franky non riesce a comprendere, e adagia la gemma sul petto della ragazza. I circoli di sangue si illuminano, le bambole appese al soffitto vibrano tutte all'unisono, e una nebbia sottile trasuda dalla bocca di Agata per poi fluire dentro alla gemma, che si colma di un nuovo colore dorato.

Alcuni affermano, per spirito romantico, o banale sentito dire, che l'amore permetta a un uomo di scavalcare gli ostacoli, abbattere il muro dell'impossibile, e compiere gesta di straordinaria grandezza. Altri, per indole più pragmatica, o semplice esperienza diretta, sostengono che l'odio sia in grado di fare altrettanto, se non di meglio. Grid, nel vedere il ragazzo rialzarsi, brandire il pugnale dal manico nero e scagliarsi contro di lui, si è appena schierato con questi ultimi.

La lama gli trancerebbe la gola di netto, ma l'uomo afferra il braccio che la impugna, bloccando il colpo e salvandosi appena di un soffio. «Ma cosa credi di fare!?». Grid affila lo sguardo, concentra il suo potere e si prepara a finire il ragazzo. Ma poi si ferma nel vedere una seconda sagoma precipitarsi in mezzo allo scontro.

«Tu Franky non lo tocchi», grida il Samurai, affondando la katana nella carne di Grid.

La lama lo infilza come uno spiedo, lasciandolo più sconcertato che moribondo. «Tu...», gorgoglia sputando un fiotto di sangue, «tu dovresti essere morto». Bescio fa forza sull'elsa conficcando la spada sempre più a fondo.

Grid lo fissa, una parte della sua fiamma invisibile lo prende alla gola, chiama a raccolta tutta la sua micidiale essenza e gliela schianta addosso. Magari Franky, il prescelto dal Re, il Guardiano dall'anima scintillante, avrebbe potuto salvarsi dal colpo. Purtroppo Bescio non è un Guardiano, non è stato prescelto da alcun sovrano, e l'unica cosa che brilla dentro di lui è la fiamma del grande amico, il migliore amico possibile che, malgrado tutto, non ha la forza di opporsi a un potere del genere. E allora il cuore si blocca, i suoi occhi virano al bianco, e il Samurai cade a terra come l'eroe che meritava di essere.

È una magra consolazione, ma Grid non avrà il tempo di assaporare il momento. Franky si divincola dalla sua morsa, afferra il pugnale incantato con entrambe le mani e pianta la lama nel petto del mostro. Lui si volta a osservarlo, con un'espressione che, durante una vita di innominabili perfidie e incontrastate crudeltà, in poche occasioni aveva dipinto il suo viso. È quella di un uomo sconfitto.

Piomba al suolo nell'istante seguente. Poi, come era stato per il suo braccio, così anche il suo corpo rimane immobile. E l'aura maligna che aveva pervaso quel luogo si spegne con lui.

25

QUELLO CHE RESTA

Le bambole appese al soffitto si fermano, i circoli rossi si spengono, e il silenzio cala sulla ragazza distesa sopra alla cassa di legno, sul cadavere del nemico e sul pugnale che svetta dal suo petto come una lapide insanguinata.

Franky non vede nulla di tutto questo. Per lui si è fatto improvvisamente buio, e l'unico riflettore acceso punta sul corpo inerte del suo vecchio amico. «Bescio? Bescio, è finita, l'abbiamo battuto», gli dice con un sorriso spontaneo. Ma Bescio non gli risponde, e quel sorriso si crepa. «Bescio!». Franky si china su di lui, convinto di scorgere la sua solita espressione idiota, di sentire la sua voce stupida canzonarlo, e invece non vede altro che un paio di occhi serrati e due labbra socchiuse che sembrano dire "addio".

«Forza, coglione, alzati e falla finita», gli dice, cercando di aggiustare il sorriso. «Avanti, svegliati, non fare il finocchio, so che non lo sei. Pensa a Katsumoto. Che cosa direbbe se ti vedesse andare al tappeto così?», lo afferra per il colletto, ma il Samurai non si sveglia. «Coraggio! Riprenditi! Non puoi permetterti certe figure! L'hai detto anche tu, solo gli sfigati fanno una fine del genere! E tu non puoi essere uno sfigato! Gli abbiamo rotto il culo e l'abbiamo fatto assieme! Cos'è? Vuoi forse lasciarmi tutta la gloria!? Lo fai apposta!? Lo sai che non la reggo, da solo! Sei tu quello bravo, quello figo, quello forte! E tu sei più forte di questo! Più forte di me, più forte di tutti!». La sua voce si spezza. «Lo sei sempre stato, maledizione! E devi esserlo anche adesso. Hai capito!?».

Si ferma. Lo guarda.

«E tu saresti un samurai!? Ma che razza di samurai si lascerebbe andare a questo modo!? Allora non sei un guerriero! Non sei un samurai! Sei solo uno scemo con i capelli raccolti e una spada giocattolo, ecco cosa sei! Ci hai sempre raccontato un sacco di balle! E anche adesso vuoi farci passare per deficienti con uno scherzo del genere!?».

Gli tira un pugno sul petto.

«Guarda che l'ho capito! Lo so che è uno scherzo! Quindi dacci un taglio!».

Un altro pugno.

«Ti diverti così tanto!? Apri gli occhi, lo sai che è uno scherzo del cazzo! È solo un fottuto scherzo del cazzo, e ti assicuro che non ci casco».

Un altro.

«Smettila, sei patetico!», gli urla, sferrando un altro pugno. «Svegliati! Ti ho detto che non fai ridere proprio nessuno!».

Va avanti a colpirlo, prima con le nocche, poi con le lacrime.

«Quindi è così che te ne vuoi andare!? Sei un vigliacco! Sei un vigliacco! Non si muore così! Tu non puoi morire così». Si accascia su di lui. «Allora, mi hai sentito? Tu non puoi morire... non puoi morire... non puoi morire. Se te ne vai così, sei solo uno sfigato...».

Le sue parole diventano liquide, impossibili da comprendere.

«... Hai capito? Uno sfigato... solo uno sfigato».

Poi ecco l'ultimo pugno di Franky. Cade sul petto di Bescio come un martello, con la forza di un defibrillatore, schiantandosi sopra il suo cuore immobile. E, che un fulmine possa stroncarlo altrimenti, quel cuore riprende a battere e Bescio apre gli occhi divorando il suo primo respiro.

In sala non ci sono medici che abbiano assistito all'evento, ma nel caso ci fossero stati, dal più imbranato degli specializzandi al più illustre dei cardiochirurghi, tutti si sarebbero complimentati con Franky per il suo pugno precordiale eseguito in maniera impeccabile.

I due sguardi si incrociano: uno scioccato, l'altro letteralmente sorpreso. Entrambi senza parole. È Bescio a parlare per primo, la sua voce è appena un bisbiglio. «Vacci piano con le botte... sono uno delicato, io».

Franky piange, ride, e nemmeno se ne rende conto, «Brutto... figlio... di puttana». Vorrebbe colpirlo ancora più forte, ma riesce solo ad abbracciarlo.

«Piano! Piano! Piano! Ti ricordo che ero morto fino a un secondo fa».

«... Abbiamo vinto».

«Così pare».

«Io... io ti devo la vita».

«Credo che siamo pari, fratello». Ed ecco di nuovo quell'espressione da imbecille perenne, che solo Bescio è in grado di fare. Ruota il capo di qualche grado, in direzione della ragazza. «Che diavolo fai ancora qui? Corri dalla tua donna e dalle la buona notizia».

Franky sorride, poi si alza a fatica e si dirige all'altare in mezzo alla stanza.

Mentre passa a lato di Grid, osserva quel mostro, il suo corpo esanime. Lui gli restituisce uno sguardo vacuo, eppure a

Franky sembra di vederci dell'altro, una brama di sangue che fatica a spegnersi, e un messaggio lasciato lì a lampeggiare che solo lui potrebbe capire. "Bravo, Guardiano, ce l'hai fatta. Dopo così tanto tempo, una piccola vittoria per la tua stirpe. Ma tu ormai lo sai, io non sono che l'ombra di cose più grandi, che prima o poi torneranno per vendicarsi, e terminare ciò che portiamo avanti da secoli". Franky ci legge questo, perché *i Corvi stanno vincendo*, purtroppo qualcuno l'aveva detto, e quelle parole portavano il suono della rovina e il fetore dell'olocausto.

Ma sono parole a cui ripenserà più avanti, quando sarà il momento opportuno. Per lui adesso c'è solo Agata, e quel fragile barlume al quale vale la pena aggrapparsi. La sua vittoria, il suo lieto fine, il premio ultimo per i suoi sforzi. È proprio lì, davanti a lui, disteso su una cassa di legno, e pare ancora che dorma. Se l'è meritato, in tutto e per tutto, e sarebbe giusto che ne godesse. Sarebbe bello potervi dire che la ragazza si sveglierà al primo bacio, a cui seguiranno lacrime e abbracci e la certezza che tutto, alla fine, è andato nel modo migliore. Vederli poi allontanarsi dall'incubo, sul cammino di un nuovo inizio, lontani dalle ingiustizie e le iniquità della vita; una strada lungo la quale si possa accantonare il passato di un'esistenza votata alla fuga, per alcuni da troppi nemici, per altri solo da se stessi. Sì, sarebbe davvero bello potervi descrivere un futuro così. Il problema è che la realtà è un'altra. E, che ci piaccia o no, le cose prendono il loro corso, ci pongono di fronte a sfide impossibili, e anche quando oltrepasseremo i nostri limiti lasciandoci dietro un mare di sacrifici, realizzeremo di aver combattuto la guerra di qualcun altro e aver assecondato il volere del Fato, che, come già detto più di una volta, se ne infischia dei nostri propositi e persegue soltanto i propri.

Franky accarezza i capelli della ragazza, le dà un bacio e le sussurra che è tutto finito, che è il momento di aprire gli occhi. Ma Agata non risponde e i suoi occhi rimangono chiusi.

«Agata, svegliati», la bacia ancora e per qualche istante sembra ignorare il gelo delle sue labbra, il freddo della sua pelle, e il silenzio di un cuore spento.

«Te l'avevo detto che ci sarei riuscito. Che non ti sarebbe successo nulla».

Curioso come la sua mente si ostini a salvarlo dai traumi, anche quando l'evidenza è pronta a colpirlo con un gancio sui denti.

«Hai visto? Sono stato bravo. E tu che non avresti puntato un centesimo su di me».

Si impegna a gettare ombra sugli elementi scomodi favorendo l'insorgere di illusioni potenti.

«Saliremo su quel treno, e lo faremo assieme. Devi solo svegliarti».

È il suo modo di proteggerlo, o di ingannarlo, a seconda dei punti di vista. Ma per quanto si adoperi a nascondergli la realtà dei fatti, qualcosa sfugge al suo controllo penetrando oltre le maglie dell'armatura, come una miccia accesa.

«Mi senti, Agata? Devi solo svegliarti».

Ed è proprio quando lo sguardo di Franky si posa sul petto della ragazza che la bomba esplode.

«Coraggio... svegliati».

Vede la gemma adagiata da Grid, che ormai brilla del suo colore dorato, la luce di un'anima strappata alla carne.

«Svegliati... ti prego».

La mente può fare sfoggio di tutti i suoi trucchi, ma non può cambiare l'ineluttabile, o nasconderlo ancora a lungo.

«Non voglio perderti ancora. Non puoi lasciarmi qui da solo... svegliati».

272

Questa volta non ci saranno grida, pugni miracolosi, o gesta eroiche a cambiare le cose.

«Non puoi... non puoi... non puoi. Ti supplico... svegliati».

Agata è morta, e il rito dei Corvi è compiuto.

Winston e Musca scendono le scale che conducono alla cantina. Il primo è pallido come un cencio, a stento riesce a sentire il braccio, e se non gli verrà operata una trasfusione il prima possibile, presto non sentirà più nulla. Il secondo se l'è cavata meglio, deve solo sopportare la fornace che ha sulla faccia e aspettare di recuperare la vista. Un paio di minuti e potrà di nuovo guardarsi allo specchio, per fare i conti con il Picasso che ha al posto del naso. Il buon senso imporrebbe di catapultarsi al primo ospedale, ma il buon senso ha fatto i bagagli nel momento in cui sono entrati nel Charlie's e sono stati costretti a uccidere, divenendo altro da sé. Quello grava su di loro più dei lividi, le costole rotte e le ferite collezionate.

Ma questa è una condizione che potranno gestire nelle sere a venire, quando saranno soli, a letto, e non riusciranno più a prendere sonno. Adesso vogliono solo lasciarsi alle spalle i cadaveri, raggiungere gli amici, e poter credere di aver combattuto per qualcosa di giusto. Se tutto andrà bene, li troveranno accanto ad Agata, magari non sani, ma di sicuro salvi, e allora il peso che tanto li opprime si alleggerirà di un pugno di grammi.

Purtroppo, quando si troveranno di fronte alla scena che già conosciamo, quel peso si farà insostenibile. Ci sono casi in cui basta uno sguardo per comprendere il quadro completo. Il caso in questione è uno di questi.

Nella stanza ci sono quattro figure: due morte, una viva, e una che è un misto di entrambe le cose.

Winston e Musca osservano l'uomo venuto dal buio. Erano convinti che, nel vederne la salma, l'incubo sarebbe cessato all'istante. Ma l'incubo è ancora presente e ben radicato sul volto di tutti i presenti, quelli che ancora respirano.

Guardano Bescio, disteso a terra impotente, e dai suoi occhi capiscono che non è ancora il momento di farsi avanti, di avvicinarsi a Franky e posare una mano sulla sua spalla. Allora si limitano a fissarlo, mentre lui abbraccia il corpo della ragazza, lentamente la culla, e perseguita a sussurrarle: «Ti supplico... ti supplico, svegliati».

Bescio ritrova le forze di muoversi, si mette a sedere e aggiorna Winston e Musca su quanto è avvenuto. Nei loro discorsi non nominano Leo neanche una volta. Anche se ignorano i tragici eventi che lo riguardano, è come se dentro avvertissero una frattura, e una voce, che con discrezione sussurra a ciascuno che sarebbe fiato sprecato.

«Che facciamo?», domanda Musca.

Winston si stringe il braccio, soffoca un gemito. «Siamo nella merda, e a breve le cose potrebbero mettersi peggio. Mi hai fasciato il braccio come meglio potevi, ma non ci vuole un dottore per capire che se non mi porti al pronto soccorso alla svelta rischio di lasciarci le penne». Guarda il Samurai, la sua ferita sul petto e la sua faccia cadaverica. «Lui si è schivato l'infarto ma, date le circostanze, dubito che sia fuori pericolo». Osserva la carcassa di Grid ripensando anche ai cinque morti che riposano al piano di sopra. «Inoltre, immagino sia chiaro a tutti che, se trapelasse una sola sillaba di quel che è successo stanotte, da domani e per tutta la vita ci saluteremmo da dietro una riga di sbarre».

«Insomma», gli dice Bescio, «che cosa proponi di fare?».

«Bruciare tutto. Bruciare ogni cosa».

I tre si guardano comprendendosi al volo. In un certo senso, forse in maniera diversa, pensavano tutti la stessa cosa.

Winston va avanti: «Questo posto ha una cucina, quindi suppongo avrà anche una bombola del gas nascosta da qualche parte. Con quella, una candela, le bottiglie di superalcolici, e una buona dose di fortuna, il piano dovrebbe avere successo».

«Spiegati nei dettagli», gli dice Musca. «Voi state uno peggio dell'altro, quindi dovrò occuparmi io della cosa».

«L'edificio è di legno vecchio, ma tu prendi comunque tutto ciò che supera i quaranta gradi e cospargi per bene pavimento e pareti. Trova la bombola, portala qui e aprila così che il gas riempia la stanza e cominci a salire. Infine accendi una candela e lasciala sul bancone di sopra. Quando il gas sarà salito fin su dalle scale, sarà meglio per noi essere già distanti, perché salterà tutto in aria. Le fiamme faranno il resto».

«Sei sicuro di quello che dici?».

«L'ho visto in TV e ha funzionato. Fatevelo bastare, perché non so che altro proporre, altrimenti».

Gli altri due tacciono. Deve bastare per forza.

«Direi che rimane soltanto un problema...», dice Bescio. Gli amici intuiscono e si voltano verso di Franky. Sta ancora cullando Agata, non li ha sentiti, forse nemmeno li vede.

«Musca, tu fai quello che ha detto Winston», ordina il Samurai. «A lui ci penso io».

Mentre Musca mette in pratica il piano, Bescio si trascina fino al suo migliore amico. Vede il delirio dentro ai suoi occhi, e le parole che aveva in mente marciscono. Sa che per Franky il mondo è finito lì, quella notte, in quella cantina, scivolato dalle sue mani come la vita di Agata. A quel punto, ogni frase, ogni gesto, sarebbe paglia gettata nel fuoco, e quello è un incendio che nessuno vorrebbe mai alimentare. Tanto vale trovare la forza di essere schietti.

«Si torna a casa, fratello. Adesso devi lasciarla andare». Franky non gli risponde. «Ascoltami, non c'è più niente da fare. Lasciala qui e torna a vivere. Non l'ho conosciuta come l'hai conosciuta tu, ma sono certo che avrebbe voluto la stessa cosa».

«Aspettiamo ancora un attimo. A breve dovrebbe svegliarsi».

«No, Franky. Non credo che aprirà gli occhi mai più».

«Fidati, li aprirà. Grid è morto, il ciclo è spezzato, è tutto finito. Lei è salva, adesso. Deve aprirli, per forza».

«Mi dispiace, Franky. Hai fatto del tuo meglio, e sei stato grande, il più grande di tutti. Ma forse doveva andare così. Lo aveva previsto anche lei, l'hai detto tu stesso».

«Ma io... io ho dato tutto. Ho dato tutto per lei».

«Lo so... Lo so, vecchio mio, lo so».

«Ma allora, perché? Perché lei è... è...».

Bescio lo tira a sé, lo abbraccia forte, lo lascia sfogarsi.

E mentre Franky piange a dirotto, lui non versa nemmeno una lacrima. Vorrebbe. Vorrebbe, eccome. Ma non lo fa ugualmente.

Nei venti minuti seguenti Musca porta la bombola giù in cantina, versa l'alcol su pavimento, pareti e cadaveri, e posa la candela accesa sul bancone della sala principale. Il piano è ormai messo a punto, bisogna solo aprire la valvola, tagliare la corda e sperare in quel briciolo di fortuna che, dopo tutto, il Sodalizio dovrebbe essersi meritato.

Musca, stremato e fradicio di sudore, ruota la manovella e libera il gas, poi gira i tacchi, si carica il Samurai su una spalla e sale le scale raggiungendo Winston, ora più simile a un morto che a un vivo.

Si volta a guardare Franky, ancora immobile accanto ad Agata. «Franky! Dobbiamo andarcene subito! Sbrigati, o qua ci restiamo tutti secchi!».

In un primo momento lui non si volta. Il suo sguardo è puntato sulla ragazza, come non aspettasse che un fremito, un impercettibile cenno di vita. «Franky!», gli grida ancora Musca. E questa volta il mezzo cuoco lo ascolta.

«Metti in moto. Io arrivo», risponde. Si gira, li fissa tutti, come per avvalorare quelle parole. Poi dà loro le spalle e torna a guardare Agata.

I tre amici aspettano qualche secondo, poi si decidono a lasciare il locale e a salire in macchina. Non passerà istante in cui smetteranno di dubitare di quell'arrivo.

Due minuti dopo, Franky esce dal Charlie's permettendo al gruppo di respirare di nuovo. Si infila nei posti dietro, vicino a Bescio, e chiude la portiera senza aggiungere altro. Gli amici tacciono a loro volta, Musca gira la chiave nel quadro, schiaccia il piede sull'acceleratore, e la macchina schizza via dal parcheggio esattamente come vi è giunta: veloce, disperata, in totale silenzio.

Mentre superano i confini del porto e imboccano la sopraelevata diretti al primo ospedale, il pub esplode alle loro spalle e il fuoco cancella le tracce del loro passaggio, così come gli eventi di quella notte e la prova della loro disfatta.

Gli sguardi si volgono verso l'incendio, riconoscendo in quella luce lontana la fine di una triste storia. Anche Franky osserva una luce, ma non è quella che brilla sulle rive del mare. È quella che ammicca nel palmo della sua mano, nella piccola gemma dorata, ed è quanto gli resta di Agata.

A suo modo, anche quella luce segna la fine di una storia. La storia di una vita. Una breve, ingiusta, sciagurata, piccola vita.

26

SERVIRE LA CAUSA

Passarono tre giorni da quella lunga notte. Tre giorni in cui la città, quella fredda città indifferente, volse lo sguardo verso alcuni fatti curiosi che mano a mano vennero a galla come corpi affiorati dal fondo del mare. Sui giornali locali comparvero notizie bizzarre dai titoli altrettanto inquietanti: "Ancora irrisolto il mistero dell'appartamento numero 9", "Terribile incendio sulle rive del porto", "Giovane muratore scomparso dopo la sera del 20 novembre", "Aggrediti quattro ragazzi dietro il parcheggio della discoteca FlyHigh. Colpevoli sconosciuti".

Solo le menti più eccelse avrebbero potuto incastrarle in un unico grande disegno, ma nelle forze dell'ordine e negli apparati investigativi di quella città non si celano menti eccelse, ma un manipolo di persone comuni, che fanno quello che fanno perché devono farlo, ostentando il minimo indispensabile per dare l'idea di avere tutto sotto controllo.

Sarà per questo e altri mille motivi che la gente non troverà mai un nesso tra gli eventi sopraccitati. Se aggiungiamo poi l'amnesia di Diego, la mancanza di indizi chiave sulla scena del Charlie's, l'assenza di tracce lasciata da Leo, e quattro alibi ben congegnati ottenuti tramite i contatti di Musca, arriveremo a un quadro più che fuorviante. Dal punto di vista dei protagonisti di tali vicende, non può che essere un bene, derivato da quel briciolo di fortuna che, dopo tutto, si erano meritati. Non avrebbero avuto le forze di gestire problemi aggiuntivi, ne hanno già troppi con cui confrontarsi. Inoltre, si portano dietro ferite profonde, e alcune richiedono molto tempo per rimarginarsi. Per altre, invece, non basta nemmeno quello.

Dopo la notte del Charlie's si erano precipitati all'ospedale più vicino. Musca e Franky erano stati dimessi trentadue ore più tardi con il consiglio di riguardarsi ed evitare sforzi superflui. Winston e Bescio, per condizioni fisiche più preoccupanti, sarebbero stati trattenuti fino a data da destinarsi.

A turno, ciascuno di loro aveva subito due interrogatori. Il primo riguardava la suddetta aggressione e la ricostruzione dei fatti seguiti alla serata in discoteca alla quale nessuno, in verità, aveva partecipato. Non era stato difficile convincere gli sbirri che i traumi collezionati durante quell'evento, tanto fulmineo quanto fasullo, avevano compromesso la loro memoria impedendo così di identificare i colpevoli. Gli alibi forniti dai gestori del FlyHigh avevano giocato un ruolo fondamentale.

Il secondo interrogatorio, di gran lunga più inquisitorio, era volto a scoprire qualcosa sulla scomparsa di Leo. Anche in quel frangente il gruppo non aveva fornito informazioni determinanti, mantenendosi sul vago e dissimulando ogni reazione che potesse avvicinare gli agenti alla verità. Del resto, quella storia si era consumata senza che gli amici ne fossero testimoni, e l'unica versione ufficiale era giunta loro per bocca di Franky, prima che raggiungessero l'ospedale. Il mezzo cuoco non avrebbe più scordato il silenzio che ne era seguito, né l'espressione di Musca, che lo aveva fissato dal sedile anteriore come a dirgli che, in fondo, a uccidere il loro compagno non era stato Grid.

In ogni caso, nei mesi a venire, avrebbero dovuto mantenere il segreto e il dolore di quella scomparsa. Più e più volte avevano sentito l'esigenza di confessare quanto accaduto, concedere la pace, si fa per dire, a una coppia di genitori aggrappati ancora alla speranza di veder ritornare a casa il loro unico figlio. Ma che si fosse trattato di banale vigliaccheria, o della convinzione che il mondo non avrebbe potuto accettarla, gli amici non erano ancora pronti a raccontare quella storia. Forse perché nemmeno loro l'avevano ancora accettata.

Sempre in quei famosi tre giorni, la bettola di Gio aveva riaperto i battenti, e Franky era andato a trovare il cugino. Gli aveva detto che non era in grado di tornare a lavoro, e che per un certo periodo avrebbe fatto meglio ad assumere qualcun altro al suo posto. Aveva omesso ogni parte della vera storia e non aveva nominato nemmeno una volta la sconosciuta dai riccioli neri che, una decina di giorni prima, aveva mandato all'aria la vita di Gio.

Lui non aveva fatto domande, né si era sforzato di guardare oltre quella montagna di risposte taciute. Per la prima e unica volta, dopo tanti anni, non era stato capace di indovinare i pensieri di Franky. Forse perché l'aver riallacciato il legame con Giulia gli aveva regalato quel genere di sollievo che si conserva ignorando drammi e problemi altrui. O forse perché, quando era andato a parlargli, Franky si era presentato con la maschera di un ragazzo invecchiato di venti o trent'anni. Un ragazzo che Gio non era stato in grado di riconoscere. E lo stesso era valso per tutti gli altri per cui, quel ragazzo, era sempre stato una presenza costante nella vita di tutti i giorni.

***

Il quarto giorno, nella stanza d'ospedale di Bescio viene annunciata una visita. Il Samurai si aspetta uno dei suoi genitori, un amico, un conoscente o qualsiasi altra persona, ma quello che attraversa la porta è un fantasma, il fantasma del suo migliore amico. Percorre la stanza, si siede accanto al suo letto e lo saluta senza guardarlo.

«Ti prego, posso avere un sorriso. Anche mezzo basterebbe», dice Bescio. «Vorrei ricordarti che sono io quello steso in un letto e imbottito di farmaci». Non tira di certo l'aria del buon umore, eppure il suo tono è tutto meno che fuori luogo. Per anni ha fatto da sottofondo alle più svariate circostanze, come una costante imprescindibile, che anche adesso svolge la sua funzione: ti fa capire che la vita va avanti.

«Scusa. Hai ragione».

«Guarda che sto scherzando, fratello».

«Tranquillo. Lo so».

«Pensavo saresti venuto con il panzone».

«L'intenzione era quella. L'ho chiamato un paio di volte, ma non mi ha risposto».

«... Ho capito».

«Già».

Una pausa, poi il Samurai riprende. «Sei passato a trovare Winston? L'hanno messo al piano di sopra, nel caso non lo sapessi».

«Sì, lo so. Ci sono passato prima di venire qui. Purtroppo dormiva, così ho preferito lasciarlo in pace».

«Meglio. Almeno si riposa un po'. Se l'è vista davvero brutta, rischiava di rimetterci il braccio. Però, da quel che ho sentito si sta rimettendo, a suon di morfina, ovviamente. Te lo immagini

Winston strafatto? Io non ce la faccio assolutamente. Proprio lui che è sempre stato così cervellotico».

«Non riuscirà a pensare lucidamente», dice Franky, affacciandosi alla finestra. «Direi che è il più fortunato di tutti».

«Sì... Suppongo di sì».

«Tu come te la passi?».

«Male, schifosamente male. C'è un'infermiera da capogiro che mi visita ogni giorno e io non ho nemmeno le forze di allungarle una pacca sulle chiappe».

«Grazie a Dio. Altrimenti saresti ricoverato per altri motivi».

«Ho fatto caso a come mi guarda e ti assicuro che apprezzerebbe».

«Ne sono sicurissimo».

«Stai pensando a Leo?».

«Ci penso sempre».

«... Anch'io».

Cala il silenzio, un silenzio che ciascuno vive alla propria maniera, nascondendosi sotto un velo di vuoto. Quello che copre Franky nasconde anche molte altre cose. Cose che Bescio decide di non indagare.

È Franky a scoprirsi. «Oggi andrò alla villetta».

«Perché? Cosa ci vai a fare?».

«È da quella notte che ci penso. Credo sia arrivato il momento».

Il Samurai lo osserva. Può immaginare benissimo quel che dev'essere successo tra le mura di quella casa, tra lui e Agata. Immagina anche se stesso, nella medesima situazione, e si sorprende che il suo amico abbia già trovato la forza di tornare a vistare quel posto. Ma poi osserva meglio Franky, e qualcosa gli stona. È come se scorgesse in lui un buco nero, oltre il quale non gli è concesso guardare. «Non ti seguo, fratello. Arrivato il momento per cosa?».

«Per andare avanti».

Bescio lo studia ancora, ma vede soltanto una sagoma indecifrabile, che gli dà una pacca sulla spalla e si allontana dal suo letto, diretta dove le sue battute, il suo ottimismo, e la sua amicizia non potranno raggiungerla.

Prima che Franky attraversi la soglia, il Samurai ci prova lo stesso. «Qualsiasi cosa accada, ricordati che siamo dei fighi. Arena Dominator».

E Franky si volta. «Arena Dominator».

Bescio sorride a una porta che si chiude. Qualcosa gli dice che lui e il suo amico non giocheranno più molto spesso.

La villetta è come Franky l'aveva lasciata. Per ragioni che non conosce, nessuno ha ancora osato attraversarne il cancello.

Nel salotto ritrova il giaciglio improvvisato quella notte in cui lui e i suoi amici avevano cercato un posto sicuro dove nascondere Agata. Sul materasso potrebbe esserci ancora il suo odore, ma non gli va di scoprirlo. Raggiunge la porticina del sottoscala, spinge l'anta e si ritrova davanti alla botola aperta e alla scala che conduce in cantina. Come affronta il primo gradino percepisce l'aura del campo sacro e la presenza di entità invisibili alle quali non è in grado di dare un nome. Il circolo di sale è ancora al suo posto, come i bracieri, lo zaino di Agata, il biglietto del treno, l'anima del Re, e tutto ciò che aveva lasciato là dentro.

Si porta al centro del circolo, dove la forza degli spiriti si fa più intensa e concreta, ed estrae dalle tasche la gemma dorata. Aveva pensato di farlo, tante volte, ma non aveva mai trovato il coraggio. Adesso invece è lì, con la gemma in mano, sul ciglio dell'impossibile. Deve solo immaginare quella spirale, poi potrà parlare di nuovo con Agata.

Si concentra sul cristallo, e la realtà viene meno.

Pavimento, pareti, soffitto vengono inghiottiti dal buio. Tutto sfuma, le tenebre cadono sopra ogni cosa, e una luce ambrata esplode di fronte ai suoi occhi. A mano a mano prende forma in qualcosa che ha poco di antropomorfo e tutto di ultraterreno. Franky ingoia cuore e respiro, e l'anima del Vate gli parla. «Salve, Guardiano».

«Agata?».

L'anima tace, mentre flussi di plasma lucente percorrono ciò che dovrebbe assomigliare a un corpo.

«Agata... sono io... sono Franky. Mi riconosci?».

Fiamme improvvise avvolgono quella sagoma splendente. Poi dalle lingue di fuoco dorato emerge una figura umana. Una figura ben conosciuta. È lei, la ragazza dai riccioli neri, è Agata. Sospesa, come Franky, sopra il mare di oscurità.

«So bene chi sei. Ma se anche non ti avessi mai incontrato, scorgerei nei tuoi occhi l'azzurro di un cuore puro, inconfondibile».

Franky scoppia in lacrime e corre ad abbracciarla. «Mi dispiace. Mi dispiace. Mi dispiace. Io ho fatto tutto il possibile. Volevo essere forte per te. Credevo di esserlo. Ci credevo sul serio. E invece non sono riuscito a far nulla. Non sono riuscito a cambiare le cose».

«Hai fatto più di quanto tu creda. L'Angelo è morto, il Re è salvo, e io sono ancora qui. Questo è abbastanza. Questo è fin troppo».

Franky apre gli occhi, le sue braccia attraversano una materia né fredda né calda, un corpo che è solo illusione o che si spinge al di là dei suoi sensi.

«Un Guardiano con la tua forza è cosa assai rara a questo mondo. Cosa assai rara persino negli altri mondi».

Franky fissa quegli occhi vuoti, espressione sterile di una maschera mal riuscita. «Agata? Tu non sei Agata».

«Ho preso la forma di chi volevi che fossi».

«No, aspetta. È tutto sbagliato. Io volevo parlare con lei! Tu dovevi essere lei!».

«In quanto semplice coscienza, la ragazza che cerchi non ha potuto perdurare alla morte. Quello è un limite ineluttabile per ciò che è corpo e mente. Lei è solo una parte di me, io sono qualcosa di più».

«No! Non è così! Lei è stata rinchiusa in questa gemma! È lei che dovevo trovare qua dentro! Questo è solo un fantoccio... solo un fottuto fantoccio».

«Sono mortificata, Guardiano. Se non apprezzi questa forma, posso assumerne altre».

«Ma era lei che volevo vedere! Era lei che volevo abbracciare!».

«Mi dispiace, Guardiano. Agata è morta. Come altre prima di lei».

«Io... io avrei voluto chiederle scusa».

«Ammiro la tua devozione. Purtroppo questo non è possibile. Ma c'è ancora qualcosa che potrai fare per lei. Che potrai fare per noi, per voi, per tutti». In cuor suo Franky sa già la risposta, ma è il Vate a parlare per lui. «Tenere fede alla tua promessa».

«Servire la causa».

«Esatto, Guardiano. Servire la causa, scortare il Re dove è giusto che vada, portarlo *dall'altra parte*, e fermare i Corvi prima che sia troppo tardi. Forse il disegno completo ti sfugge, ma devi sapere che ogni sforzo, ogni sacrificio, è stato speso in favore di un momento preciso, e quel momento è arrivato. Spetta a te andare avanti. Ad Agata è stato concesso uno scorcio di quel disegno, l'aveva capito, l'aveva accettato. Ed è ciò che avrebbe voluto facessi anche tu».

«Stai zitta! Lei avrebbe solo voluto vivere! E invece è morta per colpa tua, per colpa del Re, e per colpa di tutti voi!».

«Lei è morta perché ha fatto quel che doveva fare. Come io sono qui a parlarti perché è qui che devo essere. Come è giusto che tu vada avanti a combattere, perché cose più grandi ti attendono. Servi la causa, perché la causa ha bisogno di te... Tutti noi abbiamo bisogno di te».

«Non è vero... sono tutte stronzate. E voi siete solo un branco di egoisti che si diverte a giocare a Dio. Non ve ne frega nulla, di noi!».

«Comprendo la tua diffidenza. È ancora presto, troppo presto perché tu possa capire. Ma sappi che, nel nostro agire, abbiamo a cuore soltanto il bene. Il vostro bene».

«Non dire palle! Voi... anime... siete la cosa più straordinaria che abbia mai visto in vita mia, che abbia mai potuto immaginare! E se siete davvero tanto potenti, avreste potuto trovare un modo di risparmiarle la vita! Di risolvere le vostre questioni senza buttarci di mezzo degli innocenti».

«Tali questioni riguardano noi quanto voi. I Corvi avanzano e distruggono senza porsi discriminazione alcuna. Siamo esseri straordinari, su questo non posso che darti ragione. Ma siete voi a vivere questa vita. A noi è concesso solo guidarvi sulla strada giusta. Il resto dipenderà dalle vostre scelte». Agata scompare nello splendore abbagliante, assorbita da lingue di fiamme dorate, e il Vate torna a essere pura luce. «E ora, tu hai una scelta».

«Io non sono Agata, non ho i suoi poteri, non so fare miracoli. Sono solo un Guardiano che non ha saputo salvare nessuno.

Come posso aiutare il Re!? Come posso tenere fede a quella promessa!?».

«Tu puoi, Guardiano. Devi solo crederci. E, qualsiasi cosa dovrai affrontare da qui in avanti, sappi che non sarai solo».

«Che cosa vorresti dire?».

«Tutte le vite che questo Vate e questo Guardiano hanno condiviso non sono state tempo sprecato. C'è un'affinità profonda che lega queste due anime, e le vicende che hanno trascorso assieme hanno fatto sì che crescesse. Ora le anime sono pronte per divenire qualcosa di più. Te lo ripeto, Guardiano, è ancora presto, troppo presto perché tu possa comprendere, ma se tutto ha avuto origine da *uno*, allora tutto può ritornare alla fonte». Così dice il Vate facendosi più vicino, mentre uno sciame di scintille si stacca dalla sua scorza per orbitare attorno al ragazzo.

«Spiegati, non capisco! Che cosa vuol dire!?».

«Vuol dire che noi possiamo essere *uno*. E se lo accetti, così sarà».

Franky trema da capo a piedi, mentre saette dorate percorrono tutto il suo corpo e lo avvolgono in una membrana splendente. Gambe, braccia, non sente più nulla, solo un enorme blocco alla gola, i polmoni che si gonfiano di qualcosa che non è aria e il cuore che batte a una velocità impressionante. In quel momento la sua mente dovrebbe tornare a molti anni prima, a quando era quasi affogato nel porto e aveva vissuto qualcosa di simile. Ma in quel momento nella sua mente c'è solo Agata e il desiderio di stringerla a sé. E all'anima del Vate tanto basta.

Franky chiude gli occhi al cospetto di quel bagliore accecante, e quando decide di riaprirli un minuto più tardi, l'unico bagliore di cui è testimone è quello della lampadina che pende sopra la sua testa. Le tenebre sono scomparse e lui è di nuovo nella cantina, al centro del circolo sacro. Guarda la gemma nella sua mano, ha perso tutto il colore dell'ambra. Ormai non è più che un comune pezzo di vetro, senza luce, né vita.

Epilogo

IL VARCO

L'Intercity 440012 sfreccia sui binari divorando chilometri di campagna. Oltre il vetro del finestrino si stagliano campi spogli, vigne secche, piccoli borghi arroccati sulle colline. Posti che Franky non ha mai visto, ma che gli ricordano tutto di lui. Guarda il paesaggio scivolare sotto i suoi occhi, mentre il mare, il porto, la città, la sua fredda e grigia città, si fanno distanti per poi sparire del tutto, in quella mattina di inizio gennaio. Intanto il treno avanza portandolo dove non è mai stato.

«Signore! Signore, guarda che se guardi troppo fuori dal finestrino alla fine ti senti male», dice una bimba appena comparsa alla sua destra, «Ti senti già male? Hai la faccia che sembra che stai male o che sei triste. Se vuoi la mamma ha la scatola con le medicine. Stai male o sei triste? Perché sei tutto solo? Dove sono i tuoi amici?».

Franky si volta e la bambina continua. «Ascolta, se stai male ti do le medicine della mamma che ha le pillole che se vuoi ne puoi mangiare solo metà, però ascoltami prima perché ti volevo dire una cosa».

«Tesoro!», la chiama la madre da quattro sedili più avanti, «che cosa ti avevo detto prima!? Lascia stare il signore e torna subito qui a sederti».

«Aspetta, mamma! Solo un secondo! Volevo solo...».

«Volevi un bel niente! Fai la brava e lascialo in pace».

Franky osserva la donna, è più agitata di quello che sembra. L'ansia che non dimostra deve portarla tutta in quelle due grosse valige che tiene davanti a sé. «Nessun disturbo, signora», le dice, «non si preoccupi, dico sul serio».

«Mi scusi tanto, a volte mia figlia sa rendersi insopportabile».

«Signore, ascolta! volevo solo dirti...».

«Adesso basta! Torna subito qui, conto fino a tre, poi vedrai quante ne prendi. Uno... due...».

La bimba fa per andarsene. Ma all'ultimo si volta ancora e sussurra: «Grazie per aver ucciso l'uomo cattivo». Poi scompare nei posti davanti.

Franky la guarda giusto un istante. Torna al suo finestrino e riprende a pensare.

Se ne incontrano di persone interessanti...

Capolinea, il treno si ferma, le porte si aprono e Franky scende dal suo vagone, accompagnato da pochi volti anonimi, in una stazione altrettanto anonima. Si guarda attorno fino a quando i suoi occhi non si puntano sul fondo dei binari interrotti e sulla fabbrica abbandonata ai piedi di un colle. Non occorre che ci rifletta, le sue gambe lo conducono là. Attraversa un cancello arrugginito e si addentra nella struttura dai vetri infranti e i muri crollati. Oltre il salone d'ingresso, al centro della parete opposta vede una porta aperta che conduce di nuovo all'esterno, a un sentiero che si inerpica tra la macchia di alberi e arbusti. Lo segue e risale il pendio.

Arrivato a un bivio a metà del colle, dove svetta il tronco di un pino spezzato, una voce gli dice: *"«A destra»"*, e Franky svolta senza pensarci due volte.

Raggiunge una radura dove si ergono quattro muri fatiscenti, coperti dall'edera. Sorreggono un tetto forato in più punti su cui ammicca una croce di pietra.

Attraversa la soglia e si avvicina al centro di quella chiesa in rovina. C'è un pozzo, su cui piove la luce filtrata dall'alto per poi perdersi nell'oscurità. Il ragazzo lo guarda e capisce. Quello è il luogo prestabilito, il punto dove erigere il circolo, l'ultima tappa prima del varco.

Svuota lo zaino di Agata e raduna gli oggetti che ha portato con sé. Versa il sale, disegna il pentacolo intorno al pozzo, dispone i bracieri e li accende in un ordine che nemmeno sapeva di ricordare prima che, in quella cantina, qualcosa cambiasse in lui. Gli manca il pugnale dal manico nero, ma poco importa, quello era solo il mezzo più affine ad Agata per esercitare il proprio potere. A lui basterà qualcosa di pari significato in cui concentrare tutto se stesso. Così solleva la gemma di Grid, quella che un mese prima aveva ancora i riflessi dell'oro. Si avvicina al primo braciere, e recita il mantra quasi lo conoscesse da sempre.

Poche ore più tardi il rituale è compiuto.

Quando gli spiriti invocati dal rito arrivano a presenziare all'evento, l'oscurità sul fondo del pozzo sembra essersi fatta pura materia. Si concentra in un denso vortice, risale le pareti di pietra, per poi sfociare sotto gli occhi di Franky come una nube fuligginosa. A mano a mano si dissipa in cenere rivelando una nuova immagine, che ora spicca nel fosso, a dieci metri sotto di lui, dove pochi secondi prima non c'era altro che fango.

Un vento caldo soffia dal baratro, accarezzando il viso di Franky. Lui si sporge, guarda giù, e una luce potente lo abbaglia. Poi i suoi occhi si abituano e finalmente lo vede. Vede un deserto sconfinato, costellato da dune arancioni, che si estende al più lontano orizzonte sotto un cielo color dell'oceano. Parrebbe un sogno, l'illusione di una mente malata, non fosse che Franky è più lucido di quanto lo sia mai stato negli ultimi anni, e che l'odore della sabbia, il tocco del vento e il calore del sole immenso gli ricordano che non sta sognando.

Quello è il varco, l'incrocio dei sentieri, la porta per un altro mondo. Ed è là che lo attende.

Sale sul bordo di pietra, mette una mano in tasca e tira fuori la gemma rossa. *"I Corvi stanno vincendo, e il Re deve andare dall'altra parte"*, è questo quello che pensa, ed è quello che deve succedere se vuole chiudere i conti e rispettare la sua promessa.

Ecco quel suono lontano che più volte era venuto a chiamarlo. Lentamente cresce, si fa più intenso, tramutandosi in un coro di mille voci che assieme gridano una sola risposta.

"«Spetta a te andare avanti... Ora tu hai una scelta»".

Dovrebbe accostarle a un ricordo recente, ma sono parole che oramai fanno parte di lui. Centimetro dopo centimetro, lo spingono verso l'abisso di luce.

C'è ancora una voce che cerca di trattenerlo, questa è diversa, non gli appartiene, e arriva da un posto più in là del bosco, della fabbrica, della stazione, dei chilometri di campagna. Si volta nella sua direzione e vede casa, vede il bar, vede Gio, vede Winston, vede Musca, vede Bescio, e la sua vecchia realtà che lo invita a fare ritorno per poterlo cullare come era stato per tanto tempo.

"«Hai già fatto abbastanza, non serve che vada anche tu. Lascia il Re ai suoi compagni, vieni a casa, così che tutto possa tornare com'e-

ra»".

È ciò che la voce sembra promettere.

Franky gli dà le spalle e chiede scusa, perché ha ancora molto da fare, e in quella promessa non può più credere.

Stringe la pietra a sé, si volta verso la fossa, verso il deserto, e ciò che lo aspetta al di là del varco.

Infine salta.

NOTE DELL'AUTORE

Era da molto tempo che Franky voleva raccontare la sua storia. Ho cominciato a conoscerlo nel 2016 e nel corso di questi anni gliene ho fatte passare davvero tante. Un cambio di trama drastico nel mezzo della stesura delle sue imprese; tagli spietati a paragrafi esplicativi dei suoi sentimenti, di quelli dei suoi amici; rifiuti categorici da parte dei grandi marchi editoriali; schede di valutazione impietose fornite da altrettanto impietose agenzie letterarie; modifiche costanti, attese, dubbi, silenzi, stravolgimenti. Per assecondare i dettami sulla progettazione dei personaggi, per un periodo gli avevo persino cambiato nome. Lo stesso nome con cui, in una sera d'autunno, mentre ero alla disperata ricerca della grande ispirazione, mi si era presentato, facendomi l'occhiolino e sussurrandomi che aveva per le mani una storia davvero scottante.

L'avevo snaturato. Anzi, diciamola tutta, l'avevo abbandonato.

Di tutto questo, di recente, ho dovuto chiedergli scusa. Perché lui, invece, per me c'era sempre stato, anche nei momenti più bui, quelli dove si perde il senso delle cose che fai, della strada che stai percorrendo. In quei momenti, era lì per darmi una spinta e ricordarmi che avevamo un lavoro da fare. Così ho messo da parte un po' di buonsenso, i dubbi sul risultato, stringenti regole sul romanzo di genere, giudizi calati dall'alto e l'ho spedito dove era giusto che fosse. Sulle pagine, tra le vostre mani, a raccontarvi l'assurda vicenda di cui ha fatto parte.

Per Franky era l'unica cosa che contasse realmente. Il resto, come direbbe lui, erano solo cazzate.

Cos'altro volevo dire? Ah, sì. Quando ho scritto questo libro, c'erano un paio di argomenti per cui avevo una fissazione: l'esoterismo, le religioni orientali, la malinconia dei vent'anni e, soprattutto, gli sfigati. Esatto, gli sfigati... che, intendiamoci, al di là dello stereotipo a voi più congeniale, per me rappresentano quelle persone costrette a confrontarsi con qualcosa più grande di loro e che già faticano a rimanere a galla in mezzo alle sfide di tutti i giorni. Sono convinto che nascondano più forza, risorse e spirito di tanti *fortunati*, in fin dei conti.

Credo di aver sempre tifato per gli sfigati. Credo di essere sempre stato uno di loro.

Cin cin!

Printed in Great Britain
by Amazon